JONAS MARINHO

AURIUM

lura

Ελλαδα
Αθηνα
ΠΟΛΙΤΙΚΗ
επιδιωκμενο

JONAS MARINHO

AURIUM

lura

Gerente editorial
Roger Conovalov

Coordenador Editorial
Stéfano Stella

Diagramação
Manoela Dourado

Revisão
Yara Serra

Capa
Marcela Lois

Lura Editoração Eletrônica LTDA
Lura Editorial
Rua Manoel Coelho, 500. Sala 710
Centro. São Caetano do Sul, SP – CEP 09510-111
Tel: (11) 4318-4605
E-mail: contato@luraeditorial.com.br

Dados Internacionais de Catalogação na Publicação (CIP)
(Câmara Brasileira do Livro, SP, Brasil)

Marinho, Jonas
Até que Ele venha / Jonas Marinho -- 1. ed. --
São Paulo, SP : Lura Editorial, 2023.
240 p.

ISBN 978-65-5478-139-8
1. Ficção I. Título.

CDD: B869.3

Elaborada por Bibliotecária Janaina Ramos – CRB-8/9166

www.luraeditorial.com.br

AGRADECIMENTOS

Este livro é fruto não somente do esforço individual de escrita, mas também de todo um processo de revisão e de leituras preliminares de muitos amigos e profissionais sérios. Queria agradecer inicialmente à minha família, em especial à minha mãe, que leu os primeiros capítulos e fez muitos comentários que foram fundamentais para o prosseguimento da narrativa.

A Verbal Assessoria Linguística, capitaneada pela escritora Lorena Sales, também foi muito importante nesse processo. Agradeço à Lorena por me abrir as portas ao universo da escrita e por acompanhar o romance capítulo a capítulo, como uma orientadora de trabalho acadêmico. Seus comentários inspirados me ajudaram muito.

Agradeço aos meus leitores-beta de capítulos iniciais. A roda de leitura com jovens escritores, que gerou comentários sobre o que funcionava na obra e o que precisava ser ajustado, contribuiu muito para a criação de *Aurium*. Aos amigos, obrigado pela paciência em ler os primeiros capítulos e comentá-los.

À Lura Editorial, agradeço todo o cuidado com a obra, desde a revisão minuciosa até a bela capa. A editora mantém processo de diálogo constante que respeita a autoria e pensa no melhor para o autor e o público-alvo.

ελλαδα
ολες
ΠΟΛΙΤΙΚΗ

PRÓLOGO

Construa uma mente forte. Ver aquele lápis na banca de jornal congelou o coração de Lena. Descobriram seu segredo. Ratos, cobras, choques. Experimentaria de tudo. Em Aurium, não se pode pensar. Com tremor nas pernas, tomou coragem e perguntou ao vendedor:

— Onde o senhor conseguiu esse lápis?

— Foi meu filho que fez.

— Ele viu essa frase "Construa uma mente forte" em algum lugar?

— Não sei, mas achei legal e trouxe. Você quer? Posso pedir pra ele fazer pra você.

— Não, obrigada — respondeu e saiu apressada.

Os olhos de Lena tremiam enquanto andava a passos largos. Aqueles jovens não sabiam que estavam arriscando a vida de muitas pessoas e o futuro do movimento. Não se preocupava com ela mesma, mas com o filho, Miguel. O que aconteceria com ele se o que faziam fosse revelado?

Reduziu o ritmo dos passos quando chegou à estação de trem mais próxima. Sentou-se em um dos bancos, pegou o terço na bolsa e começou a rezar, rogando por piedade. Suas preces não foram atendidas. Tão logo levantou a cabeça, deparou-se com um homem forte à sua frente. Reconheceu-o instantaneamente. Capitão Martin era como o chamavam. Sentiu cheiro de clorofórmio e tudo ficou escuro.

Concert
Ελλαδα
Αθηνα

CAPÍTULO 1

Não era possível ver nada no porão da Wine Cellar. Nada, exceto uma cadeira. O instrumento no centro do cômodo vazio causaria arrepios em qualquer um. Menos nele, que tinha prazer em contemplar o magnífico design. O espaldar alto vermelho-sangue exalava poder. Nos apoios para os braços, as cabeças de dragão pareciam cuspir fogo. Anéis dourados fechavam os pulsos. Não havia rodas. Fios pretos partiam das laterais em direção ao centro, como tentáculos de alguma criatura há muito esquecida. Os discursos dos ocupantes da cadeira fluíam tão naturalmente que até Cícero ficaria com inveja. As letras juntavam-se de forma harmoniosa, e os nomes, antes escondidos na neblina, tornavam-se nítidos: Marta, Caleb, Esposito.

Os inferiores sempre falavam. Nada conseguia segurar sua língua. Contavam até o que não sabiam. Chamavam-se de defensores da liberdade. Martin não acreditava nesse discurso. Para ele, liberdade era caos. Apenas a autoridade do Império impedia a degradação social e segurava o fio que não deixava o povo cair no abismo. Não permitiria que os valores sagrados de Aurium fossem maculados.

— Capitão Martin, temos uma degenerada aqui — disse o tenente Rudolf.

— Muito bem, tenente. Traga ela aqui e bote na cadeira — disse o capitão.

A porta se abriu para uma jovem loira, vestida de uniforme militar azul-marinho, a antítese de uma revolucionária. Os olhos azuis profundos, contudo, revelavam o que sua aparência não traía: uma raiva desmesurada e desafio ante os captores. Uma sensação de arrepio percorreu a espinha do tenente. O capitão, estupefato, olhou a cativa de cima a baixo e falou:

— Ora, ora, se não é a infame senhorita Lena... esperava alguma feminista maluca com cabelo de homem e pelo no sovaco.

— Que pena que não atendi às suas expectativas — disse Lena com um sorriso irônico, arqueando somente o lado esquerdo da boca.

— Como uma boneca como você pode ser uma terrorista assassina?

— Boneca é a puta da sua mãe! E os únicos terroristas que vejo são os que estão nesta sala!

— A boca suja já trai o seu povo! Degenerada imunda!

— Deixe de conversa fiada. É melhor me matar logo. Não vou dizer nada!

— Para que a pressa? Sou um homem paciente. Faço meu trabalho desde que entrei para o serviço, há 10 anos, e todos confessaram. Não vai ser uma loirinha que vai me quebrar.

— Então começa logo, seu filho da puta!

— Se você quer... não vou negar um pedido tão carinhoso.

Lena foi levada à cadeira e amarrada firmemente. Uma luz se acendeu atrás dela, vinda de um pequeno dispositivo ligado à cadeira. Começou azul. Mal sentiu os 0,01 ampères da corrente. Passou para verde. Já 0,05 incomodaram um pouco. Agora estava no amarelo. Os 0,1 ampères fizeram-na tremer e tremer, mas sua boca permanecia impassível. Não murmurou sequer uma palavra.

— Ai, ai, mas você não colabora mesmo, né? Vamos ver o que acha do vermelho.

A luz vermelha se acendeu e a luz de Lena se apagou. No dia seguinte, ao ver aquela beleza seminua, deitada na cama e cheia de marcas de feridas, o capitão Martin quase sentiu piedade, mas logo voltou ao inabalável senso de dever e despertou aquela Afrodite aquebrantada. O balde de água gelada trouxe Lena de volta à consciência. Ao acordar, a moça exalou ácido biliar pela boca.

— Bom dia, senhorita Lena.

— Me mata logo, desgraçado!

— Por mim, você já teria morrido, vagabunda, mas tenho ordens de te deixar respirando.

— Pro inferno com suas ordens!

Tinha que resistir. Miguel não podia ser descoberto nunca. Todo aquele treinamento militar na selva devia ter servido para alguma coisa. Sabia da possibilidade de ser capturada. Havia treinado muito, liderado muitos e sangrado pela liberdade da nação. Não iria trair seus companheiros de luta e não podia trair Miguel.

— Tudo bem. Vamos à sala do zoológico. Certamente nos divertiremos bastante.

A sala do zoológico tinha diversos animais peçonhentos que estavam todos soltos no mesmo espaço. O teto era coberto de musgo e o cômodo de 10 metros quadrados causava sensação de perigo iminente. Só quem tem essa fobia entende: a respiração acelera, os pelos da nuca ficam arrepiados, a mente vagueia sem rumo e o teto parece descer para esmagar a pessoa como um compactador de lixo. Adicione-se a isso cobras e aranhas andando livremente. O chão era coberto por uma grossa camada de dejetos dos animais e por uma poeira persistente. A sala exalava um odor de morte.

Apesar disso, o capitão notou que Lena estava feliz. A mulher achava que iria morrer. Mal sabia que aquelas cobras não eram venenosas, ou que o veneno havia sido retirado das presas das aranhas. Nenhuma letal, mas todas capazes de causar danos profundos. As eventuais disputas entre as espécies não eram suficientes para diminuir de modo significativo a quantidade de animais no recinto.

Lena foi transportada para o meio da sala e deixada sozinha ouvindo uma música altíssima que vinha dos alto-falantes no teto. A cada nota dissonante, os bichos enlouqueciam e partiam para cima dela. Acuada, começou a gritar. A cada grito, mais animais a atacavam.

Aquele suplício foi incrementado pela voz do capitão Martin:

— Se você falar quem foi o responsável pelo ataque, esse sofrimento vai parar.

— Não sei e, mesmo que soubesse, não te diria.

— Não quero causar mais danos a uma coisinha tão bonita como você. Você, mesmo degenerada, tem recuperação. Coopere, por favor.

O capitão estava irritado. Nunca tinha visto alguém resistir à sala do zoológico. Não conseguia entender a determinação de uma mulher que parecia tão frágil fisicamente. A moça era magra e estava com a saúde debilitada após a sessão de tortura. Além disso, parecia uma das bonecas que eram vendidas na Avenida do Império, em Varhat. Em Aurium, os militares acreditavam que as mulheres loiras, altas e magras seriam muito frágeis. Não era o caso de Lena. Todos os outros interrogados haviam cedido facilmente à pressão animalesca, mas essa mulher desafiava o capitão abertamente. Sentiu a paciência escorrer para o ralo junto às horas inúteis.

Todo aquele trabalho, todos aqueles dias, nada produzia resultados. O general Flavius não gostaria dessa falta de progresso. O atentado atingira o ponto vital do coração do Império. O desafio dos inferiores fora além dos limites imaginados pelos comandantes imperiais, por isso, exitoso. Os rebeldes cortaram o suprimento de energia da capital Varhat. O ataque coordenado com explosivos que destruíram um raio de 20 quilômetros ao redor da usina hidrelétrica de Parsem causou um dano inestimável para o Imperador.

Agora, naquela sala coberta de musgo, com animais perigosos, uma inferior ousava resistir a técnicas de interrogatório de um agente de elite. Martin resolveu aumentar a temperatura do aquecedor e percebeu os bichos inquietos. Lena desmaiou e não iria falar nada tão cedo. O militar exagerara na dose e agora não teria como obter informações rapidamente. A estratégia montada com tanto cuidado desmoronava em suas mãos. Percebeu que precisava mudar de tática para vencer o jogo.

Lena acordou com o cérebro partindo ao meio. Sobrevivera à sala da cadeira elétrica e à do zoológico, mas não gostava de pensar no que poderia vir a seguir. A verdade era que, apesar de seu discurso de resiliência, ela estava assustada. Como os canalhas sabiam que tinha medo de cobras? Se tivessem colocado um jacaré ali com ela, estaria mais tranquila.

Aquele rastejar gelado em sua pele causava arrepios terríveis. Teve que lutar muito, internamente, para não exibir fraqueza na frente de seu captor. Somente as técnicas aprendidas com os guerrilheiros a ajudavam a resistir. "Construa uma mente forte". Esse era o lema que mantinha acesa a chama da organização. O governo de Aurium continuava a retirar direitos dos povos das fronteiras, deixando-os à margem de todo o processo decisório da administração local e cobrando impostos extorsivos. Pequenos grupos rebeldes se organizavam para atacar edifícios do governo, mas até o momento as tentativas de acabar com o domínio imperial não tinham sido bem-sucedidas.

Era o dever junto a seu povo que a deixava viva. Apesar disso, quebrada por dentro, acordando depois de mais um desmaio, não tinha sentimentos patrióticos aflorados. Pensava em Miguel e em como mantê-lo protegido. O filho era tudo para ela. Mais do que qualquer rebelião. Amava a causa independentista, mas amava muito mais seu filho. Tinha certeza de que os companheiros de luta o sacrificariam se fosse necessário para derrubar o Império. Ela não estava tão certa.

Agora, olhando para o teto de sua cela, só uma coisa a preocupava: não revelar nada sobre o menino. Fora cuidadosa em escondê-lo até mesmo do seu povo, mas não sabia como evitar falar dele quando o nome não saía de sua cabeça: Miguel, Miguel, Miguel.

O capitão Martin abriu a cela de Lena com um sorriso no rosto. Qualquer um que visse a cena imaginaria que o militar acabava de reencontrar uma amiga querida, que não via há muito tempo.

— Bom dia! Você já dormiu demais. Hoje vamos caminhar um pouco para que me conte sua história.

— É mesmo? Qual história? A do Mago e os três Imperadores?

— Muito divertida. Primeiro, vá tomar um banho. Você fede a bosta de vaca.

Após tomar um longo banho quente e ser ensaboada e esfregada com vontade por uma serva, Lena parecia outra pessoa. Vestiram-na com ornamentos caros, em um vestido vermelho-sangue e um colar de rubis. O capitão estava seguro de que a cativa odiaria aquela vestimenta. O vestido representava toda a imponência e o tradicionalismo do Império Aurium, marcado pelas vestimentas que escondiam os corpos femininos e por adornos com joias, o oposto do que ela defendia. A mineração era uma atividade econômica essencial para a riqueza imperial, e a joalheria, a arte mais valorizada no país.

— Vamos caminhar no bosque. Por aqui! — Subiram uma escada em espiral e emergiram em um jardim.

— Queria saber se você acha mesmo que, com esse teatro idiota, vou dizer alguma coisa. Se realmente pensa isso, é muito tolo.

As palavras não pareceram abalar em nada o capitão, que continuou sorrindo despreocupado enquanto caminhava por entre as sebes. O andar seguro e tranquilo demonstrava que ou Martin era muito bem treinado para disfarçar sentimentos ou realmente achava que Lena delataria seus companheiros. O bosque era um labirinto que parecia saído dos mitos clássicos. Os emaranhados de plantas eram entrelaçados em formações distintas a cada corredor. A entrada era ampla, mas o espaço ia diminuindo aos poucos. Ao final, se é que houvesse um final, só caberia uma pessoa espremida.

Lena não conseguiu ocultar a surpresa ao descobrir o tamanho da estrutura. O capitão se divertiu com o assombro da moça. Interpretou a reação como um sinal de que, em algum momento, ela fraquejaria e ele conseguiria arrancar a verdade sobre o atentado. Ao mesmo tempo, enganava-a com pistas falsas sobre onde estavam.

Alguns dias antes, quando fora sequestrada, ela percebeu que estava sendo levada para dentro de um estabelecimento comercial. Apesar da venda nos olhos, o cheiro dos barris de vinho da Wine Cellar podia ser reconhecido à distância. Ao passar por ali de madrugada com seus captores, Lena pensava ter identificado o lugar. Martin havia planejado tudo meticulosamente. Se a moça conseguisse fugir, teria uma percepção equivocada de onde se localiza o centro de informações de Aurium.

Ela olhou estupefata para o labirinto de grama. Martin continuou caminhando em silêncio por alguns minutos, até que resolveu falar:

— Magnífico, não?

— Hã!?

— Estamos dentro de uma das maiores obras de arte da história da humanidade e tudo o que você consegue dizer é Hã!? Francamente, esperava um pouco mais da senhorita.

— Como vocês dizem, somos inferiores. Não entendemos nada de arte.

— O labirinto de Dédalo remodelado.

— Tá. Vai me jogar aqui até que eu enlouqueça?

— De forma alguma. Quero mostrar o poder da perfeição.

— De que adianta ter tanta beleza e as pessoas morrerem de fome nas ruas? De que adianta o perfeito se o homem é imperfeito?

— Ah, vejo que estava enganado a seu respeito. Até você admite a perfeição e a beleza do labirinto.

— Tá certo. Vai me matar logo ou qual é a próxima tortura? Acho que nem eu nem você temos mais tempo para joguinhos inúteis.

— Calma. Já chegamos.

O labirinto fez uma curva abrupta e estreita para revelar uma praça ampla com uma estátua colossal sobre uma fonte, no centro do local. A divindade representada era Hera, a deusa grega das bodas, da maternidade e da fidelidade conjugal.

Não! Aquela estátua infernal só podia significar que o desgraçado capitão descobrira seu segredo. Miguel não estava a salvo. Tinha que enviar mensagens ao comando da organização imediatamente. Percebeu-se desesperada. O pulso acelerou, o olhar não se fixou em ponto algum e seu corpo pareceu não obedecer, realizando movimentos descoordenados. Não havia como enviar mensagens a ninguém. Teria que proceder com extrema cautela.

O capitão sorriu de ponta a ponta quando percebeu a expressão transtornada da jovem. Nenhuma técnica de tortura poderia ter um efeito semelhante. O júbilo da vitória se anunciava. Já conseguia ouvir as palavras de encorajamento do general Flavius e imaginava sua promoção no Ministério da Guerra.

Dera muito trabalho descobrir que Lena tinha um filho. O que ela não sabia, e que o capitão ocultara, era que um de seus companheiros também havia sido capturado. Ele fora muito menos resistente ao interrogatório. Contou tudo o que sabia. Disse não saber qual rebelde provocara o atentado à usina, mas afirmou que Lena sabia. Apesar disso, demorou muito a revelar alguma outra informação útil. Após um acordo para matá-lo rapidamente, afirmou que a fraqueza de Lena era seu filho e que, se o menino fosse ameaçado, ela revelaria tudo.

— Hera é muito impressionante, não é? Fez tudo pelos seus filhos.

— Acho que sim...

— Algumas mães são assim. Colocam a vida dos filhos acima de tudo.

— Suponho que sim. É o esperado.

— Podemos esperar o esperado de você?

— Como assim?

— Serei direto! Temos seu filho e vamos matá-lo se não cooperar! Pela última vez, quem foi o responsável pelos ataques?!

— EU!

— Ah, por favor...criando mais mentiras mesmo com a vida do filho em risco.

— Não estou mentindo.

— Sabemos que não foi você. Entregue seu líder ou seu filho sofrerá as consequências.

— Qual o nome do meu filho?

A rebelde o tinha encurralado. Ela percebeu que Martin não usara o nome da criança sequer uma vez.

— Ele está muito fraco para dizer. Levou umas boas surras... hahaha!

— Vocês batem em crianças? Seus monstros!

— Estou sem paciência. Diga logo o nome do terrorista!

— Claudius! Satisfeito?

Uma bomba caiu sobre a cabeça do capitão Martin naquele instante. Pensou que a mulher devia estar mentindo. O tio de Martin, Claudius, dificilmente seria um dos líderes dos rebeldes. Sabia que o familiar estava insatisfeito por ter sido preterido como Ministro da Guerra pelo Imperador, mas não o imaginava como um dos líderes do círculo inferior. Isso não era possível...ou era?

Não falou mais nada e conduziu a cativa de volta para a cela. Andando rapidamente pelos caminhos tortuosos, sua mente dava voltas em espirais de fumaça. Precisaria decidir o que fazer com aquela informação. Deveria levar as suspeitas ao general Flavius? Preferiu falar logo com o tio para apurar a veracidade da informação.

Lena estava bastante satisfeita no caminho de volta à cela. Conseguira inverter a situação a seu proveito. Os imperiais quase a quebraram quando mostraram que sabiam que ela tinha um filho. No entanto, ao não saber o nome do menino, o capitão revelou que estava blefando.

Ela semeara dúvida entre eles. Claudius jamais havia conspirado contra a organização, mas estava claramente em uma posição antagônica ao Imperador. Aquela briga familiar seria uma feliz consequência de suas ações. Inesperada, mas muito proveitosa. Sua missão estava quase concluída.

Ao adentrar em um amplo escritório, o capitão Martin falou o nome do tio. Um bip... sem resposta. Dois bips, três, quatro... *Velho gagá que não atende a porcaria do telefone. Será que aquela inferior miserável tava falando a verdade? O Tio Claudius tava meio esquisito desde o interrogatório no Ministério*. Ainda assim, o capitão não podia acreditar que um familiar pudesse ser opositor ao regime.

Familiar ou não, seu dever estava claro. Teria que informar a situação ao General Flavius. Buscou a linha reservada ao ligar para o chefe.

— General, tenho novidades do interrogatório da inferior.

— Já não era sem tempo! O Imperador aguardava notícias.

— Receio que as novidades não sejam muito boas. A cativa afirma que Claudius Maximus foi o responsável pelo atentado.

— Mas...isso não é possível...

— Também acho.

— Venha imediatamente a Varhat.

— Senhor, sim, senhor!

Não houve resposta do outro lado. O capitão temeu pelo fim de sua carreira. Ser sobrinho daquele que ordenara o maior ataque a Aurium nos últimos 20 anos era certeza de punição severa. A justiça em Aurium não considerava apenas os atos individuais, mas os coletivos. A família era uma unidade indissolúvel. A falha de um membro significava o sofrimento de todos. Os parentes eram considerados culpados por não terem denunciado atividades suspeitas à polícia imperial.

No entanto, as acusações de uma agente rebelde não eram suficientes para a desgraça familiar. Os serviços de inteligência fariam ampla investigação. Martin acreditava na inocência do tio e conhecia quase todos os principais inquisidores, sendo ele mesmo um deles. Nem tudo estava perdido.

O capitão olhou o relógio, que marcava 20 horas. Iria para a capital, mas antes visitaria a cela da prisioneira.

Lena olhava para o horizonte, brincando com o filho, Miguel, no campo dourado de Jumhuryia. O menino não parava de correr livre pelos canaviais da família. Lena também corria e se sujava de lama. Os fins de semana na fazenda sempre eram aquela diversão. Brincadeiras, música, plantação de cana. Fora assim desde a infância. Um bom respiro da tensão na cidade. A prefeitura era sufocante. Não sabia como a mãe conseguia lidar com tanta responsabilidade.

Ainda que a família estivesse envolvida na política desde sempre e seus pais fossem insultados com frequência, entendia que fazia parte do jogo democrático. Existia uma democracia antes do Imperador. Antes da anexação ilegal da cidade por Aurium, que já durava 10 anos.

Martin despertou Lena com um tapa.

— Dorminhoca, né?

A moça não respondeu. Apenas fitou o capitão com olhos azuis tormentosos. O mar revolto de sua pupila e o arqueamento das sobrancelhas demonstravam toda sua raiva interior.

— Sua mentirosa. Diga logo quem comandou o ataque à usina!

— Já disse. Se não quer acreditar, o problema é seu.

Outro golpe atingiu a mulher, agora com muita força. O punho cerrado fez seu lábio inchar e deixaria seu rosto com hematomas bem marcados. O capitão perdeu o temperamento.

Lena fez algo que Martin não esperava. Levantou quatro dedos da mão direita e deixou-os no ar por alguns segundos.

— Então esse é o símbolo do círculo dos inferiores? Pode ficar tranquila, pois nenhum de seus amiguinhos terroristas vai ajudá-la. Não existem traidores no Império!

Mal terminou de pronunciar a última palavra quando um porrete o acertou em cheio na cabeça. O guarda que estava à porta da cela provara que Martin tinha muito a aprender.

— Achei que tinha virado um deles e esquecido a causa! Faz quanto tempo que trabalha aqui?

— Muito tempo. Nunca esquecerei. Estou sempre à disposição.

— Me tira logo daqui!

O guarda percorreu os corredores e conseguiu um uniforme de cozinheira para Lena, enquanto ela permanecia na cela. O capitão, ainda desacordado, foi colocado embaixo da cama.

— Vamos andando devagar. Mandei mensagem pra eles. O carro deve chegar em alguns minutos e vai esperar por você no posto de gasolina, pertinho da saída.

Caminharam mantendo distância segura entre si. Não era comum um guarda andar lado a lado com uma cozinheira. Lena teve o cuidado de não tirar os olhos do chão, mantendo a postura submissa esperada. Viraram em um corredor e foram subindo aos poucos. Não chamaram muita atenção dos guardas, que continuavam jogando baralho despreocupadamente. Pensaram que era apenas a cozinheira indo embora e o guarda querendo respirar ar livre.

A rua ficou visível. Lena andou devagar e despediu-se do guarda.

— Não posso te acompanhar. Boa sorte. Construa uma mente forte!

— Uma mente forte será construída! Muito obrigada.

A moça seguiu por mais um quarteirão, andando sempre de cabeça baixa e sem falar com ninguém. As cozinheiras eram inferiores e jamais poderiam dirigir a palavra a um dos senhores de Aurium, nem ao círculo dos iluminados. Lena cumpriu seu papel e esperou no posto de gasolina, fingindo buscar mantimentos para alguma família na loja de conveniência.

O carro não chegava. Aliás, carro algum chegava. Aquela região pouco habitada não era muito valorizada pelos integrantes dos círculos superiores e iluminados, que, como regra, eram os únicos que tinham condições financeiras de adquirir um veículo automotor.

Os minutos passavam como horas. Foi ao banheiro, voltou e o carro ainda não aparecera. Algo devia estar errado. Em alguns minutos, o capitão Martin despertaria e buscaria sua presa com redobrado afinco. Um barulho de motor a acalmou. O pequeno veículo branco que se aproximava era conhecido. Um senhor muito distinto, com cabelos brancos, óculos escuros e usando terno azul com gravata vermelha, abaixou o vidro e perguntou a Lena:

— Tem nossas compras?

— Claro, senhor Vale.

O sinal estava evidente. Entrou despreocupadamente no banco de trás. Estava salva. Não somente isso. Tivera contato com a alta hierarquia de Aurium e semeara dúvidas entre eles. A missão fora concluída com sucesso. A comandante Vládia ficaria satisfeita.

CAPÍTULO 2

Na cabine de primeira classe do trem com destino a Varhat, o capitão Martin remexia-se inquieto. A pancada fora muito forte. Uma semana depois, a dor não desaparecera. O mero fato de encostar a cabeça no alto espaldar da rica cadeira dourada estofada de veludo fazia seu corpo tremer. As inúmeras almofadas forradas com seda colocadas à sua disposição não ajudavam a amenizar as fortes dores sentidas pelo militar.

As dores físicas, no entanto, eram insignificantes se comparadas às inquietações da mente. O capitão não gostava nem de pensar no que o General Flavius tinha a lhe dizer. O tom do comandante ao telefone deixara a impressão de que a conversa não seria agradável. Pior ainda seria conter eventuais vazamentos da conversa.

Uma voz vinda dos alto-falantes interrompeu o pensamento de Martin.

— Prezados passageiros, chegaremos a Varhat em 15 minutos. Obrigado por escolherem Ferroaurium e, sob as bênçãos de Apolo, tenham uma agradável estadia na capital.

Levantando a longa cortina dourada de sua cabine, o capitão olhou a paisagem em movimento pela ampla janela. O distrito industrial passava em alta velocidade. Era de se surpreender que as simples construções dos inferiores estivessem tão próximas à capital imperial. Ver aqueles edifícios cinzas padronizados de cinco andares despertou sentimentos de ódio no capitão. Sua boca se contorceu só de pensar em Lena. *Aquela inferior vai pagar caro pelo que fez.*

O mais surpreendente de todo o episódio foi descobrir que havia colaboradores dos inferiores nos círculos superiores. Martin jamais imaginara que pudesse haver traidores no seio do governo imperial. Agora ficava mais claro como tinham conseguido realizar o ataque à usina de Parsem. *Os terroristas tinham infiltrados.*

O surgimento dos 100 metros da colossal estátua de Apolo na Praça da Vitória fez Martin ajoelhar-se perto da janela do trem. O rei do panteão, sentado em trono dourado em formato de arco de 180 graus, tendo por apoio de braço duas assombrosas águias, estava trajado com túnica branca, usando grevas de ouro com uma cabeça de leão em cada joelho, um escudo circular dourado com raios solares na mão esquerda e enorme flecha na mão direita.

— Oh, Deus dos deuses! Abençoai-me com sua força. Que o sol fustigue todos os inimigos do Império! — disse.

A escultura era apenas um lembrete do enorme domo que assomava as nuvens no topo do palácio imperial, agora visível para Martin. A estrutura era a mais alta da capital e sua beleza, lendária entre os habitantes de Aurium. A mistura de arranha-céu com Parthenon tirava o fôlego até mesmo dos opositores ao regime. Na frente do edifício, estava a estátua de 30 metros do grande Carlos Letius, o primeiro Imperador, que tinha posto fim ao governo de Melchen e à república.

Aos poucos, a cidade delineava-se na janela do militar. As gigantescas lojas do bairro comercial atraíam atenção imediata. Colorido e repleto de brilho, cada estabelecimento ocupava um quarteirão inteiro. As primeiras lojas a surgirem foram as de roupas e as de antiguidades, de tempos anteriores ao Império. O capitão nunca entendeu o fascínio que as pessoas tinham por aqueles objetos antiquados de um tempo de pobreza e fraqueza, quando a nação era submissa a potências estrangeiras.

A seguir, vinham as lojas de departamento e os supermercados. Sua esposa andava por essas ruas com muita frequência. Era um exemplo de mulher para todo o Império. Cumpria todas as obrigações domésticas com perfeição, apoiava o marido em absolutamente tudo, não tinha voz nos assuntos masculinos e ficava calada em eventos oficiais. Fazia algum tempo que não pensava em Marta. Ele estava fora da capital há dois meses, investigando o atentado à usina de Parsem. Seria muito bom voltar para a casa arrumada e comer bem depois de tanto sacrifício no centro de informações.

O trem agora fazia uma curva para entrar no setor de joias. A joalheria era o verdadeiro coração pulsante do regime, a fonte de sua riqueza e de seu poder. O ponto central de onde o sangue era bombeado para todo o corpo do Império. A família imperial era constituída de ricos joalheiros, que passavam sua fortuna de geração em geração. O Imperador orgulhava-se de afirmar que não necessitava de dinheiro do Estado para viver. Seus negócios permitiam que ostentasse um padrão de vida luxuoso. Os impostos arrecadados, segundo ele, eram revertidos unicamente para a riqueza da nação.

Depois de alguns quarteirões, surgia a Avenida do Império, onde se localizava o Ministério da Guerra, local em que Martin menos queria estar naquele momento, mas exatamente para onde se dirigia. A voz dos alto-falantes parecia entender seu suplício.

— Atenção, passageiros! Estamos nos aproximando da estação central de Varhat. Assegurem-se de levar todos os seus pertences. Desembarquem pelo lado direito.

Tão logo o trem parou, Martin ficou com o rosto carrancudo, mostrando todas as suas linhas de expressão. Na plataforma, a figura alta e idosa do tio Claudius esperava-o com olhar irritado. O tio devia ter envelhecido uns dez anos desde que o vira pela última vez. Cabelos grisalhos, mãos enrugadas e óculos que não estavam lá três anos antes.

As memórias daquele parente eram muito dolorosas. Quando criança, Martin fora submetido a todo tipo de tortura imaginável nas mãos do tio. Nunca uma travessura ficava sem a mais brutal punição. Numa longínqua tarde de domingo, tivera um cabo de vassoura enfiado em seu ânus por desobedecer ao familiar. *Como o velho sabia que eu ia vir nesse trem?*

As portas do vagão abriram e Martin desceu.

— Fez boa viagem, sobrinho? — perguntou, sem nenhuma emoção.

— Sim. O que não entendo é o que o senhor faz aqui — disse com franqueza.

— Não aceita mais uma cortesia? Nossos capitães agora são arrogantes assim com seus superiores? — Claudius fingiu estar ofendido.

— Não tenho tempo para cortesias. Sou esperado no Ministério.

— Sei disso. Vou te levar.

— Não preciso de sua carona. O general Flavius certamente mandou alguém para me buscar.

— Exatamente. Ele me mandou aqui.

— Por mais que o senhor seja um tonto, um general não serve de motorista para um capitão.

— Não mesmo. Aquele idiota busca todas as formas de me humilhar.

Não tendo alternativa a não ser aceitar a carona, Martin sentou-se no banco de trás do veículo verde-escuro do tio. O que o general Flavius pretendia com aquela situação desconfortável estava além de seus conhecimentos.

— Como vai Marta? Tudo bem?

— Sim, tudo bem.

— Não vai me perguntar da Estela?

— Não me interessa como tá aquela velha imunda!

— Cala a boca, menino atrevido!

— Não sou mais seu moleque, tio! Posso não ser general, mas sabe que minhas funções são essenciais ao Império. Não fico coçando o saco em casa, nem sendo menino de recados do general Flavius.

A essas provocações, Claudius não respondeu. O capitão nunca gostara do velho. Fora criado pelos tios em disciplina férrea desde criança. A morte dos pais quando Martin tinha apenas cinco anos o marcara profundamente. Não tinha vontade de integrar-se a outras crianças nem de estudar. Lutava e corria pela vizinhança o dia inteiro. O tio parecia desaprovar. Quando as notas no colégio vinham abaixo de 80%, Martin recebia uma surra com a vara de madeira do sótão. As mãos do menino sempre ficavam encharcadas de sangue.

Apesar do passado traumático, recusava-se a acreditar que o tio pudesse ser um traidor. Sempre fora devoto dos deuses e elogiava o Imperador todos os dias. *Era um canalha de marca maior, mas nem ele podia descer tão baixo.* Como investigador, contudo, tinha de verificar as informações obtidas de Lena. Se fossem precisas, teria de esconder tudo e queimar as evidências. Não poderia permitir que matassem Marta, ou pior, ele próprio.

O carro seguiu pela Avenida do Império. A principal via de Varhat estava cheia àquela hora do dia. Muitas figuras importantes do regime iam de um lado para outro, trafegando entre os ministérios. No meio dos edifícios governamentais, situava-se a tradicional loja de brinquedos Varhattim. Era a única construção anterior ao Império. Foi adaptada, mas manteve seu lugar de destaque, pois as crianças devem ir ao centro de Aurium desde cedo. A estratégia funcionava bem, já que os pais levavam as crianças ao Museu do Império para ver os vídeos do governo nos Ministérios prometendo uma visita à loja de brinquedos em seguida. Dessa forma, as crianças amavam Aurium desde sempre e jamais questionariam o regime quando crescessem.

O Ministério da Guerra assomava ao lado da loja de brinquedos. A construção verde-musgo tinha um enorme tanque de artilharia em seu portal e uma estátua de Ares sobre a cúpula central. Como quase tudo na capital, era ricamente ornada em ouro. Os portões do estacionamento se abriram após o tio identificar-se. Descendo do carro, Martin não se dignou em olhar para o parente nem em trocar alguma palavra com ele.

Subindo as escadarias, o capitão foi até o centro do segundo andar, onde esperou em uma ampla recepção ser convidado a entrar pelo Ministro da Guerra. Uma jovem secretária, com olhos profundos azuis e corpo moldado como as deusas do mais elevado panteão de Aurium, olhou Martin, abanou-se e jogou os cabelos para o lado.

— O general logo vai chamar o senhor.

— Obrigado, boneca. Qual o seu contato? — perguntou o capitão. A moça mostrou seu código de contato para o militar. Martin ativou seus óculos digitais. A mera visualização era suficiente para que o número ficasse guardado na memória dos óculos.

Ela sorriu e voltou a olhar para o computador, como se nada tivesse ocorrido. Passados dez minutos, falou novamente com Martin.

— Capitão, pode vir. Por aqui.

A moça abriu as amplas portas do gabinete do Ministro e deixou Martin lá dentro. O militar olhou para o chefe diretamente. Bem, não tão diretamente assim, pois o General Flavius encontrava-se de costas para o capitão. O escritório tinha uma miniatura da escultura de Ares da área externa do Ministério. As poltronas eram todas forradas de seda vermelha, lembrando desconfortavelmente o sangue derramado na guerra. As paredes eram cobertas pela pintura mural da Revolução Azul, quando surgiu o Império. A revolta tinha sido liderada pelos marinheiros da capital. O afresco mostrava o corpo de Melchen destroçado e pisado pelo Imperador Carlos Letius, que empunhava a bandeira de Aurium.

Vendo o corpo destroçado, o capitão Martin resolveu romper o longo silêncio.

— General, o senhor... — Martin calou-se ao ver a mão levantada do chefe, que se virou para encará-lo.

O general era completamente careca, com seus cinquenta e poucos anos e moldado pela experiência de guerra. Seus olhos azuis e linhas do rosto perfeitamente harmônicas enfatizavam um arrogante ar de superioridade. A boca contraída, o queixo para cima e o olhar de cima para baixo causavam terror em quem ousasse colocar os olhos naquela figura.

— A inferior escapou... — disse o general pausadamente.

— Não tive culpa! Me atacaram com um porrete.

— Você vai me dizer que levou uma pancada de uma mulher? — disse, com desprezo na voz.

— Não foi ela. Foi um guarda da prisão.

— Delírio! Não há traidores em Aurium. Se isso é verdade, onde está esse guarda?

— Não sei. Quando acordei, já tinha fugido.

— Você é um incompetente mesmo, Capitão Martin!

— Vou consertar meus erros. Vou achar esse guarda e mostrar que tô falando a verdade.

— Acho bom. Não se esqueça por que te chamei aqui. Claudius Maximus é acusado de planejar o atentado na usina hidrelétrica.

Todo o falatório inicial e a reação do general em relação à fuga da inferior pareciam ser apenas prelúdio da verdadeira conversa. Martin retesou-se na cadeira.

— Senhor, com todo o respeito, não deve levar a sério as acusações da escória inferior. Ela disse qualquer nome para nos despistar do verdadeiro culpado. Como o senhor mesmo disse, não há traidores em Aurium.

— Estava seguro disso até alguns momentos, mas você mesmo indica um guarda que supostamente nos traiu. Temos que investigar.

— Vou atuar com a máxima diligência.

— Acho que não me expressei bem. As investigações não serão conduzidas por você.

— Mas eu sou o investigador-chefe.

— Era. Sua falha no centro de informações custou seu cargo.

— Como não fui informado?

— Informo-o agora. Ali está sua carta de exoneração do cargo — disse, apontando para um envelope branco na mesa.

— Quem ficou no meu lugar? — perguntou Martin, ainda perplexo com a notícia.

— O recém-promovido Capitão Rudolf. Ele presenciou o interrogatório com a inferior e, ao contrário de você, não deixou escapar nenhum prisioneiro valioso.

— Rudolf... aquele traíra. Vão me colocar onde?

— Você vai ser membro da equipe de captura. Veremos se o tal guarda desertou mesmo.

— Vou fazer da captura dele minha maior prioridade.

— Espero...para seu próprio bem. Dispensado.

Ao sair da sala do General, Martin não prestava atenção a mais nada. Não viu a moça da recepção e manteve os olhos fixos no chão, querendo sair logo daquele lugar. A escada parecia não ter fim. Degraus e mais degraus, parecendo descer até o infinito. Sua alma acompanhava a escadaria e parecia descer mais fundo a cada instante.

Ser subordinado ao capitão Rudolf era uma humilhação maior do que imaginara. Ser submetido às ordens do antigo assistente era sinal de extremo desprestígio no Ministério da Guerra. Martin sabia que isso já tinha acontecido, mas há tanto tempo que ninguém se lembrava mais.

Não sabia como poderia dizer isso a Marta. Melhor seria não contar nada. Não a deixaria manchada da podridão que escorria das suas vestes.

Para completar o cenário, tio Claudius o esperava ao pé da escadaria, com ar muito preocupado.

— Vá se foder, tio!

— Antes, vamos à sua casa. Acho que sabe que não tem mais direito a motorista.

— O que sabe disso?

— O Ministério inteiro sabe. Vamos, antes que manche ainda mais o nome da família.

Martin teve vontade de dar um murro em cheio na cara do parente insuportável, mas respirou profundamente. Pelo menos uma vez na vida, Claudius tinha razão. O capitão recuperou a compostura e o olhar altivo e partiu como em marcha em direção ao carro do tio. Teria que mostrar firmeza para não levantar mais suspeitas. Ao entrar, sentou-se no banco de trás e recusou-se a encarar o velho.

— Foi muito ruim o que você fez. Perder uma das líderes do movimento dos inferiores.

— O que o senhor fez não foi muito melhor, sabia que está sendo investigado por traição?

— Claro que sim. Não sou tonto igual a você. Sei o que se passa ao meu redor. Acredita mesmo que EU me uniria à escória degenerada? EU?

— Não fazia sentido para mim, mas agora não sei mais o que pensar.

O carro seguiu até o final da Avenida do Império, passando pelo Ministério das Artes, com seus gigantescos arcos dourados e esculturas de todo o panteão de deuses, e pelo Ministério dos Negócios Estrangeiros, austero e menor do que os outros ministérios. Martin começava a se questionar se não deveria ter sido diplomata do Império, chamando pouca atenção do governo. Apenas lá para disfarçar o belicismo de Aurium e tentar evitar as sanções da UIP (União Internacional dos Países).

Não, a diplomacia não era para ele. Odiaria perder seu tempo com discursos inúteis, tomando champanhe com aristocratas de outros países. Martin era movido pela verdadeira arte, pelos desenhos que o sangue espichado fazia na tela. Arrancar informações com belos instrumentos era sua vida. Restaurar os valores superiores e sujeitar os resistentes era seu objetivo supremo. Tão logo achasse o guarda traidor, teria sua vida de volta.

O tio virou na Rua do Diamante, onde o brilho das joias incandescia a todos. O capitão sempre se deslumbrava ao passar por ali. Precisavam apenas virar à direita e dirigir mais três quarteirões para chegar à casa. O tio virou à esquerda.

— Ô, velho gagá, esqueceu o caminho?

— Não. Sua nova casa está à esquerda.

Mas... é claro. Não apenas o tiraram do cargo duramente conquistado, como também concederam seu rico apartamento a Rudolf. Em Aurium, nenhum funcionário público pode ser proprietário de imóveis. Todos pertencem ao governo e são concedidos de acordo com o cargo que o beneficiário ocupa. *Esse guarda ia pagar muito caro.*

Passaram cinco quarteirões e o carro continuava em movimento. Martin sabia que havia descido na hierarquia, mas não imaginava que a queda seria tão grande. Aparentemente, essa era mais uma punição do General Flavius. Ao pensar em Marta sozinha sendo obrigada a mudar-se, o capitão ficou pálido. A humilhação sofrida pela orgulhosa mulher o deixou ainda mais envergonhado e raivoso do que antes.

Depois de quinze quarteirões, chegaram a uma rua lateral em um prédio belo, mas muito antigo. Não havia nenhuma estátua divina no portal de entrada. O mau agouro fez Martin arrepiar-se. Se a parte externa era bem conservada, o mesmo não se podia dizer da parte interna. Gotas pretas pingavam do teto no que parecia ser a tubulação exposta do esgoto do edifício.

O tio parecia compadecido. Pegou a mala de Martin e disse:

— Não posso entrar. A família já está desgastada demais. Ache logo a merda desse guarda, para sair desse muquifo — virou as costas e saiu.

A desgraça era demasiada para o capitão. De chefe do serviço de inteligência do Ministério da Guerra a mero capitão de segundo ranking, instalado em um dos piores estabelecimentos de Varhat. O distrito industrial estava apenas a alguns quarteirões de distância. A morte era certamente uma punição menos dolorosa para ele.

Ainda tinha de enfrentar a esposa. Não sabia muito bem como fazer isso. Parou por um instante, fechou os olhos no meio do saguão arruinado e respirou fundo. Contou até dez. Subiu as escadas, degrau por degrau. Cada rangido era um impulso a mais para chegar ao inevitável destino. A porta do apartamento 201 estava entreaberta.

Martin abriu-a lentamente e viu a esposa. O ponteiro do relógio parecia ter se movido mais rápido para a mulher. Seus cabelos loiros estavam desbotados, a postura estava um pouco mais corcunda e o olhar era vazio. Ficou confuso.

— Marta, o que...?

A mulher não respondeu. Continuou fazendo a limpeza da casa, como se não o tivesse visto. Limpava compulsivamente a mesa da sala e o prato de macarrão com carne de segunda categoria. Andava de um lado para outro, da pequena cozinha para a atulhada sala, onde um aparelho de televisão antigo dividia lugar com uma mesa velha e cadeiras com estofamento rasgado. Marta olhou para Martin e disse:

— O jantar sai em 30 minutos. Vá tomar banho.

O capitão sequer cogitou discutir ou falar mais alguma coisa. O jeito transtornado da mulher o assustara profundamente. Nenhum inimigo na guerra, nenhum inferior no centro de informações, nem mesmo o General Flavius e até o próprio Imperador o assustavam tanto quanto aquele olhar vazio. As pálpebras caídas, as olheiras e a mirada para o além faziam-no acreditar que aquilo era apenas um corpo ambulante. A alma tinha abandonado as cavidades terrenas.

Seguiu para o banheiro, que, para sua surpresa, era separado do único quarto do minúsculo apartamento. Abriu a porta, mas não conseguiu fechá-la. Deixou-a entreaberta. Ao abrir a ducha, sentiu o frio das montanhas. Deu um pulo para trás e por pouco não bateu a cabeça. O galo voltou a doer profundamente.

Ao sair, quase tropeçou num rato. Foi ao quarto e trocou de roupa. Notou que até suas vestimentas estavam diferentes. Surradas e malpassadas. Tinha herdado as roupas do Rudolf. Todas muito apertadas nele. Engolindo o orgulho, foi à sala e esperou silenciosamente a refeição. A sopa de legumes chegou a seu prato no horário indicado e estava deliciosa. *Pelo menos algumas coisas não mudam.* Tomou-a lentamente, saboreando cada colherada com prazer. Por fim, encarou a mulher, ainda alheia à realidade.

— Marta, precisamos conversar.

— Como quiser — disse, sem expressão.

— Sinto muito por tudo o que aconteceu a você nessa última semana. Não podia imaginar que iriam fazer isso contigo.

A mulher não respondeu. O silêncio, que tanto agradava ao capitão antigamente, agora o incomodava. Não aguentava ver a esposa naquela situação.

— Fala alguma coisa, porra!!! É uma ordem!

— O quê? — perguntou, sem entusiasmo.

O capitão a segurou e sacolejou. A mulher caiu no chão.

— Você vai falar!

Após o impacto da queda, Marta continuava mirando o vazio. Martin pegou sua mala e desceu a escadaria do hotel fazendo o maior barulho possível. Como estava de fato em desgraça, iria entender como vivem os inferiores para pegar cada um deles e colocá-los na cadeira do dragão. *Assim que acabasse com todos os degenerados, Rudolf seria o próximo e receberia algumas surpresas especiais.*

Seguiu a pé, arrastando a mala, em direção ao distrito industrial. Antes, porém, tinha de esquecer tudo aquilo. Parado em um bar de quinta categoria, integrado por um balcão surrado e cinco mesas de plástico, ligou para o gabinete do general Flavius no Ministério da Guerra.

— Boneca, quer encontrar um desgraçado capitão? Notei como olhou para mim no escritório.

— Claro, será um prazer!

Pelo menos nisso ainda tinha algum charme. O dinheiro que levava no bolso deveria ser suficiente para pagar por uma hora de diversão. A moça não recusaria.

O prospecto de algum prazer sexual o cegou para os dois rapazes de chapéu e óculos escuros na mesa mais afastada do balcão. Quando se deu conta, já não podia fazer mais nada. Sentiu apenas uma tontura pelo cheiro do clorofórmio. Tudo ficou escuro.

Concert
Ελλαδα
Αθηνα
ΕΠΙΠΛΕΟΝ
ΟΛΕΣ
ΠΟΛΙΤΙΚΗ
επιδιωκμενο

Capítulo 3

Lena observava o relógio na parede da sala. Os ponteiros marcavam 16h16. Em 14 minutos, teria início a esperada reunião com a comandante Vládia. A líder da rebelião nunca se atrasava ou chegava adiantada. Sua pontualidade era impecável. Fonte de inspiração para as mulheres rebeldes de Aurium, Vládia era desconhecida nos grandes círculos do Império. Jamais pensariam que uma mulher negra pudesse ser líder do movimento que mais os desafiava.

Os negros eram cidadãos de quarta classe no sistema do Império. Não faziam parte nem mesmo do círculo dos inferiores, de acordo com a teoria da evolução perpétua. Kalvin Kozeller, o principal expoente dessa teoria, defendia que seres humanos são classificados em círculos, de acordo com atributos como beleza branca, inteligência e retórica. Os mais aptos, segundo a teoria, pertencem aos círculos superiores. Os demais, aos círculos inferiores. Acontece que os negros não eram sequer considerados humanos em Aurium. O decreto 1503 do Imperador Saulo Letius, no ano de 2180, os tornara coisas. A norma vigorava há cerca de quatro décadas.

As regras do Império, entretanto, eram desprezadas pelo movimento de resistência. As lideranças rebeldes eram compostas pelo grupo mais oprimido pela sociedade imperial. Mulheres e negros estavam à frente do movimento e articulavam ataques exitosos por causa da incompreensão dos agentes imperiais acerca da composição étnica e de gênero da revolta.

Um choro vindo do andar de cima despertou Lena de seu estupor ansioso. Miguel a chamava. Subiu as escadas correndo e entrou no quarto do filho. O menino havia batido a cabeça ao cair da cama. O corte na testa sangrava muito. Lena buscou um remédio no armário do banheiro e fez uma bandagem para isolar a ferida e estancar o sangramento. O relógio marcava 16h28. Tinha apenas dois minutos para tranquilizar a criança.

Como o menino não parava de chorar, Lena administrou uma mamadeira com chá de erva-doce. Em pouco tempo, Miguel voltou a dormir. Mal fechou os olhos, pôde-se ouvir a campainha do térreo. Descendo as escadas rapidamente, Lena abriu a porta e encontrou a comandante acompanhada de duas mulheres que nunca havia visto, mas que pareciam ser de alta hierarquia. Todas vestidas com roupas de serviçais do império, com vestimentas velhas, puídas e úmidas, como se incrustadas de musgo. A comandante se diferenciava apenas por uma pequena tatuagem na nuca, quase imperceptível devido aos cabelos longos. Apesar das vestes simples, emanava poder pelos gestos decididos, olhar alto e postura ereta perfeita.

— Podem entrar, por favor. Estou honrada em recebê-las na minha humilde casa.

As acompanhantes sentaram-se no sofá, deixando a comandante Vládia na poltrona mais confortável da sala. Lena pegou um banquinho da cozinha para juntar-se a elas.

— Bela casa, Lena. Apresento minhas filhas: Cláudia e Fádia — disse a comandante.

— Muito prazer.

— Elas tomarão nota da reunião, que será transcrita para o Conselho.

— Muito bem, se é absolutamente necessário — disse Lena, um pouco insegura. Não gostava de ter suas palavras transcritas para um colegiado que não conhecia.

— Receio que sim. Bem, não temos muito tempo. O que me relata do encontro com esse capitão Martin?

Lena discutiu todos os detalhes de seu período como prisioneira, lembrando do cheiro dos barris da Wine Cellar e do assustador labirinto de Dédalo, que ficava atrás do estabelecimento. No subterrâneo do emaranhado de plantas, encontrava-se o maior centro de informações de Aurium, onde eram torturados os opositores do regime. Lena argumentou que seus captores foram estúpidos de levá-la ao maior centro do Serviço de Inteligência de Aurium (SIA).

— Está segura da localização do centro? A Wine Cellar de Senfai?

— Sim. Só pode ser ali. Realmente há uma Wine Cellar perto de onde fui resgatada.

— Muito bem. Vamos mandar uma equipe de investigação ao local. E a informação plantada sobre Claudius Maximus?

— Êxito absoluto. A cara de perplexidade do capitão foi impagável. Apesar de ele afirmar que era mentira, suspeitou logo do tio.

— Excelente trabalho, Lena. Irão suspeitar uns dos outros. Creio que isso seja tudo. Parabéns por ter concluído a missão com total sucesso. Os dias do Império estão contados. Construa uma mente forte!

A comandante já se preparava para sair, e as duas filhas guardavam os cadernos em suas bolsas. Lena, no entanto, não tinha terminado.

— Antes de ir, comandante, tenho uma pergunta: qual minha próxima missão?

— Por enquanto, nenhuma. Descanse e cuide de seu filho. Alguém entrará em contato quando chegar o momento. Construa uma mente forte — disse a comandante, impaciente.

— Uma mente forte será construída.

As três mulheres saíram da casa sem olhar para a anfitriã. Entraram em um carro branco que desapareceu rapidamente em meio às árvores da região. A fazenda, no extremo norte de Aurium, era um bom esconderijo. Localizada em região erma e próxima da fronteira com a República Juliana, era o local perfeito para fugir, caso fosse necessário. Muito longe da família em Jumhuryia, Lena não atraía atenção dos agentes imperiais.

O local, marcado pela plantação de uvas, lembrava a propriedade da família, onde tanto se divertira quando criança. A mãe, prefeita da cidade, tinha muitas ocupações, mas sempre conseguia tempo para brincar com a filha. As duas corriam nos vinhedos e pulavam corda juntas. A vida era muito simples até a chegada do primeiro tanque.

As tropas do Imperador Saulo Letius bombardearam o prédio da prefeitura enquanto a mãe estava trabalhando. Lena, então com dez anos, foi levada às pressas pelo tio para um abrigo e criada por ele desde então. Conhecera o movimento rebelde de perto desde essa época. O pai adotivo fazia parte do conselho do círculo e sempre levava Lena para conhecer os líderes da revolução.

Os vinte anos desde a morte da mãe tinham passado muito rapidamente. Embora a ausência da figura materna tenha deixado marcas indeléveis, a criança virou uma formidável agente de inteligência. O pai adotivo estava muito orgulhoso. Agora se encontrava no exterior, articulando apoio para a causa do movimento rebelde.

Nunca ouvira falar do pai biológico. A mãe dizia apenas que era um canalha que a havia abandonado grávida. Infelizmente, parece que a vida ocorre em ciclos repetitivos, pois Lena, grávida de Miguel, fora abandonada pelo namorado. Jorge era o amor da vida da revolucionária, com os mesmos ideais de derrubar o Império e lutar pela causa com todas as forças. Conheceram-se em uma reunião do círculo e se apaixonaram à primeira vista. No entanto, quando soube que Lena estava grávida, o rapaz fugiu e nunca mais se ouviu falar dele.

Era em Jorge que Lena pensava quando voltou ao quarto de Miguel e viu o filho dormindo profundamente. Como o homem que tanto amara pudera ser tão covarde? O menino, agora com cinco anos, nunca ouvira falar de Revolução e sorria o tempo inteiro, ignorando o sangue que irrigava as terras do país. Lena queria que o filho vivesse na ignorância, para que não se tornasse alvo dos imperiais. O menino não tinha interação com outras crianças. A educação de Miguel era realizada integralmente em casa, por Lena e alguns colegas do círculo. Os temas que envolvessem história desde 2150 eram apenas amontoados cronológicos de fatos, sem análise. A política era ignorada. Lena não queria que o filho fosse informado de nada do movimento e desejava que se mantivesse com educação imperial, para protegê-lo. Quando fosse mais velho, o instruiria sobre as mazelas de Aurium e o movimento mente forte, do círculo dos inferiores.

Lena olhou mais uma vez o filho dormindo e desceu para a sala. Abriu o jornal "Tempos Imperiais" e espantou-se com a principal manchete da primeira página: "Capitão Martin desaparecido. Polícia imperial busca suspeitos". O torturador estava sumido e isso estava na capa do jornal do governo. Nunca antes havia visto um desaparecimento de agente do Império publicado no periódico de maior circulação no país. *Deveriam estar desesperados*. Na versão oficial, não existia oposição ao regime e todos viviam muito bem sob os auspícios do divino Imperador Rômulo.

No entanto, algo a incomodava. A comandante Vládia não havia falado nada sobre o assunto durante a conversa. Ou o círculo não o tinha como prisioneiro ou, o que seria ainda pior, o tinha e não confiava plenamente em Lena. Se a segunda opção fosse verdade, significaria que toda a sua vida dedicada à luta pela liberdade não significava nada para as lideranças do círculo.

As horas se arrastavam lentamente no sofá enquanto Lena pensava em teorias para o desaparecimento do capitão. Não gostava de estar ociosa e logo trabalhou na rede de contatos que poderia acionar para descobrir o paradeiro do torturador. Queria encontrá-lo mais uma vez para se vingar. Podia acionar os amigos na cidade para ajudá-la, mas esse movimento chamaria muita atenção.

Pensou em Janos, o guarda da prisão que a havia ajudado. Ele tinha como saber algo. Desde que a ajudara, contudo, estava desaparecido. Até o presente momento, não havia estabelecido contato com ninguém do círculo. O pai adotivo, enfurnado na República Juliana, podia saber algo. Contatá-lo era arriscado, mas uma breve viagem pela fronteira talvez fosse necessária para sanar dúvidas.

O que queria de verdade era sair de casa e ser útil. Não aguentava passar dias e dias com a mesma rotina, preparando a comida de Miguel, ensinando-o Matemática, Geografia e História e colocando-o para dormir com estúpidos contos imperiais. Gostava dos clássicos dos Irmãos Grimm, mas eles eram muito assustadores para a criança.

Tinha de ler para ele as bobagens publicadas desde o surgimento do Império. O pior é que a criança gostava dos textos. O menino tinha particular apreço pela lenda do Mago e dos três Imperadores.

A história infantil afirmava que o Império fora uma criação mágica de um grande druida que salvara o mundo das religiões monoteístas assassinas. Cristianismo, Judaísmo e Islamismo seriam doutrinas que promoviam a morte das pessoas. O grande druida defendia o retorno às origens da humanidade para buscar a pureza. Três Imperadores seriam enviados pelos deuses para purificar o mundo e devolvê-lo ao período áureo.

Lena torcia muito para que o druida estivesse certo, pois falava-se de três Imperadores e dois já haviam morrido. Se a lenda fosse profética, Rômulo seria o último dos Imperadores e a vida volveria à normalidade. Abriu a primeira gaveta da cômoda perto do sofá e tirou seu exemplar da Bíblia Sagrada, um dos poucos ainda existentes em Aurium. Começou a ler o livro do Gênesis e a rezar por um novo começo para o mundo, em que pudesse sair com símbolos de sua fé sem temer represálias.

Ouviu um grito de "Mãe!" do andar de cima e foi buscar o filho. Juntos, foram à cozinha e fizeram um belo prato de macarrão com queijo. Miguel comeu tudo sem reclamar e pediu para ver desenho na televisão. Lena sempre ficava enojada com os péssimos roteiros que eram aprovados pela censura do regime, mas o programa parecia acalmar o filho, então o deixou assistindo e foi ao pequeno escritório.

O ambiente era muito austero. Com paredes brancas, tinha apenas uma mesa preta de canto, um computador com acesso à rede rebelde e uma estante com poucos livros, além de muitos papéis espalhados por toda parte. Lena nunca tivera tempo para organizar o cômodo propriamente. Sentou-se à mesa, abriu a primeira gaveta, pegou o telefone antigo e digitou os conhecidos números. Ninguém atendeu. Tentou novamente. Nada. Resolveu tentar uma última vez. Quando já estava prestes a desligar e a esquecer todo aquele plano maluco, uma voz respondeu:

— Alô, quem fala?

— Aqui é Águia Vermelha.

— Que bom ouvir sua voz. Aconteceu algo?

— Preciso encontrar o Leão Dourado.

— Não acho prudente.

— É importante...

— Nesse caso, venha amanhã pela estrada amarela e vá ao local comum uma hora depois do horário especial.

— Perfeito.

Não houve resposta. A outra parte tinha desligado. Sempre se divertia ao falar com o pai adotivo por códigos criados apenas entre os dois. O Império dificilmente conseguiria interceptar aquela chamada, mas o que a preocupava de verdade eram os companheiros do círculo. Se não confiavam nela, sua casa deveria estar sendo cuidadosamente monitorada.

Pela primeira vez em dois anos, estaria fora do país. A cidade em que o pai morava ficava a apenas dez quilômetros de distância da fronteira, que não era longe da casa em que estava. A estrada amarela era como o pai chamava a densa floresta com árvores de copa amarelada que circundavam a região fronteiriça. O local comum era a pequena sala de reuniões escondida atrás da Cafeteria Aromas. O horário especial era 22h, considerado de boa fortuna para o pai adotivo. Dessa forma, tinha um encontro marcado às 23h do dia seguinte em plena República Juliana.

Precisava fazer uma ligação a mais, para que seu plano pudesse ser concretizado.

— Carla, tudo bem?

— Tudo bem e contigo?

— Você pode vir amanhã às sete para um jantar aqui em casa? O Guel tá com muita saudade sua e quer que você se junte à brincadeira do cuco.

— Eba! Vou sim. Tentarei ser pontual, mas já sabe como é... hahaha!

— Sei bem... hahaha! Até amanhã.

— Até. Beijo.

Lena esperava que a moça tivesse entendido o recado. Precisaria da ajuda da amiga para ficar com Miguel enquanto estivesse fora. A moça acreditava que Lena saía escondida à noite para namorar, então ficava muito feliz em vigiar o menino. Carla não sabia da rebelião, o que era uma boa proteção caso fosse capturada. Os imperiais logo perceberiam a alienação da moça. A única amiga de Lena nas proximidades não tinha o menor interesse pelo que ocorria no Império, pela posição subalterna da mulher na sociedade e pela discriminação racial. Fingia que nada ocorria e que o mundo era um lugar perfeito. A amizade era conveniente para Lena. Carla era boa pessoa e não fazia perguntas indesejadas.

No dia seguinte, às 19h, conforme Lena esperava, não apareceu ninguém. Carla sempre chegava 30 minutos atrasada. Às 19h30 em ponto, a campainha tocou. Os longos cabelos negros a saudaram em entusiasmado cumprimento. Miguel brincava na sala com alguns blocos de construção. Lena deu um beijo no filho, despediu-se e foi ao quarto preparar-se. Vestiu a peruca de cabelos ruivos, colocou os óculos digitais, pôs o chapéu, pendurou a bolsa marrom e calçou as sandálias pretas. Visual de perfeita dona de casa de Aurium.

Seguiu andando em direção à floresta, com a bolsa firmemente pendurada no braço esquerdo. A trilha era visível logo na entrada do parque natural. Os portões de ferro que guardavam a passagem costumavam estar cercados de seguranças no verão. No outono, havia apenas um. Naquela noite, ele examinou brevemente a mulher e voltou a assistir a sua série preferida no aparelho de telefone.

Aurium realmente não acreditava que era possível ultrapassar aquela parte da fronteira, pois havia lobos na floresta. Quem conseguisse escapar dos animais ou tivesse sorte de não encontrar nenhum dificilmente conseguiria atravessar o rio fronteiriço no outono, pois o curso d'água ficava muito cheio e com forte correnteza. Apenas nadadores profissionais poderiam passar, e os melhores eram parte da elite do Império.

Nadadora exímia, Lena conseguia atravessar águas turbulentas sem muita dificuldade. Os lobos não a assustavam nem um pouco. Depois de sobreviver à experiência traumática da sala do zoológico, Lena não tinha mais medo de bicho algum. Assim, prosseguiu por uma hora sem encontrar um lobo sequer. O percurso sob as árvores de folhas amarelas e a celeste abóbada estrelada transcorreu calmamente, com sons ocasionais de animais correndo e o vento forte soprando.

O barulho da correnteza estrondava em seus ouvidos. A água corria rapidamente e não parava. Nunca tinha visto o rio Araf tão cheio. Enrolando a bolsa em um plástico e prendendo-a à cintura, mergulhou na corrente. Foi logo jogada para a esquerda, mas suas braçadas laterais ajustaram o rumo. Braçada, pernada, esquerda, direita, respirações a cada 10 segundos. Depois de 3 minutos, chegou à outra margem. Gelada pelo vento do outono, conferiu se o relógio ainda funcionava depois do tempo submerso. Os ponteiros se mexiam com a mesma velocidade e marcavam 21h17. Chegar ao pai não levaria mais de uma hora. Estava tranquila.

Andou por mais 15 minutos e sentou-se embaixo de uma árvore, respirando o ar da liberdade pela primeira vez em muito tempo. Aurium era como o rio Araf. Somente um a cada 10 segundos é de respiração plena. A República Juliana era o vento livre, indomado, onde as correntes foram quebradas. Lena absorveu cada segundo daquele ambiente, expandindo o peito para deixar mais ar entrar. Inspira, expira. Uma vez, duas, tr...

Quando abriu os olhos, viu logo o relógio marcando 22h20. Tinha dormido muito tempo embaixo da árvore. Juntou seus pertences e partiu em direção à cidade. Aos poucos, as luzes foram surgindo na linha do horizonte. A floresta tornava-se menos densa e a trilha se abria. Viu o portão do outro lado e um agente de segurança. Não se lembrava de um guarda no lado da República Juliana. Resolveu aproximar-se com cautela. O rapaz reparou em sua presença e disse:

— Senhora, o que faz aí dentro? O parque fechou às 22h.

— Fiquei presa.

— Tem algum documento de identificação?

— Eu me perdi, deve ter caído aqui em algum lugar.

— Tá certo. Tudo bem. Mais cuidado da próxima vez. O parque à noite pode ser perigoso.

— Vou tomar mais cuidado.

Aliviada, Lena seguiu pelas ruas da cidade. Cilbra era muito bonita. Com vias largas, comércio vibrante e população animada, não parecia em nada a área rural do outro lado da fronteira. Por mais que a arquitetura impressionasse, com amplos prédios modernos, nada era mais impactante do que a cultura. Ver mulheres negras, vestidas nos mais caros tecidos e andando de cabeça erguida na rua era tão estranho que Lena teve que se cutucar para confirmar que não estava sonhando. As mulheres negras em Aurium eram escravas, servas ou, no caso das rebeldes, comandantes militares. Vê-las em liberdade para serem o que desejassem era um choque para a moça sempre que visitava o país vizinho.

Infelizmente, não podia viver lá para sempre. Desde adolescente, tinha decidido juntar-se à luta contra o regime opressor que tinha matado sua mãe e a impedido de gozar da liberdade. Quando Miguel nasceu, morou por um tempo junto ao pai e pensou em ficar por lá, mas foi contatada por agentes do movimento. Poucos tinham as habilidades de Lena em luta e discrição. Depois de muito relutar, decidiu que não queria que o filho fosse um expatriado, mas que pudesse viver feliz no país de seus antepassados e de suas raízes.

Na República Juliana, as pessoas andavam felizes, sem medo de serem colocadas na prisão ou torturadas. O movimento da avenida principal foi deixado de lado e Lena prosseguiu por ruas menores, repletas de livrarias e de cafés. Ao dobrar a esquina da Rua dos Refugiados, deparou-se com a Cafeteria Aromas. Entrou, sentou-se a uma mesa e chamou o garçom:

— Por favor, quero um leão dourado.

O rapaz anotou o que seria o pedido e fez um breve sinal para que ela o seguisse. Ela esperou alguns segundos e fingiu que ia ao banheiro. Ainda que estivesse em um país livre, Aurium tinha muitos espiões. Não poderia ser descuidada. Caminhou em direção ao balcão, verificou que ninguém a olhava e passou para a parte de trás. Foi à sala de administração da cafeteria, empurrou o pequeno armário e entrou no compartimento secreto.

— Lena!

Seu pai a abraçou fortemente, levantando-a pelo ar umas duas vezes. Era impressionante como era forte ainda que tivesse mais de 50 anos, cabelos grisalhos e rugas no rosto e nas mãos.

— Pai, tava com muita saudade!

— Eu também, minha filha. Eu também. Mas...

— Mas o quê?

— Você se arriscou demais vindo aqui hoje. O que é tão urgente?

Lena sentou-se na cadeira preta em frente à mesa do pai e explicou tudo o que havia ocorrido entre ela e o Capitão Martin, bem como a notícia que acabava de ler sobre o desaparecimento do militar.

— Esse verme! Vou acabar com ele com todas as minhas forças! Não vai sobrar nem um dedo para contar história! — disse, vermelho de raiva.

— O senhor quer dizer que eu vou acabar com o patife. Não preciso de ninguém para me vingar.

— Claro. Tenho certeza de que você dará fim no desgraçado.

— E sobre a segunda parte?

— O quê?

— Onde ele está? É prisioneiro do círculo?

— Se fosse, pode ter certeza que você seria a primeira a saber.

— Mas, então... quem está com aquele idiota?

— É uma questão muito intrigante. Vou mandar minha equipe para investigar isso agora mesmo.

Lena fitou a parede, confusa. O círculo ainda confiava nela e não tinha prendido o capitão sem informá-la. Isso era bom. No entanto, uma nova força se revelava. Aurium não sequestraria um de seus comandantes, por pior que fosse sua situação. Só uma pergunta restava na mente de Lena: Quem teria raptado o Capitão Martin?

Concert
Ελλαδα
Αθηνα
επιδιωκμενο
ΠΛΕΟΝ
ΟΛΕΣ
ΠΟΛΙΤΙΚΗ

Capítulo 4

O barulho do motor era tudo o que o Capitão Martin escutava. O som da máquina passando velozmente por ruas desconhecidas o inquietava. Parecia que não estavam indo na direção norte de Aurium. As estradas do Norte eram bem pavimentadas, o que não era o caso daquele caminho. Desde que recobrara a consciência, tentava prestar atenção em todos os detalhes da rota que seus captores estavam utilizando. Era difícil, já que estava com um capuz que vedava toda a sua visão, além de ter as pernas e as mãos atadas. Se a visão estava prejudicada, dedicava toda atenção à audição e ao olfato.

O veículo vacilava em buracos nas vias que percorria. Pelo espaço que pôde sentir com suas mãos, Martin imaginou estar na parte traseira de um caminhão de carga. Pela textura das caixas próximas ao capitão, o carregamento era de ovos de granja. Em pouco tempo, talvez eclodissem muitos ovos com aquele calor. Não havia nenhuma espécie de ventilação e o ambiente era escuro.

Pior do que sentir calor era descobrir como fora idiota. Um capitão do Império bebendo sozinho, em um bar perto do distrito industrial, era alvo perfeito para sequestro pelos inferiores. Mesmo que estivesse em desgraça com os altos líderes, o fato de ser um capitão significava que iriam resgatá-lo ou atender a algumas exigências dos rebeldes, para não serem humilhados. Martin afundaria ainda mais sua carreira. Poderia ter sua patente militar removida e ser expulso do país. Marta seria enviada, em desgraça, de volta à família para punição ou para outro casamento arranjado.

O capitão tinha apenas uma alternativa: escapar. Agora que pensava melhor nas consequências do sequestro, até tinha algum esboço de gratidão. Se obtivesse informações sobre como funcionava a revolta do círculo e fugisse, seria recebido como o grande herói que escapou dos terroristas e descobriu suas tramas perversas. Já se via com muitas comendas, sendo promovido e ocupando o cargo de Ministro da Guerra. *Ia botar Flavius no mesmo apartamento vagabundo que o canalha tinha escolhido pra ele, pegar a mulher dele como amante e ainda levar a secretária de brinde.*

Esperava que a secretária estivesse bem. *Uma coisinha preciosa daquelas não podia cair nas garras desses urubus inferiores.* Tinha marcado de encontrá-la no bar e ela provavelmente fora ao local, sem encontrar seu pretendente. O capitão iria arrancar uma cabeça ou outra quando escapasse. Tinham-no privado até desse muito necessário conforto.

O caminhão reduziu a velocidade até parar completamente. Pelo tempo do trajeto e a velocidade imprimida, Martin estimava que deveriam ter percorrido uns 700 quilômetros. Jumhuryia era a cidade que ficava, mais ou menos, a essa distância ao sul da capital Varhat.

A porta abriu-se, e um par de mãos fortes conduziu-o até um local que cheirava a esterco. Removeram sua venda. A luminosidade quase o cegou. Era uma manhã muito ensolarada no galpão de celeiro. No meio de porcos fedorentos, foi colocado num amontoado de palha e teve a fita que cobria sua boca removida com violência. Dois fortes seguranças estavam postados ao seu lado e uma mulher mirava-o com atenção.

De cabelos brancos e mãos enrugadas, não era a típica velhinha que se encontra em asilos de Aurium. A senhora que estava à sua frente portava-se com elegância e emanava um poder que Martin nunca havia visto, nem mesmo em grandes líderes imperiais. O terno preto, a compostura ao sentar-se com as pernas perfeitamente alinhadas e os caros óculos indicavam que não havia nada frágil naquela mulher. Por um segundo, o capitão esqueceu que mulheres são de segunda classe e existem para servir aos homens, dar-lhes prazer e realizar atribuições domésticas.

— Vejo que está surpreso comigo — disse a senhora, com evidente satisfação.

— Não estou surpreso com nada. Me solte agora, sua velha!

Mal terminou a frase, recebeu do segurança que estava à sua direita um golpe na cabeça.

— Você vai respeitar nossa líder! Melhor pegar a fita adesiva de volta. Só sai esgoto da sua boca imunda.

— Não precisa disso — respondeu a mulher.

O segurança voltou à posição anterior, um pouco contrariado.

— O famoso Capitão Martin por aqui, na fazenda de meus antepassados. Tenho certeza de que alguns sentiriam um desgosto horrível por sua presença imunda. Não posso responder pelos outros.

— Quem é você? Não me parece uma inferior e claramente não é agente do Império.

— Chegamos à pergunta que não te deixa respirar confortável, não é mesmo? Quem faz as perguntas aqui sou eu, se não se importa.

Martin contraiu o queixo e remexeu-se. Aquilo não poderia passar de uma trama dos inferiores para humilhá-lo e mandar um recado ao Império.

— Me leve ao seu superior!

— Lamento informar que ele não existe. Agora, vamos às perguntas. Vá respondendo de acordo com sua memória.

— O que acha que vai me fazer responder às suas perguntas sujas?

O segurança já preparava o braço para aplicar um segundo golpe no militar quando a senhora fez um sinal com as mãos, mostrando que não era necessário.

— Você vai responder porque é de seu interesse. Podemos firmar uma parceria proveitosa.

— Parceria? Uma parceria entre um sequestrado e seu sequestrador? — perguntou, cuspindo nos sapatos vermelhos da mulher.

Nesse momento, o golpe não veio dos seguranças, mas da própria mulher. Um murro certeiro atingiu seu ouvido, fazendo-o sangrar e se desorientar.

— Agora vai ouvir o que tenho a dizer? Não sou uma de suas prostitutas de Varhat!

Martin calou-se, impressionado com a força física da mulher. O golpe fora ainda mais forte do que o do segurança. A elegante senhora sabia lutar.

— Pois bem. Está amarrado porque eu já previa esse comportamento misógino e estúpido. Sou Lauza, líder do movimento Novo Império.

— Novo Império?

— Consigo entender por que não sabe nada. Fomos fundados faz 5 anos. Exigimos o fim da tirania do General Flavius e a reforma do Império para dar poder às mulheres.

— No que vocês são diferentes da escória inferior? Isso tudo é traição!

— Ainda quer nos comparar com a escória inferior! Canalha! Somos a favor da defesa do Império. A escória ganha poder a cada dia e ameaça a estabilidade do nosso querido país! Vamos reformar o Império para que ele não caia!

— Com mulheres? Hahaha... meio difícil.

— Seu ignorante. Kozeller, na teoria da evolução perpétua, não fala nada de mulheres serem inferiores. Essa foi uma interpretação idiota de machistas como o General Flavius.

— Olhe, minha senhora, não sei se sabe quem eu sou....

— Sei muito bem quem você é. Um capitão de elite do nosso país que foi rebaixado injustamente pelo prepotente do Flavius. Certamente, o querido Imperador Rômulo não tem ideia de que esse despautério aconteceu.

Martin resolveu entrar no jogo. Toda essa ideia de Novo Império era ridícula e não passava de um projeto de um bando de malucos liderados por uma fanática. Lauza parecia desconhecer a extensão de seu horror com a perspectiva de mulheres em posições de comando. Usaria esse ponto em seu benefício.

— Muito bem. Digamos que eu acredite que essa ideia de Novo Império possa funcionar. O que eu teria que fazer?

— Ajudar a derrubar o General Flavius.

— OK. Aquele velho gagá está precisando cair mesmo. Ganho o quê em troca?

— O Ministério da Guerra será seu. O Imperador Rômulo vai te agradecer pessoalmente por ter limpado o Império de bastardos e poderá se dedicar ao objetivo de sua vida: aniquilar a escória inferior!

Lauza estendeu a mão enrugada para o capitão Martin. Ele apertou-a sem hesitação. Apresentava-se uma ótima oportunidade para vingar-se do General Flavius. Depois esmagaria esse movimento esdrúxulo de reforma e mandaria os inferiores para arderem nos domínios de Hades.

— Vão me levar de carona para Varhat?

— Não tão rápido. Todos os nossos agentes devem receber treinamento.

— Treinamento? Sou... era o líder do serviço de informações de Aurium. De que tipo de treinamento posso precisar?

— Sabemos de sua capacidade técnica. Por isso foi selecionado. Ainda assim, precisa de treinamento nos ideais do Novo Império.

— Você já me falou, não? Mulheres com mais poder e Flavius degolado. Entendi perfeitamente. Se não querem me dar carona, me desamarrem e irei a pé até a estação de trem.

Lauza olhou-o de cima a baixo, com certo grau de desprezo, franzindo o cenho e contorcendo a boca.

— Vai precisar de sessão de descontaminação do machismo. Ou colabora ou podemos te jogar num viveiro de jacarés aqui perto.

— Tá — disse de má vontade, lançando um olhar raivoso a Lauza.

— Muito bem! Amanhã sua instrutora vai chegar.

As mãos e as pernas do capitão Martin foram desatadas e ele foi guiado até uma casa a cinco minutos de caminhada do celeiro onde estava. A residência branca de dois andares tinha muitos cômodos e fora edificada segundo as normas dos melhores arquitetos do Império. As colunas tinham dimensões perfeitas e simétricas e, à frente, estava a estátua de um deus protetor. No caso, uma deusa. Previsível. Hera surgia imponente com sua mirada em direção ao Olimpo. Era a maior estátua daquela divindade que o capitão já vira.

Recebeu roupas limpas e tomou um banho reparador. Estava precisando relaxar e clarear a cabeça. Surgia uma terceira força no espectro político de Aurium. Aproveitaria os próximos dias para descobrir quantos seguidores tinham e qual era seu método de atuação.

Não eram tão chatos quanto os inferiores, mas podiam perturbar muito. Mulheres em posição de poder era uma ideia tão absurda que desatou a rir sozinho dentro de sua banheira. Fingiria demência nas tais sessões, mostrando-se como obediente e doutrinado. Esperava que suas convicções não traíssem o desprezo que sentia pela interpretação do movimento sobre a teoria da evolução perpétua. Kozeller certamente ficaria enojado em ver sua perfeita teoria sendo sujada por mulheres. Decidiu preocupar-se com isso no dia seguinte. Deitou-se na confortável cama e adormeceu.

O dia seguinte chegou mais cedo do que esperava. Foi despertado aos gritos às 5h da manhã por uma mulher branca de cabelos negros e voz áspera. Martin sempre acordava cedo, às 6h da manhã, junto ao nascer do sol. Ainda assim, *ser acordado de madrugada só podia ser coisa dessas malucas feministas.*

— Bom dia, capitão! Sou a Coronel Aske. Serei sua instrutora pelos próximos dias.

Martin não falou nada. Apenas observou a mulher, espantado. Tinha mais músculos do que ele e, talvez, do que o General Flavius. Fingiu que estava perfeitamente bem e que esse despertar não o assustara. Manteve a expressão rígida e solicitou tempo para tomar banho.

— Você tem 10 minutos. Cada segundo a mais vai ser punido.

Em 7 minutos, tomou banho e trocou de roupa. A mulher estava do lado de fora, impaciente. Conduziu-o para fora da ampla casa e em direção à floresta. As folhas das árvores caíam em profusão, indicando a estação outonal. Caminhando em direção à sua primeira lição, Martin não tinha a menor ideia de como seria um treinamento contra o machismo. Antes dos distúrbios políticos que instauraram o regime de Aurium, as mulheres ocupavam posições de poder, mas essa ideia tinha sido erradicada com o surgimento do Império. Desde criança, o militar escutava que as mulheres deveriam concentrar-se nas ocupações domésticas e de secretariado. A perspectiva de ser confrontado com uma realidade diferente o assustava.

Viram uma casa isolada em cima da árvore mais alta das redondezas. O capitão notou que grossas cordas davam acesso ao local. Aske segurou uma delas e começou a subir. Martin entendeu que deveria segui-la. A mulher escalava com destreza impressionante. Não querendo ficar para trás, aplicou o máximo de força possível para segui-la, mas continuava em desvantagem. Aske chegou ao local e gritou para o capitão:

— Precisa de uma forcinha aí, capitão tartaruga?

Aquilo era demais para ele. Colocou todo o ódio que estava sentindo nas mãos, escalando a corda rapidamente. Em alguns segundos, chegou à casa.

— Não tão tartaruga assim. Estava sonolento na primeira metade, mas na segunda subi mais rápido que você.

— Hahaha! Vou fingir que isso é verdade.

A casa da árvore era de madeira e tinha apenas um amplo cômodo com duas cadeiras e um tapete. Além disso, tinha uma enorme televisão e conexão com a Internet. Ele *ia ter que ver filmes de princesa?* Se era assim, quase não podia conter o riso de quão tontas eram aquelas mulheres.

Quando o aparelho televisor foi ligado, no entanto, a imagem que apareceu deixou o Capitão Martin boquiaberto. *Como podiam ter feito isso comigo? Enganara-se sobre aquelas malucas. Elas eram muito mais perigosas do que a escória inferior.*

Marta sorria para ele, de uniforme militar e com distintivo de capitã. *Acho que me drogaram. Só assim para aquilo ser verdade.* Sua mulher fazer parte daquele movimento era algo inconcebível para ele. A esposa, frágil e sem reação naquele apartamento vagabundo, não tinha nada a ver com a mulher que estava no aparelho televisivo à sua frente. No entanto, era ela. Disso não podia haver dúvidas.

— Martin, prazer em finalmente conhecê-lo.

— Está ficando louca? Sou seu marido. Que palhaçada é essa?

— Por anos, fingi ser a esposa fiel e dedicada. Sempre em casa e lavando tudo como sua escrava. Enquanto não duvidava de mim, passei informações pro Novo Império. Quando você ficou na merda, fiz o papel de esposa destroçada e deprimida. Te enganei tão bem que caiu na nossa armadilha.

— Sua vadia. Seu nome pelo menos é Marta?

— Não vou te responder isso.

— Pelo menos o nome da vagabunda que mentiu pra mim todos os dias por anos eu tenho que saber.

— Você não tem ideia de toda a humilhação que passei. Como tinha que me esforçar para fingir que gostava um pouco de ti, seu monstro!

— E fingia muito bem, mas tem coisa que não dá pra fingir. Os gemidos quando te comia eram de verdade.

— Nunca foram! Jamais senti uma gota de prazer quando seu pau pequeno entrava em mim. O único sentimento que tinha era de nojo profundo. Por que acha que demorava tanto nos banhos depois? Pra tirar cada pedaço seu de mim.

— Mentirosa! Isso é o único que sabe fazer. Só mentir!

— Se fosse por mim, te mandaria agora mesmo para a execução, mas o Novo Império resolveu te dar outra chance. Fique bem caladinho e escute!

O capitão não suportava encarar a mulher. *Em todos aqueles anos tinha sido enganado por uma impostora defensora dos direitos femininos.* Suspeitara do tio o tempo inteiro, mas a verdade estava mais próxima de casa. *Marta, uma traidora imunda!* Não queria ficar ali. Sua vontade era de correr para onde quer que ela estivesse e esganá-la.

— Coronel Aske, pode passar para a Fase II do treinamento — disse a voz vinda da tela.

O vídeo apagou-se e Aske voltou a falar.

— Espero que tenha aprendido uma importante lição.

— Muito esclarecedora: não confie em nenhuma mulher. São todas vagabundas traidoras.

Um golpe veio à sua direita e derrubou-o. Ainda tonto, sentiu outro golpe, à esquerda. Aske lutou furiosamente com ele no tapete. Recuperando os sentidos, Martin deu um murro certeiro no saco escrotal. Claro que não havia nada lá. Como resposta à sua estupidez, a coronel chutou-o no sexo e ele desmaiou.

Quando acordou, algumas horas mais tarde, o capitão estava deitado na cama da casa principal do movimento Novo Império. Começava a entender a lógica do grupo. Queriam mostrar-lhe que as mulheres podiam superá-lo em inteligência e em força. Não subestimaria mais ninguém daquele movimento podre. Seria dócil com elas e se mostraria humilde. Não repentinamente, para não provocar desconfianças. Faria tudo gradualmente.

O guarda de seu quarto ligou para a coronel para informar que Martin estava acordado. *Era bom saber que elas usavam aparelhos telefônicos* e que um estava próximo de seu alcance. Aske apareceu em suas tradicionais vestes militares e anunciou:

— Capitão, o que aprendeu até agora?

— Que minha esposa é uma de vocês e que você consegue me superar em uma luta — disse em tom neutro, tentando esconder o asco que a frase provocava.

— Não era exatamente o que precisava, mas vai servir. Você aprendeu que as mulheres podem ser melhores em inteligência e força, por isso não somos parte da escória inferior.

— Que seja...

Por dias, a segunda fase repetia-se. Sempre com a mesma rotina: acordava na cama da mansão do Novo Império, tinha que escalar até a casa da árvore e lutava com alguma das recrutas. Para a frustração de Martin, não conseguia vencer nenhuma luta. No quinto dia de repetição, perguntou à recruta:

— Quando vamos passar pra terceira fase?

— Quando você estiver pronto.

— Tô pronto.

— Não tá não.

No dia seguinte, Martin levantou-se da cama cedo, subiu a corda e ficou parado. Quando foi atingido por um soco da recruta, não revidou. Tinha pensado a noite inteira por que não conseguia avançar no treinamento, até que percebeu que o problema estava no seu desafio à autoridade da mulher, não em saber que podia perder a luta.

— Está pronto para a próxima fase.

A terceira fase do treinamento não era nada agradável. Martin foi levado a um cômodo escuro, no subterrâneo da grande casa. Assim que chegou lá, viu a cadeira do dragão. Iriam usar seu próprio método contra ele.

— Não acredito que isso seja necessário.

— Relaxe. Não é o que pensa.

Não estava nada relaxado quando os dois seguranças o colocaram na cadeira e instalaram diversos fios pelos seus braços.

— Você teve duas aulas importantes, sobre a inteligência e a força das mulheres. Agora é hora da sua prova. O detector de mentiras vai mostrar se pode ficar comprometido com a causa do Novo Império ou se é um estúpido machista que não aprende nada.

Após ajustes na máquina, Aske começa a sessão de perguntas:

— Qual o seu nome?

— Martin Soares — a máquina deu um apito verde.

— Quantos anos você tem?

— 37 — outro sinal verde acendeu-se.

— Já está meio velho... qual o nome da sua esposa?

— Ma... eu não sei — outro apito verde.

— As mulheres são superiores?

— Não — outro sinal verde.

— As mulheres são inferiores?

— Podem ser. Tem algumas no círculo inferior — outro sinal verde.

A explicação não agradou muito a Aske, mas ele não estava mentindo e ela sabia que algumas mulheres compactuavam com a rebelião inferior.

— O movimento Novo Império é forte?

— Acho que sim. Ainda não sei os números de vocês — a luz verde demorou a acender, mas acendeu.

— Somos muito numerosos, pode ter certeza. O movimento Novo Império é só de mulheres?

— Não tenho a menor ideia — outro verde.

— Claro que não, tonto. Temos mulheres e homens fortes, tementes aos deuses e dedicados à verdadeira teoria da evolução perpétua.

— OK.

— Você se compromete a lutar pela causa do Novo Império e derrubar a tirania do General Flavius?

— Sim — a luz verde acendeu-se.

— Repetiremos a sessão amanhã.

— Mas passei no teste.

— Só no primeiro. São três testes. Precisamos ter certeza.

Por mais dois dias seguidos, a máquina indicou que o militar estava dizendo a verdade. Martin ficara calmo o tempo inteiro, controlando a respiração e o ritmo de pulsação cardíaca. Ao final do terceiro dia, recebeu o resultado:

— Aprovado, capitão.

— Obrigado, senhor.

— Senhorita!

— Desculpe. Senhorita. Vai demorar um pouco até me acostumar.

O capitão Martin os enganara. Já esperava perguntas complexas. As repetidas menções ao General Flavius o deixaram muito mais seguro, já que odiava o superior. Martin sabia exatamente o que deveria fazer. Ele mesmo *já tinha aplicado esse teste a inúmeros elementos da escória inferior.*

— A comandante Lauza o espera.

— Muito bem.

Lauza o esperava à mesa de jantar no pavimento térreo da mansão, com um banquete muito bem-preparado. Aves, carnes com molho vermelho e muito vinho estavam à disposição. Tudo o que mais gostava de comer. A comida preparada por Marta, ou quem quer que fosse.

— A comida está de seu agrado?

— Sim.

— Fico satisfeita. Está pronto para executar sua primeira missão para o Novo Império?

— Sim, senhora.

— Já está aprendendo respeito, o que é muito bom, mas não pense que sou idiota.

— Não entendi o que quis dizer.

— Pode enganar a máquina, mas não pode me enganar. Vai ser enviado em missão, mas junto de uma de nossas agentes. Vai estar monitorado o tempo todo.

— Como queira.

— Vá a Varhat e peça seu emprego de volta. Se humilhe, se precisar.

— Não sei como vou fazer isso, ainda mais depois de ter sido capturado.

— Diga que foi estratégia sua e divulgue algumas informações sobre o movimento. Vamos te dizer mais detalhes no carro, durante o trajeto.

— Muito bem.

— Vamos comer.

Os dois fizeram a refeição calados. Martin aproveitou cada gole de vinho e cada mordida nas aves e nas carnes à mesa. Usou o guardanapo. Não queria que falassem sobre sua má educação. *Tinha que mostrar superioridade em tudo.* Lauza não se sujou e comeu com moderação. Após um tempo, levantou-se da mesa. Martin continuou comendo e recebeu um olhar duro da mulher. Compreendendo, também se pôs de pé. Lauza fez uma mesura com a cabeça e saiu. Martin voltou a comer e dirigiu-se ao seu quarto quando estava satisfeito.

Horas mais tarde, ainda estava acordado. O guarda do lado de fora havia sido removido, agora que passara no teste. Na manhã seguinte, teria detalhes de sua pretensa fuga e seria colocado de volta em sua antiga posição no Ministério da Guerra, de modo a executar seu golpe contra o general Flavius. No entanto, não era prudente aguardar o dia seguinte para sair dali. Passara muito tempo fingindo e já estava cansado. Não sabia como Marta o tinha enganado por anos. *A vagabunda devia ser a melhor de todas, mas não tinha ideia de como organizar uma conversão. O treinamento do Novo Império era uma piada. Martin ficou satisfeito de não ter compartilhado muitos detalhes de seu trabalho no Serviço de Informações de Aurium. Levar uns socos e depois dizer sim, senhora e passar por uma máquina da verdade era ridículo demais. Elas deviam estar testando nele, a primeira cobaia. Bem, esse experimento tinha sido um fracasso digno dos troianos.* De todo modo, Lauza era muito mais perspicaz do que Aske e algo em seu comportamento poderia traí-lo.

Esgueirou-se pelo corredor, desceu as escadas sem fazer barulho e saiu da casa. Mal havia aberto a porta, deparou-se com um guarda.

— Senhor, volte para dentro. Só deve sair depois do almoço de amanhã.

Martin voltou-se em direção à porta, abriu-a e quando o guarda já olhava em outra direção, envolveu os braços no pescoço do vigia. O rapaz tentou gritar, mas o ar escapou aos poucos. Martin pegou o celular do guarda e fugiu em direção à floresta. Tão logo adentrou a mata, discou os conhecidos números.

— Quem é?

— General Flavius, é Martin. Os loucos que me sequestraram são de uma seita radical que quer derrubar o Imperador. Estou na sede deles. Consegui fugir e roubar um telefone.

— Vou rastrear sua localização. Fique fora de vista. Vamos acabar com esses rebeldes de uma vez!

O general desligou e Martin abandonou o telefone no mato. Entrou mais na floresta e esperou. Em 10 minutos, toda a força do Império estava no local, cercando o edifício. Os carros mais modernos, os veículos lança-chamas e o esquadrão mais avançado do Serviço de Informações de Aurium na unidade sul posicionaram-se à frente, atrás, à direita e à esquerda da mansão. O capitão saiu e revelou-se. Sendo a maior autoridade imperial no local, todos prestaram reverência e se afastaram.

— Queimem tudo!

— Mas, senhor, os prisioneiros podem fornecer informações importantes...

— Basta! Já tenho tudo o que precisamos para acabar com eles de uma vez. Queime!

— Tem uma estátua de Hera...

— Deixe a estátua. Era dos donos anteriores, servos do Império. Não estão de acordo com a podridão que as malditas rebeldes fizeram aqui.

Os lançadores de chama, que costumavam acompanhar as expedições de combate aos inferiores, lançaram fogo à casa e ao celeiro. As labaredas alcançavam níveis cada vez mais altos e podia-se ouvir gritos desesperados dentro da habitação. Aske conseguiu quebrar uma janela e pular, mas um lançador de chamas já estava a postos.

— Não! Deixe essa comigo — disse o capitão Martin.

— Canalha! Bastardo!

— Vamos ver se as mulheres realmente são melhores!

Ligou o lança-chamas na potência máxima. Enquanto Aske virava uma massa negra disforme, Martin ria. Não parou até que restasse apenas pó. Pisoteou o restante e urinou em cima das cinzas.

— Agora quero ver renascer das cinzas, Aske!

Ficou um minuto olhando para os restos mortais da coronel.

— Foi o que pensei.

Sob o olhar aterrorizado dos agentes imperiais, Martin entrou no veículo mais moderno. Estava de volta.

Concert
Ελλαδα

Capítulo 5

Lena olhava para a parede da sala como se as respostas às suas inquietações estivessem ali. Apenas o branco a fitava de volta. Nos últimos dias, o mistério sobre as andanças do capitão Martin povoava seus pensamentos e sonhos. Não havia qualquer indicação de resposta ao enigma.

Miguel não estava preocupado. Queria apenas saber do almoço. Os berros do menino despertaram Lena do estupor. Foi à cozinha e segurou a faca de carnes com força, descontando no alimento toda a sua frustração. O filho comeria uma carne minuciosamente picada. Colocou-a na frigideira e a virou de um lado e de outro. O sangue escorria na panela. O vermelho de dentro ia escurecendo, ficando cada vez mais noturno. À medida que a carne se tornava adequada para o consumo, Lena despertava para os fatos.

Lembrou-se dos rumores sobre um movimento de mulheres racistas contra o Império. A possibilidade de que essas mulheres tivessem sequestrado o capitão se firmava no seu âmago. *Será que a lenda urbana era verdadeira?* Entregando a carne um pouco chamuscada ao filho, resolveu investigar por conta própria.

Pensou que o ponto de partida seria ver aqueles velhos recortes de jornais guardados por sua mãe em uma pasta amarela. Fazia muito tempo que evitava ir ao porão, repositório de memórias dolorosas cobertas pela poeira cronológica. No entanto, via-se obrigada a girar os ponteiros do relógio na direção contrária caso quisesse descobrir algo.

Baixou a escadaria do porão. Ao abrir o pequeno alçapão e subir as escadarias, viu o antigo piano que a mãe gostava de manusear. Lembrou-se das tardes de domingo, em que os clássicos de tempos imemoriais eram executados com perfeição pela matriarca. Os ouvidos de menina não entendiam bem as nuances melódicas, mas já conseguiam perceber a destreza dos movimentos das mãos nas teclas. Quase sentia vontade de colocar os dedos naquelas pequenas exclamações musicais, mas não irritaria o piano com sua falta de habilidade.

Virou-se para observar o restante do recinto. Todas as coisas que restavam de sua genitora estavam naquele cômodo restrito. O leque oriental, o abajur do século XIX e algumas pastas eram os únicos sobreviventes do incêndio em Jumhuryia. O leque ainda tinha em si marcas da fuligem daquele dia trágico em que a prefeita havia perdido a vida. Lena nunca entendera muito bem como a mãe, que era inteligente e tinha muitos contatos políticos, não lograra prever aquilo. O contexto político após a ocupação dos arredores da cidade pelo regime imperial era absolutamente caótico e era evidente que os dias de liberdade na região tinham acabado. Muitos, ainda hoje, seguem afirmando que a prefeita acreditava que o povo resistiria bravamente e não deixaria o centro da cidade ser ocupado. Vã esperança. Contra os tanques blindados e as metralhadoras de Aurium, as pistolas ultrapassadas foram presa fácil. A flor de cânula, portada nas lapelas do povo, fora esmagada e não restava nem a semente.

Quando o Império chegou com seu esquadrão lança-chamas, nenhum edifício do centro histórico permaneceu de pé. Lena escapara por pouco, após ser retirada às pressas pela saída subterrânea da prefeitura. O tio a levara pelo túnel do edifício em direção à floresta. Quando garota, não entendera por que a mãe a abandonara e escolhera morrer defendendo a população. Agora, sabia que, às vezes, sacrifícios eram necessários. Ainda assim, Lena prometeu a si mesma fazer todo o possível para não submeter o filho a destino semelhante.

Lembrando-se de que o menino logo a procuraria, apressou-se. Revirou pastas e mais pastas até encontrar a amarela. Sabia que a mãe guardara tudo sobre os incipientes movimentos contrários ao jugo imperial e lembrava-se de ter visto algo sobre um coletivo feminista que defendia a reforma do Império. Certamente, sua mãe teria achado esse fato curioso. Sua memória tinha resquícios de ouvi-la comentar com um correligionário sobre a existência de uma pluralidade de movimentos de resistência.

— A divisão é que vai nos matar. Temos que unir todos contra a opressão imperial! — sua mãe poderia ter dito.

O arquivo com a matéria de jornal, entretanto, não estava em local algum na pasta. Lena olhou todos os documentos, leu notícias várias vezes, mas não encontrou a matéria do jornal *Uma Mente Forte* que abordava o coletivo feminista. Miguel já começava a chorar. Lena já ia abandonar a busca infrutífera quando teve uma ideia. Esvaziou a pasta de todos os conteúdos e olhou cada canto em busca de um compartimento oculto. Quando seus dedos encontraram uma rugosidade, demorou-se no tato. Miguel não parava de chamá-la aos berros. Fez pressão nos dedos e ouviu um clique.

Um compartimento secreto fora aberto e de lá podia-se ler a manchete: "Mulheres racistas contra o Império. Onde o mundo vai parar?". Sua curiosidade de ler imediatamente foi sufocada pela sensação de que algo estava errado. Subiu as escadas e encontrou o filho chorando no colo de uma mulher que nunca vira antes. Do lado de fora da casa, um grupo de mulheres rondava o perímetro.

— Me dê meu filho agora!

— Calma, ele já vai parar de chorar, não é mesmo, pequeno Miguel? — disse a desconhecida.

Lena desesperou-se e partiu para cima da mulher, tentando pegar o menino. No confronto entre as duas mulheres, Miguel sofria arranhões e machucados, desatando a chorar desesperadamente. Uma terceira moça surgiu atrás das duas, puxou uma injeção e aplicou-a no menino antes que Lena pudesse impedi-la. Miguel adormeceu profundamente.

Com instinto assassino, Lena pulou para cima da agressora do filho e derrubou-a no chão. O impacto fez a mulher perder a consciência. Quando Lena apertou o pescoço da moça caída, sentiu uma picada e tudo começou a girar.

Ao abrir os olhos desfocados, percebeu que não estava em casa. Apesar da oscilação das luzes, era evidente que se encontrava em uma construção grande com estilo imperial. As proporções do quarto seguiam o sistema de Levoto, em que as proporções clássicas do período da Antiguidade eram adotadas pelos arquitetos. No ambiente, havia uma pequena estátua da deusa Hera na cabeceira e cortinas na cama. Olhou o ambiente em busca do filho, mas não havia sinal dele.

Após cambalear um pouco na cama, levantou-se e saiu com muito cuidado do quarto. Mal abriu a porta, uma guarda a interrompeu:

— Você não pode sair da habitação, senhora! Deve aguardar a chegada da comandante.

— O que vocês fizeram com meu filho?! — gritou Lena.

— Tudo será esclarecido. Peço que tenha paciência.

— Paciência é o caralho!

Notando a resistência da mulher, as guardas aproximaram-se e tentaram segurá-la. Lena conseguiu mergulhar entre as duas e correu a toda velocidade. Encontrou escadas e desceu às pressas.

— Miguel, mamãe tá indo te buscar!

Não houve qualquer sinal de resposta. Desesperada, Lena correu e abriu várias portas enquanto fugia das guardas. Ao abrir a última porta do térreo, foi surpreendida por uma terceira guarda e conduzida de volta aos seus aposentos.

Seria muito difícil escapar, já que estava trancada na habitação e uma guarda patrulhava o lado de fora. O que a intrigava cada vez mais era como aquelas mulheres sabiam o nome de Miguel e o que tinham feito ao filho. Estava claro que o movimento racista que estava investigando não apenas existia, como havia sequestrado seu filho. Estava arrependida de não ter lido a matéria do jornal para saber como lidar com aquele grupo. Mais arrependida ainda de não ter levado o menino consigo quando fora ao porão.

O ponto que mais chamava a atenção era como as mulheres haviam entrado na casa. Não havia nenhum sinal de arrombamento, nem Lena ouvira nada a não ser o choro de Miguel. Alguém do próprio movimento a tinha traído e fornecido uma chave reserva àquelas mulheres.

A porta abriu levemente e revelou uma mulher loura e alta.

— Bom dia, senhorita Lena.

— O que vocês fizeram com meu filho?

— Miguel está muito bem, em um local ótimo.

— Quero ver meu filho agora!

— Receio que isso não seja possível. Tornará a vê-lo assim que cumprir uma missão para o Novo Império.

— Novo Império? Então é assim que se chamam?

— Exatamente.

O olhar de fanatismo da mulher e o fato de seu filho ainda estar sob custódia do grupo fizeram Lena adotar tom cauteloso:

— O que vocês querem?

— Precisamos de você para uma missão.

— Qual missão?

— Encontrar o capitão Martin.

— Então não eram vocês que estavam com ele...

— Ele fugiu.

— Fugiu? Como vocês puderam deixar ele escapar?

— Não foi por nossa vontade. Isso eu garanto.

— Não adianta garantir muita coisa se ele está andando por aí!

— Por isso precisamos de sua ajuda. Ele está mais perigoso desde que queimou a nossa antiga sede e matou a capitã Aske.

— Você também deve saber que tão ruim quanto isso é uma mãe ser separada do filho.

— Verá seu filho tão logo conclua a missão. Garanto que o menino está bem.

— Por favor, entenda...

— Entendo. Siga as instruções e verá Miguel em breve.

A mulher estendeu uma pasta azul com instruções detalhadas sobre como infiltrar-se na secretaria do Ministério da Guerra, incluindo documentos de identidade falsos para Lena. Seu novo nome seria Mégara, fiel devota dos deuses, sobrinha de falecido agente imperial. O pretexto para a contratação de Mégara seria um treinamento como secretária. Deveria trabalhar como secretária por algumas semanas para entender o ofício da escrita e poder ajudar na contabilidade familiar.

— Alguma dúvida?

— Não, mas sobre você...

— O quê?

— Já te vi em algum local.

— Ah... assumi uma identidade falsa como Marta, a mulher de Martin.

— O quê?! Sabia que tinha visto uma foto sua! Como você aguentou?

— Nem eu sei. Os últimos anos foram um martírio, mas consegui informações úteis. O idiota não suspeitou nenhuma vez.

— Não aguentaria conviver um dia com aquele crápula.

A mulher respondeu com um meio sorriso. Por breves instantes, Lena esqueceu-se de que aquelas mulheres defendiam a teoria da evolução perpétua e tinham raptado seu filho. Pensou que seu sofrimento no porão da Wine Cellar não podia ser comparado ao que a mulher à sua frente tinha suportado.

— Qual o seu nome?

— Quando completar a missão, você vai saber.

A mulher levantou-se e saiu da sala sem olhar para trás. Logo em seguida, as guardas reconduziram Lena a seu aposento. Deitada na cama, olhava para o teto. Sentira alguma cumplicidade com aquela líder, mas o movimento defendia o Império e era racista.

O conflito de sentimentos deu lugar ao cansaço e as pálpebras foram caindo até se fecharem. Miguel corria. Lena o perseguia. Ao longe, ouviam-se os ruídos de bombas despejadas pela cidade. O esquadrão lança-chamas incendiava os edifícios. A risada do Imperador Rômulo ecoava por todos os lados. A pesada capa preta, o cetro vermelho e a coroa dourada aproximavam-se de Lena e de Miguel. À frente, soldados imperiais bloqueavam a rua. O capitão Martin surgiu entre as fileiras de militares. Antes que Lena alcançasse o filho, Martin pegou o menino pelo braço e o suspendeu de ponta cabeça. Atrás de Lena, o Imperador se aproximou. Lena tentou golpeá-lo, mas não conseguiu. Martin, então, entregou a criança ao Imperador, que puxou uma faca. Lena só conseguiu desmaiar ao ver a vida do filho se esvaindo e o sangue inocente jorrando do pescoço cortado.

A luz do sol bateu diretamente na sua cara, liberando-a do terrível pesadelo. Tinha que matar o capitão Martin. Ele seria interrogado pelo Novo Império e, quando o filho estivesse seguro com o avô na República

Juliana, ela voltaria para terminar o serviço. Nunca tinha pensado nisso antes, mas o capitão era um risco muito alto para Miguel. O ódio que o homem tinha de Lena ultrapassava os deveres de alto funcionário imperial. O filho nunca estaria seguro com o capitão solto.

Lena tomou um bom banho, vestiu uma peruca de cabelos negros, colocou óculos sem grau, recebeu dinheiro para conseguir se sustentar, saiu escoltada pelas duas guardas para o café da manhã e caminhou ao ar livre. Seriam os últimos momentos de tranquilidade antes da turbulência que a esperava na capital do Império.

Às 10h, chegou a van branca com um motorista bastante sorridente. Era a primeira vez que Lena via um homem naquele lugar.

— Temos que disfarçar um pouco. O Império estranharia ver mulheres motoristas — explicou uma das guardas.

A comandante não havia aparecido até aquele momento e nada indicava que viria a fazê-lo. Lena então deu um último olhar à casa e jurou só retornar com o capitão Martin. Entrou no veículo e sentou-se no banco traseiro.

Ao percorrerem vinte minutos de estrada, Lena perguntou ao motorista:

— Onde estamos?

— Na rodovia 55, na cidade de Kobad.

— Ah... esqueci uma coisa muito importante na minha casa. Será que a gente pode ir lá buscar?

— Não, moça. Entenda que temos que ir por aqui.

— Mas é essencial para a missão e não vai ser muito longe.

— Vou ligar para a central do movimento para saber se podemos fazer o desvio.

— É melhor não. Pode atrapalhar a missão.

— Tu tá com conversa fiada, né? Se fugir te mato.

— Pode disparar em mim se eu tentar fugir.

— Se der algum problema, a culpa é toda tua. Onde é a casa?

— Pertinho da fronteira com a República Juliana.

— Isso é norte. Tamo indo pro sul.

— Só um pequeno desvio. Chegando lá, tenho como pagar pelo inconveniente.

— Sendo assim, a gente vai.

A van fez o retorno e virou-se na direção norte da rodovia 55. Lena precisaria verificar o conteúdo daquela reportagem da pasta amarela antes de proceder com a missão. A estrada prolongava-se e ainda não havia sinal da casa. Depois de duas horas, o motorista perguntou por direções mais precisas. Lena tentou explicar o caminho à medida que o carro seguia na estrada. Saíram da rodovia principal, entraram em estradas laterais e percorreram caminhos enlameados. A lama deu lugar às plantações de trigo a pequenas fazendas. O motorista já se impacientava com a distância quando Lena viu uma paisagem familiar. Desceu do carro e abriu o portão. O veículo entrou e ela seguiu a pé. Falou ao motorista:

— Chegamos. Espere aqui!

— A dona manda e eu obedeço. Só não esquece o combinado.

— Pode deixar.

Lena abriu a porta da frente da casa e foi direto ao porão. Desceu as escadas com passo apressado e viu a pasta amarela no chão. Revirou todos os conteúdos até encontrar a matéria do jornal "Uma Mente Forte". Abriu a reportagem de capa.

"Mulheres racistas contra o Império. Onde o mundo vai parar?"

"O movimento Novo Império, fundado na data de 25 de outubro de 2195, continua a ganhar força e intrigar a resistência contra a opressão imperial. O bando de lunáticas desesperadas para terem um Império para si foi responsável por explodir usinas hidrelétricas em várias cidades imperiais, matando 50 pessoas."

"Oficiais do Império atribuíram a autoria do atentado à rebelião Mente Forte, mas sabe-se que ninguém do movimento esteve envolvido em caráter oficial. Em entrevista a colaborador nosso, a Comandante Sária afirmou: 'Não houve participação do Movimento Mente Forte em nenhum dos atos perpetrados na última semana. Nosso grupo é pacífico e não tolera a perda de vidas inocentes. Oferecemos nossos sentimentos às vítimas. Abaixo o Império e Construam uma Mente Forte!'"

"O Novo Império tem hierarquia militar equivalente ao Império, mas apenas mulheres brancas podem integrar a organização. De acordo com fontes anônimas a que tivemos acesso exclusivo, o assassinato da menina negra Carli, que chocou o país no mês passado, pode ter sido obra de uma das mulheres do movimento. A menina teve os globos oculares arrancados e o corpo cortado em pedaços depositados em lixeiras de Jumhuryia."

"As crianças desempenham papel fundamental para o sucesso do movimento. As meninas brancas são treinadas desde cedo para seguir rigorosamente a doutrina da evolução perpétua, de acordo com a interpretação do Novo Império. Os meninos são utilizados em missões eventuais, geralmente como moeda de troca. Os reféns podem ser dados para adoção para famílias de membros de governo de outros países em troca de cooperação internacional com o movimento. Enquanto executam missões para o Novo Império, os pais biológicos não sabem o paradeiro dos filhos. Quando os genitores não são mais úteis para a organização, o movimento simplesmente os assassina."

"A crueldade do movimento Novo Império é sem limites. Apenas uma mente forte pode derrubar o Império. Condenamos nos mais fortes termos a barbárie das mulheres do Novo Império."

Lena olhou para o papel e ficou com a boca aberta. Releu o penúltimo parágrafo duas vezes. Miguel poderia ser mandado para adoção em outro país. Teve vontade de correr para a van, pagar todas as suas economias ao motorista e ir direto à sede daquele movimento.

Pensou um pouco mais. *Não adiantaria chegar lá sem o capitão Martin. Não iam deixá-la entrar*. A única alternativa era ir atrás do capitão e trazê-lo amarrado às malucas. Quando estivesse lá, desenrolaria um plano para que a promessa do Novo Império de entregar seu filho fosse cumprida.

Guardou a matéria no compartimento secreto da pasta amarela, fechou-a e desceu as escadas. Quando chegou à sala, conseguiu ver, pela porta, que Carla conversava animadamente com o motorista e o beijava. Não podia acreditar no que estava vendo. Então fora por isso que conseguiram chegar à sua casa tão depressa. A amiga estava namorando um membro do Novo Império. Demorou-se um pouco na sala e pegou dinheiro para pagar ao motorista.

Quando chegou à van, Carla havia desaparecido. Lena pagou ao condutor e disse:

— Agora sim. Para Varhat.

Para Varhat, para acabar com Martin de uma vez, para recuperar o filho, para dar uma lição no Novo Império! Para Varhat!

Concert
Ελλαδα
Αθηνα
Ε ΠΠΛΕΟΝ
ΚΑΙ ΟΛΕΣ
ΠΟΛΙΤΙΚΗ
επιδιωκμενο

Capítulo 6

Os aplausos vinham de toda parte. À medida que subia os degraus em direção ao tablado montado em frente ao Ministério da Guerra, o capitão Martin exultava. O general Flavius, taciturno, apertou a mão direita do capitão com firmeza e forçou um sorriso para a fotografia oficial. Dirigiu-se ao púlpito e disse:

— Em honra aos relevantes serviços prestados ao Império pela eliminação de célula terrorista, receba a comenda de Guardião.

Colocou a comenda de Guardião do Império sobre a casaca de Martin, que seguiu em direção ao palanque para pronunciar seu discurso de agradecimento:

— Agradeço as palavras, General Flavius. Muito obrigado, povo de Varhat! — a plateia urrou em resposta. — Consegui, com a pronta ajuda das tropas imperiais, colocar fim a um movimento que ameaçava a integridade territorial e a soberania do nosso querido Império! Mulheres facínoras que subvertiam a evolução perpétua foram colocadas de joelhos. A ordem foi restabelecida! Nossas mulheres sabem o dever sagrado que desempenham à nação. São mães do nosso futuro e administradoras do lar. No lar está a força de Aurium! Os homens fortes desse país vieram das famílias mais tradicionais. Mulheres criam homens capazes de governar e de defendê-las. Essa é a ordem natural do Olimpo. Apolo, Zeus, Poseidon e Hades comandam o equilíbrio do mundo. Cabe aos homens controlar o governo terrestre. Não se preocupem. Nada virá perturbá-los. Não enquanto eu for Guardião do Império! A família tradicional prevalecerá, as mulheres cuidarão da morada e dos filhos, preparando-os para o trabalho e obedecendo aos maridos. Vamos esmagar os vermes que tentarem ameaçar nosso modo de vida. Vida longa ao Imperador Rômulo!

— Vida longa ao Imperador Rômulo! — a multidão gritou em resposta. Depois de um estrondoso aplauso, a aglomeração começou a dispersar-se.

O Capitão Martin não conseguia parar de sorrir, para o evidente desprazer do General Flavius, que se mantinha carrancudo. Martin esperara aquele dia por muito tempo. Acabava de receber uma das comendas mais valiosas do Império. Não tivera nem tempo para ir à casa e trocar de roupa. A cerimônia de imposição de comenda havia sido marcada para minutos depois de sua chegada. Provavelmente era uma estratégia do General Flavius para que o capitão chegasse atrasado e irritasse a multidão. Seja como fosse, o plano fora malsucedido. O carro tinha prosseguido em alta velocidade pelas rodovias e ruas da capital, de modo que o capitão chegara 10 minutos antes do início da celebração. Após o término da cerimônia, comentou:

— Belo evento, não acha, General Flavius?

— Sim, capitão, belo — a última palavra saiu com dificuldade, quase como se o General tivesse se engasgado. — Vamos para a minha sala. Precisamos conversar.

Ao longo do caminho para a sala do general, o capitão Martin foi saudado pelos colegas de trabalho. Não conseguia subir sequer cinco degraus sem encontrar alguém que desejasse congratulá-lo com um aperto de mãos.

Ao chegar à recepção da sala, deparou-se com a bela mulher que havia chamado sua atenção quando estivera ali pela última vez. O capitão piscou um olho para a moça antes de entrar na sala. Ela pareceu piscar em resposta.

— Sente-se aqui, por favor.

O capitão Martin sentou-se na cadeira com estofamento azul em frente ao general e esperou o chefe continuar sua fala.

— Capitão, sabe muito bem que não nos damos bem e não esqueci seu erro no Centro de Informações, mas tenho que dar parabéns pelo feito alcançado. Sua Majestade está pensando em sua promoção a major em breve.

— Boas notícias.

— Está com muita sorte. Estão comentando que vai assumir o posto de chefe do Departamento de Combate ao Terrorismo.

— E meu antigo posto? Posso ser chefe de informações novamente, não?

— O capitão Rudolf já ocupa a posição. Além disso, combate ao terrorismo é sua especialidade.

Martin remexeu-se na cadeira e olhou diretamente para o General Flavius.

— Imaginei que, por todos os serviços prestados ao Império, poderia ao menos escolher onde quero servir.

— Esse é o preço da fama. Deve fazer o que é esperado de você, sem nenhuma discussão. Agora que acabou com esse ridículo Movimento Novo Império, tem que começar a trabalhar sério. Não se esqueça do atentado a Parsem.

— Não me esqueço, senhor.

— E não deixe a fama te distrair. Vai perceber que ela é passageira. Os que aplaudem hoje podem jogar pedras amanhã — disse, com um sorriso.

— Sim, senhor — respondeu com leve irritação.

— O carro oficial está esperando para te levar pra sua nova residência. Fale com minha secretária ao sair.

Deixou a sala do General Flavius e sentiu a respiração retornar com mais fluidez. *O velho idiota não me deixaria ter a liberdade que queria no Ministério da Guerra. Em uma coisa concordava com as malucas do Novo Império. Era hora de o general cair.*

Afastou as preocupações políticas tão logo viu os seios da atendente. Estava desejando-os há muito tempo e não poderia se conter indefinidamente.

— Oi, boneca, o general pediu pra falar com você sobre o carro lá embaixo.

— Claro, capitão! — disse, ajeitando o decote para deixar os seios um pouco mais visíveis.

— Nós nunca tivemos a chance de concretizar nosso encontro.

— Fiquei muito preocupada quando cheguei no bar e não vi ninguém. Liguei para o senhor e não atendeu. Soube que tinha algo errado.

— O que mais me deixou triste quando me pegaram foi pensar que podia não ver mais você.

— Fiquei muito preocupada... — o telefone tocou e ela atendeu. — Ah, o carro chegou.

— Venha comigo!

— Estou trabalhando — a moça ficou apertando um botão no computador compulsivamente. — O General Flavius me mata se souber que saí no horário de expediente.

— Mas com o Guardião do Império tudo se ajeita, não? — disse sorrindo.

— Quando terminar o expediente, a gente se encontra. Sei onde fica sua casa.

— Vamos nos divertir muito — piscou os olhos e saiu.

O carro contratado pelo Ministério era uma limusine preta. Ao entrar no veículo, o capitão ficou boquiaberto. Os bancos de couro estofados eram confortáveis e havia um grande número de bebidas alcoólicas à disposição. Vinhos amarelos da montanha de Zagat, vinhos tintos e champanhe do vale de Jumhuryia. Pegou uma taça e foi provando um de cada vez. Nunca havia degustado tamanha riqueza.

Da Avenida do Império, a limusine seguiu em direção ao Parque Aurium, local das poucas embaixadas existentes em Varhat e das moradias mais luxuosas da cidade. Após alguns minutos percorrendo áreas verdes, o carro parou na frente de um portão de aço em uma propriedade murada de cerca-viva, com grande variedade de plantas de todo o Império. Após a câmera identificar a placa do carro, a entrada foi liberada. O caminho até a casa demorou mais três minutos. A estrada era rodeada de deuses menores até desembocar em uma fonte em frente a uma grande mansão. Uma estátua de Ares de porte médio estava no pórtico saudando todos os visitantes.

Martin compreendeu instantaneamente que sua nova posição correspondia, na prática, à de alta autoridade do Ministério da Guerra. O General Flavius, em seu desgosto, esquecera de mencionar esse detalhe, algo que Martin faria questão de lembrá-lo em um futuro próximo.

Desceu do carro e dirigiu-se à entrada principal, onde um grupo de servos se enfileirou para recebê-lo, curvando-se em sua direção. O mordomo animou-se para apresentar todos os cômodos da propriedade e contar a história da mansão, mas Martin exigiu ser conduzido imediatamente a seu quarto. Subiram as escadas de mármore com corrimão dourado e viraram à direita.

O aposento principal da mansão tinha cenas de triunfo de Aurium. Ainda que não mostrasse o corpo de Melchen sendo pisoteado pelo Imperador, as imagens pintadas nas paredes remetiam à guerra e ao poder militar do Império. Tanques estavam em uma parede, a bandeira de Aurium era levada pelo povo na segunda, e o Imperador Rômulo estava trajado com a armadura de Ares na terceira. A quarta parede era completamente ocupada por um verde forte, onde se localizava a porta para o banheiro.

Martin gostou das três primeiras paredes, mas não suportou a quarta. Mandaria pintar uma figura de sua vitória contra o Novo Império para substituir a cor forte de vômito. Dispensou o mordomo e fechou a porta do quarto. Foi ao banheiro e descobriu uma suntuosa banheira com espuma já preparada. Despiu-se e tomou um longo banho, afastando todas as preocupações da mente.

Quando saiu do banheiro, percebeu que não tinha nenhuma roupa para vestir. Viera para Varhat diretamente da sede do Novo Império. Só tivera tempo de vestir uma casaca nova no caminho para o palco no Ministério da Guerra. Além disso, as roupas velhas do Rudolf eram tudo o que ele não queria usar. Já ia chamar o mordomo e perguntar pelas roupas quando decidiu abrir o amplo armário localizado na parede vermelha. Dentro, havia várias casacas militares novas, pijamas de seda pura, roupões, calças novas para passeios sociais, bermudas para uso na residência e muitas camisas polo. Escolheu uma calça jeans e uma camisa polo, perfumou-se e esperou o jantar.

Àquela altura já eram 19h30. Ficou na ampla mesa da sala de refeições e esperou sua convidada. Os ponteiros moviam-se lentamente.

O expediente no Ministério terminava às 19h, mas a moça provavelmente fora para casa arrumar-se para estar bem vestida e apresentável ao novo Chefe do Departamento de Combate ao Terrorismo.

O relógio dourado da sala marcava 20h e não havia sinal da moça. Percebendo a impaciência do patrão e ansioso para mostrar-lhe a casa, o mordomo ofereceu um novo passeio pela propriedade.

— Não quero ver porra nenhuma agora!

A frase foi o suficiente para que o administrador se retirasse em silêncio e deixasse o patrão sozinho na sala. Martin olhou novamente para o relógio: 20h30. *A atendente tinha sido provocante e agora não dava as caras*. Impaciente, chamou a governanta:

— Pode servir o jantar. Não espero mais ninguém.

A mulher foi à cozinha no mesmo momento em que o capitão escutou um ruído no portão. O mordomo reapareceu, olhando fixamente para o chão:

— Senhor, uma moça chamada Agnes está na entrada. Devo liberar sua passagem?

— Libere! Libere agora!

O capitão estava com o coração palpitante. Em pouco tempo, sua satisfação estaria completa. Fingiu estar despreocupado e chamou novamente a governanta para avisar que precisaria de dois lugares à mesa. O mordomo abriu a porta. A moça foi acompanhada até a sala de jantar. O capitão Martin olhou-a maravilhado. O colar de esmeraldas e o vestido verde e dourado deixavam-na ainda mais bela. Uma deusa reencarnada na Terra.

— Desculpa a demora. Não tinha roupa pra usar. Tive que conseguir essa emprestada com a sobrinha do General Flavius.

— Não tem nenhum problema — disse, rindo.

Levantou-se e beijou a mão de Agnes, conduzindo-a ao seu assento à mesa. A moça sentou-se e colocou o guardanapo sobre o colo.

— Governanta, pode trazer a comida — virou-se para Agnes. — Espero que goste de frutos do mar.

— São os meus favoritos.

A governanta apresentou-se e pediu desculpas pelo jantar ainda não estar terminado. As garçonetes trouxeram uma cesta de pães para a entrada. O capitão comeu com grande voracidade. Não tinha percebido o quanto estava com fome até aquele momento.

— Desculpa pela falta de educação, boneca, mas tava morrendo de fome.

— Um herói não precisa pedir desculpas.

— Você é a primeira visita que recebo aqui. Não é qualquer uma que tem esse prazer.

— Fico muito honrada.

— Acho que vou precisar de uma secretária nova lá no Ministério.

— Tenho ótimos nomes para indicar. Todas muito competentes e leais.

— Tenho certeza, mas só quero você.

A porta da sala foi aberta e a governanta entrou trazendo uma tigela com sopa de frutos do mar. Camarões, lulas e ostras bailavam no líquido fumegante. Ao servir-se, Agnes comentou:

— Sabe que frutos do mar são afrodisíacos?

— É mesmo? Não sabia — o capitão esboçou um sorriso.

— Qualquer outra moça pensaria que o senhor tá com segundas intenções.

— Me chame de você.

Os dois degustaram o prato sem pressa, tomando o tempo de cada colherada. Sempre que o talher chegava à boca de Agnes, o capitão Martin sentia o desejo acender-se. Ela lambia a colher com muita volúpia e, enquanto fazia isso, não tirava o olho do capitão. Após alguns minutos, acabaram de comer.

A governanta recolheu os pratos e perguntou se já queriam que fosse servida a sobremesa.

— Não pra mim, obrigada. Estou satisfeita — disse Agnes.

— Hoje também não vou querer.

— Capitão, acho que agora vou ter que ir. Tá ficando tarde. Muito obrigada pelo convite.

— Ainda tá cedo. Nem te mostrei a casa. Não quer conhecer essa famosa mansão?

— Acho que posso ficar mais um pouco.

Martin segurou a mão de Agnes e levou-a pelo térreo para conhecer a ampla biblioteca. As estantes negras iam do chão até o teto, cobertas de volumes sobre a história de Aurium, a religião oficial e a corporação militar. A moça olhou com interesse para o recinto, que tinha uma poltrona de veludo vermelho no centro e estátuas de várias divindades.

— Esse é um templo do saber.

— Imaginei que gostaria daqui. Pode vir quando quiser. A casa é sua.

— É muita gentileza, mas não seria adequado.

— Por que não?

— Preciso de autorização do General Flavius para ler livros de História.

— Isso pode ser arranjado. Nem ele vai poder negar meu pedido. Se ele não aceitar, damos um jeito de ele não descobrir.

O capitão olhou-a maliciosamente, examinando mais uma vez os detalhes do corpo da moça: os seios fartos, a bunda arrebitada, os lábios carnudos e o vestido justo.

— Vamos conhecer os outros cômodos? — disse ele.

— Achei que não ia perguntar.

Ambos subiram pela ampla escadaria de mármore e viraram à direita. O quarto principal da mansão ficou visível. Agnes entrou após o capitão e absorveu os detalhes de cada pintura nas paredes. Martin olhou rapidamente para a parede verde e desejou que ela nunca tivesse existido. Virou o olhar de volta para a moça.

— Também não gosto dessa parede.

— Parece que temos muito em comum.

O capitão apertou as mãos de Agnes e aproximou-se para beijá-la. A moça correspondeu abrindo a boca e colocando sua língua na de Martin, em uma demorada troca de salivas. Enquanto o beijava, segurava sua cabeça e acariciava o couro cabeludo. Martin a segurava com força. Depois de vários segundos de beijo ardente, o capitão trancou a porta do quarto e começou a despir-se. Tirou os sapatos, a camisa polo e começou a desabotoar a calça. Ficou de cuecas, mas percebeu que a moça ainda estava vestida.

— Não vai tirar tua roupa, boneca?

— Tire você, meu capitão.

Martin tirou o colar de esmeraldas, os sapatos verdes e desabotoou o vestido de Agnes. Quando a mulher estava apenas de calcinha e sutiã, o capitão parou mais uma vez para contemplá-la. A respiração acelerada, o olhar profundo e o corpo esbelto pareciam chamá-lo. Martin tirou a calcinha dela, desatou o sutiã e segurou-a pelas ancas, lambendo os seios da mulher. O capitão já estava tirando a cueca quando Agnes falou:

— Opa! Precisamos de proteção pra continuar.

— Os deuses vão nos proteger.

— Sem proteção não posso — a mulher afastou-se de Martin e recuou até a parede verde.

— Deixa de bobagem, gostosa. Vem cá!

Agnes recolhia suas roupas e ia saindo do quarto, mas os impulsos do capitão Martin não poderiam ser detidos com facilidade. Ele a encurralou contra a parede verde, colocou o pênis para fora e a penetrou.

— Não, por favor, não!

Os gritos não adiantaram nada. O capitão manteve-a pressionada contra a parede e intensificou o movimento de seu órgão dentro da moça. O olhar de Agnes se fixou na bandeira de Aurium pintada na parede oposta. Não falou mais nada. Apenas esperou o capitão ficar satisfeito. Quando um líquido amarelado jorrou do pênis do militar, a pressão se abrandou.

— Gostei dos gritos. Deram uma emoção a mais! Quanto você quer pelo serviço?

— Eu... adeus, capitão.

— Depois eu pago, então.

Agnes recolheu as roupas, vestiu-se e saiu do quarto. O capitão Martin sorria de orelha a orelha. *Fazia muito tempo desde que sentira tanto prazer. Essa era muito gostosa.* Nada poderia desgastar seu bom humor. Lavou o pênis, colocou um roupão, desceu as escadas e foi em direção à cozinha.

Surpreendida ao vê-lo, a governanta já se preparava para dormir.

— Deseja algo, senhor?

— Vou querer aquela sobremesa.

Foi à sala e aguardou enquanto uma taça de pavê de chocolate era trazida à mesa. Saboreou cada colherada. *Na próxima vez vou lambuzar o peitão dela de pavê.*

— Estava do seu agrado, senhor?

— Estava muito bom, mas nada como a sobremesa lá de cima.

Do lado de fora da mansão, entre os arbustos atrás da estátua de Ares, um par de olhos escondidos fitava Martin.

Concert
Ελλαδα
ΑΘΗΝΑ
επιδιωκμενο
ΕΠΙΠΛΕΟΝ
ΟΛΕΣ
ΠΟΛΙΤΙΚΗ

Capítulo 7

Os cabelos esvoaçados de Agnes não resistiam ao vento forte. A moça andava zigue-zagueando no centro da capital e de seus olhos escorriam lágrimas que iam molhando o caminho. Seu olhar estava sem foco, distante. Quase tropeçou em um desnível na calçada. Lena não sabia exatamente o que havia ocorrido, mas podia imaginar. Martin atormentava suas vítimas das formas mais cruéis.

Agnes seguia pelas ruas de Varhat sem destino certo. Ora virava à direita, ora à esquerda, não se demorando nas vitrines das lojas de departamento nem nos manequins femininos que sorriam do outro lado do vidro. O único elemento constante do seu caminhar era a inércia. Seguia andando e chorando. Percorreu a Avenida do Império, a rua dos joalheiros e a praça real levando consigo um rastro de pingos.

Lena continuava acompanhando a moça à distância, evitando assustá-la. O ódio que sentia em relação ao Novo Império não se comparava à empatia que tinha para com aquela mulher. A dignidade de ambas havia sido violada pelo mesmo agressor. O destino fazia delas aliadas.

A buzina de um ônibus trouxe Lena de volta à realidade. Quase fora atropelada. Imersa em pensamentos, não percebia muito o cenário ao seu redor. Para piorar a situação, havia perdido o rastro de Agnes. Precisaria esperar outra oportunidade para falar com ela. O fim do expediente do dia seguinte poderia ser uma segunda chance.

Dirigiu-se à casa secreta do Novo Império em que estava abrigada. Chegou ao seu minúsculo quarto, tomou um banho e pensou em como trazer a moça para o seu lado. O nome de Agnes estava na pasta azul que a ex-mulher do capitão tinha lhe dado, mas não havia qualquer detalhe que pudesse facilitar a aproximação.

No dia seguinte, Lena seria apresentada ao capitão Rudolf como Mégara, a sobrinha de um funcionário falecido do Ministério da Guerra. As agentes do Novo Império tinham contatos influentes na capital. Dependendo de quem indicava, o governo imperial não fazia perguntas adicionais. A indicação de Mégara foi realizada por um oficial de alta patente envolvido com o Novo Império. O dossiê da pasta azul apontava rivalidades entre Rudolf e Martin que poderiam ser exploradas em benefício do Novo Império. O problema era que, de acordo com o mapa do Ministério, o gabinete de Rudolf ficava diametralmente oposto ao do General Flavius. A sorte teria que ser uma aliada se quisesse encontrar Agnes.

À noite, Lena não dormiu. Passou o tempo calculando rotas que aumentassem a probabilidade do encontro com a secretária de Flavius. A arquitetura do edifício não ajudava, pois havia apenas um acesso para cada departamento. Não havia nenhuma forma de comunicação física entre o setor de inteligência e o gabinete do Ministro. Todo o prédio era montado como um campo de batalha e Lena não conhecia o terreno. Depois de muito pensar e ver os primeiros raios de sol na janela, decidiu que improvisaria de acordo com as circunstâncias e se perderia propositadamente. Era uma desculpa boa. Afinal, seria novata no prédio e não teria qualquer experiência com a estranha arquitetura do local.

Chegou ao Ministério da Guerra às 6h45, 15 minutos antes do horário de apresentação ao capitão Rudolf. Cogitou ir direto ao gabinete do Ministro para tentar um primeiro contato com Agnes. No entanto, resolveu seguir à sala do setor de inteligência, para não despertar suspeitas nem causar aborrecimentos no primeiro dia. Cada minuto de atraso era severamente penalizado no Ministério da Guerra. Para os homens, cada minuto correspondia a uma chicotada. Para as mulheres, cada minuto significava uma hora a mais de trabalho no expediente.

Lena chegou ao setor de inteligência às 6h52 e encontrou o capitão Rudolf em uma ligação. A porta da sala do militar estava aberta. Era possível ouvi-lo dizer "mas temos que proceder com cuidado. Ele é muito poderoso agora". O militar olhou para o lado de fora, assustou-se com a moça que o fitava e desligou o aparelho telefônico.

— Quem é você?

— Sou Mégara, capitão. Sobrinha do falecido general Aquiles.

— Ah, bem-vinda! Não esperava ninguém tão cedo. As secretárias sempre são indisciplinadas no começo. Atrasam no primeiro dia e ficam umas horinhas a mais.

— Como o senhor sabe, minha família conhece um pouco as tradições do local.

— Sim, dá pra perceber. Ouviu algo da minha conversa? Não é nada importante, mas não pode sair daqui.

— Sou um túmulo.

— Se souber que alguma coisa dessa conversa vazou, você será responsabilizada. Como já está aqui, verifique minha agenda e confirme meus compromissos para a próxima semana. Não tolero erros.

— Sim, senhor.

Não se tolerava erros de ninguém, exceto o Imperador. Ele poderia fazer exatamente o que queria e não estava sujeito a nenhuma lei. Lena ocupou sua mesa, ligou o computador e começou a verificar os compromissos do capitão. A tela indicou a seguinte agenda:

Dia Gaia
7h — Café da manhã com representantes da empresa Lavenix
9h — Oração apoloníaca
11h — Reunião no Centro de Informações de Senfai

Lena sentiu um arrepio na nuca. No primeiro dia útil da semana seguinte, o capitão Rudolf iria ao local onde ela fora brutalmente torturada. Tinha que evitar aquela reunião de toda forma. Seu novo chefe poderia querer apresentá-la aos colaboradores do centro de informações. Seu disfarce como Mégara e a esperança de rever o filho estariam perdidos. Não pensou duas vezes ao deletar o compromisso. Depois encontraria uma forma de justificar o lapso, ainda que sofresse alguma punição.

Passou o dia fazendo ligações e confirmando a agenda do militar. Não teve nenhum contato com o capitão Rudolf até o momento em que ele saiu.

— Tenho que ir embora agora. Daqui a 10 minutos pode sair. Feche tudo antes. Hoje fui descuidado e deixei a porta aberta de manhã cedo. Pegue esse cartão de acesso e feche o gabinete com ele — disse ao entregar um cartão eletrônico negro a Lena.

Ela estava agradecida. O chefe era rígido e austero, mas não se comparava ao capitão Martin. Enquanto Rudolf não a tratava com interesse, Martin teria feito todo o possível para tornar sua vida um inferno. Aos poucos, tentaria convencê-lo de que poderia ajudá-lo a derrubar o rival. Tentaria convencê-lo da força da rede de contatos das secretárias dentro do Ministério. Já percebera que o militar não era tão machista quanto a maioria de seus colegas. Talvez a estratégia fosse válida. A literatura de guerra sempre enfatiza que um inimigo comum pode ser um grande fator de coesão. Lena teria que fazer críticas pontuais a Martin para conquistar a confiança de Rudolf. Assim procederia, no tempo adequado. Agora precisava encontrar Agnes.

Fechou a sala e lacrou-a ao passar o cartão de acesso no leitor. Desceu correndo as escadas até o saguão. Olhou em volta e não achou Agnes. Não viu ninguém mais. Decidiu arriscar-se. Já ia subindo a escadaria do gabinete do Ministro quando foi repreendida por um guarda.

— Moça, essa área é proibida.

— Me desculpe. Sou nova aqui — disse, remexendo as pontas do cabelo.

— Certo, mas que não se repita.

Levou a mão à boca e afastou-se. Saiu do edifício e sentou-se ao lado da estátua de Ares. Militares de todas as patentes deixavam o Ministério e faziam saudações ao monumento. Lena ainda se horrorizava com aquela devoção cega. Cristã devota desde criança, escondia a religião até mesmo de amigos do movimento Mente Forte, que congregava diversas crenças, até mesmo ateus. Sentia falta de ler a Bíblia e de passar os ensinamentos a seu filho Miguel. *Seu anjo estaria bem? Ainda estaria em Aurium? Teria sido adotado? Como conseguiria ver seu filho novamente? Onde estava Agnes?* Muitos pontos de interrogação enchiam a cabeça da revolucionária, mas pelo menos um deles estava prestes a ser respondido.

Agnes caminhou depressa pela calçada do Ministério, com a cabeça baixa o tempo inteiro. Parecia querer sair dali o mais rápido que podia e evitar interpelações. Lena a seguiu. Quando tinham andado quatro blocos à esquerda da Avenida do Império, Agnes virou-se para trás e disse:

— O que quer de mim?

— Boa noite, desculpe te seguir assim, mas fui instruída a fazer contato.

— Instruída por quem?

— Pelo Novo Império.

— Shhh...

As duas mulheres andaram silenciosamente sem trocar olhares até a estação de trem mais próxima. Após nove estações, chegaram à parada de Kampf. O bairro era agradável, com ruas floridas e casas pequenas, mas bem cuidadas. As residências enfileiravam-se uma ao lado da outra. As habitações eram padronizadas. Todas eram térreas, pintadas de azul, tinham uma porta pequena de acesso e uma janela verde. O interior era composto por uma sala com cozinha integrada e uma suíte. Não lembravam em nada as residências operárias, mas também estavam muito distantes da arquitetura das casas dos ricos.

Caminharam por mais um tempo em uma paisagem que não mudava nada, até chegarem à casa 89. Agnes abriu a porta e deixou Lena entrar.

— Uma amiga. Ativar sistema NI.

— O que foi isso?

— Todas as casas de secretárias são equipadas com sensor de vigilância quando recebemos visita. Informei quem era e ativei o sistema de proteção do Novo Império. Não podem nos ouvir.

— Tem certeza? Não sei se confio nesses sistemas.

— Com certeza sabem que você está aqui, mas direi que somos antigas conhecidas. Acho que ainda não nos apresentamos apropriadamente. Sou Agnes.

— Lena. Meu nome falso é Mégara.

— Prazer. Você está infiltrada onde?

— No Ministério da Guerra. Sou a secretária do Rudolf. Comecei hoje.

— Estranho não terem feito contato comigo, mas... em que posso ajudar?

— Preciso levar o capitão Martin de volta à sede do movimento.

Agnes levantou-se e foi beber água. Franziu o cenho e fitou Lena raivosamente.

— Depois de tanta humilhação, eles mandam outra pra fazer o meu trabalho. Você não tem ideia do que passei para cumprir minha missão.

— Não vim para substituí-la, mas para ajudá-la. Juntas, dobraremos o monstro.

— Não preciso de ajuda.

— Entendo sua situação. Estava no jardim da mansão ontem à noite. Ouvi os gritos. Vamos fazer esse canalha pagar.

— Como você pode pensar que entende tudo o que eu sofri? Tive que provocar o desejo daquele monstro.

— Já fui torturada por ele!

— Sinto muito. Por Hera, me desculpe!

— Entende como podemos nos unir para derrubar o desgraçado? Vamos levar o maldito até a sede.

— O que pretende fazer? Estou à disposição.

Lena contou seu plano nos mais ínfimos detalhes. Precisava conquistar a confiança da outra ou não tornaria a ver o filho.

— Não acha drástico demais? — perguntou Agnes.

— Admito que é ousado, mas sem ousadia não poderemos derrubar o canalha. Ele está muito bem protegido.

— Verdade.

— Então posso te ajudar em sua missão?

— Se você fizer o que digo, sim.

— É claro!

— Estamos combinadas. É melhor você ir. Não pega bem duas mulheres ficarem conversando sozinhas por muito tempo.

— Tem razão. Até breve.

— Cuidado com a polícia secreta. Devem estar te seguindo agora.

Lena não precisava do alerta. Imaginava que a conversa provocaria suspeitas e já tinha um dossiê preparado para a eventualidade de ser submetida a questionamentos. Saiu da casa 89 e dobrou à esquerda na Rua dos Bem-aventurados.

Os modestos templos familiares estavam por toda parte, com altares voltados à via pública. As figuras das divindades domésticas pareciam olhá-la com suspeita enquanto caminhava sozinha à noite.

Não avistava mais ninguém nas ruas. Andava sozinha em direção à residência do Novo Império. Quando estava a dois quarteirões de seu destino, percebeu um carro mover-se vagarosamente em sua direção. Começou a suar, mas não apertou o passo. Seguiu olhando as vitrines da Rua dos Joalheiros despreocupadamente.

O carro aproximou-se até parar ao lado de Lena. Podia ver três homens dentro do veículo. O motorista era jovem e sorridente, com vistoso chapéu azul e roupas caras. Os demais eram mais velhos e sisudos.

— Os senhores estão perdidos? Precisam de alguma informação? — disse, sorrindo.

O vidro foi abaixado e o motorista falou:

— O toque de recolher já foi dado. A senhora está na rua fora do horário permitido.

— Oh, pelos deuses! Não sabia que já era tão tarde. Fiquei conversando demais com minha amiga. Sou nova aqui. Na minha cidade, o toque de recolher é às 22h. Que horas são? Meu relógio diz que são 21h02. Ele está errado? Aqui é outra zona de Cronos?

— Seu relógio está correto, madame. O toque de recolher em Varhat é às 21h. Todos os cidadãos e visitantes precisam conhecer essa informação.

— Eu não sabia. Sinto muito.

— É para o seu próprio bem. Nunca se sabe o que terroristas podem fazer com cidadãos de bem, em especial com belas mulheres indefesas. Volte para o seu marido. Podemos te levar.

— Agradeço muito, mas não tenho marido. Estou morando aqui na capital com um tio. Minha família me mandou a Varhat para aprender a ser uma boa secretária.

— Aposto que te faço mudar de ideia. Minha mulher tá gorda e feia. Tô precisando de um *pitelzinho* como você.

— Tenho certeza de que encontrará uma bela esposa. Infelizmente, não vou ser eu. Sou a secretária do capitão Rudolf. Se quiser se entender com ele, desejo boa sorte.

O jovem policial ficou lívido, com o rosto contraído.

— Desculpe-me! Mande minhas saudações cordiais ao capitão. Vida longa ao Império!

— Vida longa ao Império.

Lena esperou o veículo sair de seu campo de visão para sair correndo em disparada. Tivera sorte daquela vez. Relatos de companheiras do movimento Mente Forte eram quase unânimes em ressaltar os abusos físicos, sexuais e psicológicos praticados pela polícia secreta.

A capital não era como as outras cidades de Aurium. Em Varhat, o poder totalitário se fazia sentir a cada segundo. As normas mudavam com frequência e restringiam cada vez mais a liberdade de locomoção do povo. Lena sentia-se estúpida de não ter olhado o diário oficial do governo antes de sair do Ministério da Guerra. Sua negligência poderia ter custado o sucesso da missão.

Depois de caminhar apressadamente e certificar-se de que não estava sendo seguida, entrou na residência do Novo Império e deparou-se com uma mensagem na assistente virtual.

— Bem-vinda, senhora Mégara. Vossa senhoria tem uma mensagem. Deseja abrir o correio de voz?

— Sim!

— Mamãe, cadê você? Eu tô bem. Tô com uma tia legal, amiga da senhora. Tô com saudade — disse a conhecida voz alegremente.

— Meu filho, onde você está?! — disse, chorando.

— Mensagem concluída. Você está recebendo uma ligação. Deseja atender?

— Sim!

— Boa noite, Fênix.

— Boa noite, Medusa.

— Identificação completa.

Uma voz diferente falou:

— Ainda não tivemos um relatório seu, agente. Qual o progresso na missão até o momento?

— Primeiro me diga onde está Miguel!

— Você sabe que não funciona assim. Verá o menino assim que a missão for concluída, não antes disso.

— ... — respirou e retomou tom de voz neutro. — Tive contato com a agente Agnes e repassei todos os detalhes do plano.

— Todos?

— Exceto aquele.

— OK. Conseguiu cooperação?

— Sim, ainda que com um pouco de resistência. Ela é muito orgulhosa. Tive que deixá-la pensar que comandará a operação.

— Muito bem.

— Qual o próximo passo?

— Você saberá no momento oportuno.

A voz desapareceu do ambiente. Lena estava ansiosa para reencontrar o filho, ouvir sua melodiosa voz infantil e saber que ele estava bem. Agora que tinha ouvido o filho parecer feliz, sentiu uma nova pontada de dor. Pensou logo que as mulheres do Novo Império poderiam estar fazendo lavagem cerebral na criança, satisfazendo todas as vontades do menino e retirando aos poucos a lembrança da mãe biológica.

Podia ser exagero, mas era melhor estar preparada para o pior. O menino tinha dito que estava com saudade e falado de modo carinhoso com ela. Ainda assim, sentia que algo estava errado. A única forma de descobrir o que a incomodava seria acelerando ainda mais o plano. Não esperaria por um momento oportuno.

Alguns aspectos de sua estratégia eram desconhecidos pelo Novo Império e por Agnes. Nem o movimento Mente Forte sabia o que se passava em sua mente. Sentia-se decepcionada com a rebelião. O coletivo para o qual tinha dedicado a vida não queria mais saber dela. Desde seu desaparecimento e do rapto de seu filho, ninguém tinha entrado em contato com Lena, nem a comandante Vládia, nem suas filhas, nem mesmo as grandes companheiras de luta. *Tudo bem. Não precisava delas. Recuperaria o filho sozinha.*

O capitão Martin tinha um ego gigantesco. Era chegado o momento de estender o espelho de Narciso para que se afogasse no próprio reflexo. A mãe de Miguel estava a caminho.

Concert
Ελλαδα
Αθηνα
ΕΠΙΠΛΕΟΝ
ΟΛΕΣ
ΠΟΛΙΤΙΚΗ
επιδιωκμενο

CAPÍTULO 8

O capitão Martin divertia-se com a conquista recente dos últimos dias. A moça tinha satisfeito sua luxúria por enquanto, mas não sabia quanto tempo a saciedade duraria. Teria que encontrar uma nova presa.

Só conseguia pensar nisso enquanto observava o escritório ricamente adornado de chefe do Departamento de Combate ao Terrorismo. A cadeira marrom de couro e espaldar alto em que sentava permitia visualizar o rico tapete com tema de uma guerra no Oriente, pendurado na parede oposta. Os elefantes esmagavam os minúsculos corpos de todos os que ousavam resistir ao poder da natureza selvagem. Diziam que aquela obra de arte representava a conquista da Pérsia por Alexandre, o Grande. Abençoado pelos deuses, o famoso líder submeteu povos de outras crenças ao domínio da Magna Grécia.

O capitão Martin pensava que, por muito tempo, os homens tinham esquecido a relação ancestral de adoração, substituindo-a por cultos fanáticos de salvacionismo. A humanidade tinha perdido o rumo e apenas a natureza pudera restaurar a raça humana ao esplendor.

A morte de Melchen tinha devolvido à sociedade seus valores fundamentais, por muito tempo negligenciados. Isso era passado. No momento, Martin queria somente aproveitar os privilégios de sua posição. Com a comenda de guardião na lapela, portava-se com orgulho atrás de sua escrivaninha. O dia estava tranquilo. Aproveitou para tomar um vinho azul, levantou-se e apreciou a vista da Avenida do Império, à direita da janela. Centenas de pessoas iam e vinham apressadas. Mulheres passeavam com crianças e serviçais carregavam sacolas de compras, enquanto homens de terno entravam e saíam de edifícios governamentais. *A vida estava bem de novo.*

Martin viu um elegante carro preto entrando pelos portões. Reconheceria a placa em qualquer lugar. Era o capitão Rudolf. Apertou os lábios só de manifestar o nome em seu pensamento. Rudolf tinha sido responsável por todos os seus sofrimentos havia apenas poucas semanas. *Talvez tivesse até mesmo convencido Marta a se juntar às loucas do Novo Império*. A hora dele chegaria, Martin jurou.

Ao voltar à mesa, recebeu uma ligação. Atendeu à chamada de vídeo e viu sua secretária. Ela usava saia verde justa e tinha cabelos loiros ondulados, mas não se podia dizer que era uma beldade, especialmente se comparada à secretária do general Flavius.

— Capitão, o general Claudius solicita uma audiência.

— Meu tio? O que ele quer?

A moça saiu da frente da câmera e falou com outra pessoa.

— Ele disse que o assunto é pessoal e só pode transmitir a informação ao senhor.

— Ah, que seja! Mande entrar.

A porta se abriu e revelou a silhueta do tio Claudius. O capitão já estava imaginando os favores que o parente impertinente viria solicitar.

— Martin, sobrinho querido. Vejo que se destacou muito. Orgulho da família!

— Não tenho tempo para puxa-saquismo, tio. Você nem olhou na minha cara quando perdi o cargo e me deixou naquela espelunca. Nós dois sabemos o quanto nos detestamos. Diga logo o que veio dizer.

— Jamais diga isso. Fiz todo o possível para que não fosse pior. Queriam mandar você ao distrito industrial, sabia?

— Finjo que acredito. Não tenho o dia todo. Sou um homem muito ocupado.

— Não hoje, pelo que eu ouvi falar. Não temos muitos relatos de atividades suspeitas de terrorismo.

— Isso porque o capitão Rudolf é incompetente. Os relatórios de inteligência dele são uma piada.

— Ele não era seu amigo? Lembro que vocês sempre andavam juntos no...

— Não se dê ao trabalho de continuar. Diga o que quer ou vá embora.

— Bem, já que insiste. Estou precisando de um pequeno favor.

— Quanto?

— Não é dinheiro. Preciso que fale com o general Flavius para me indicar como adido na Embaixada de Aurium, na cidade de Frisiam.

— Para que raios você quer ir à Frinésia?

— A vida em Varhat é ótima, mas estou precisando de uma outra perspectiva. Além disso, sua tia é uma velha chata que não me deixa beber em paz nem aproveitar a vida. Indo para lá, não tenho que levá-la.

— E a investigação por terrorismo?

— Águas passadas. O general Flavius me disse pessoalmente que não encontraram nenhuma evidência para corroborar o que a terrorista disse.

— Certo, mas por que eu o ajudaria?

— Porque você é um bom sobrinho.

— Tente novamente.

— Tenho o diário eletrônico da sua adolescência.

— Mentiroso.

— Já sei alguns trechos decorados. "Aqueles cabelos lisos ao vento faziam eu me sentir diferente. Não sei o que é isso. Não é natural, mas não posso controlar."

O rosto do capitão ficou paralisado. Nenhum músculo se movia. Depois de alguns segundos imobilizado, Martin disse:

— Hoje mesmo falo com o general Flavius. Saia daqui! Agora!

Claudius saiu, esboçando um sorriso. Martin ficou no escritório avaliando suas opções. Não poderia imaginar como o tio tivera acesso àqueles escritos secretos. Alguns dos textos poderiam prejudicar seriamente a carreira do capitão.

Antes de lidar com o tio, ainda tinha a questão do Rudolf. O rival chefiava o centro de informações e tinha muitos privilégios. Martin não suportava mais ver isso.

Acionou o botão do telefone e a tela apareceu. Falou o nome desejado e a ligação de vídeo foi estabelecida. Do outro lado, um jovem soldado atendeu.

— Capitão, senhor, que honra!

— Cícero, como vão as coisas por aí?

— Sem muito movimento, senhor.

— Imagino. Está tudo muito parado. É estranho. Os terroristas estão planejando algo.

— Sim, senhor.

— Se concorda tanto, por que ainda não recebi nenhum relatório?

— Capitão, senhor, não posso desrespeitar a hierarquia.

— Entendo perfeitamente. É por isso mesmo que a hierarquia precisa mudar. O que você acha de uma promoção?

— Ficaria muito honrado, senhor, mas apenas o capitão Rudolf poderia me promover.

— Por enquanto... Você está disposto a fazer algo contra a hierarquia para o bem de Aurium?

— Se for para o bem do país, sim, senhor. Aurium é o poder e a glória! Tudo por Aurium!

— Você tá sozinho?

— Afirmativo, senhor.

— Muito bem. Tenho provas de que o capitão Rudolf é agente dos desgraçados da República Juliana.

— Mas não pode ser, capitão. Sua Majestade, o Imperador, teria percebido.

— Certamente, mas não se esqueça de que sua majestade tem muitos assuntos com que se ocupar. Não podemos deixar um agente estrangeiro nesse cargo. Precisamos descobrir a verdade.

— Afirmativo, senhor. Como posso ajudar?

— Acompanhe o capitão Rudolf em todos os seus compromissos. Diga que descobriu uma ameaça à segurança dele e siga-o em todos os momentos. Tenho certeza de que, se houver traição, será descoberta. Caso contrário, poderemos respirar aliviados.

— Muito bem, senhor.

— Você sabe como me contatar. Até logo, soldado!

— Com respeito, capitão!

A tela ficou preta, refletindo o sorriso de ponta a ponta de Martin. Gozava de uma boa relação com o soldado em questão, mas não pensava que seria tão fácil convencê-lo. A perspectiva de uma promoção e a chance de mostrar serviço eram motivadores mais poderosos para os militares de baixa patente do que esperava.

O telefone tocou. Por um segundo, Martin pensou que já fossem informações do soldado sobre Rudolf, mas, quando abriu a tela, viu apenas a secretária do lado de fora da sala.

— Capitão, a agenda do senhor foi atualizada por ordem do Palácio Imperial.

O rosto de Martin ficou branco como um cisne.

— Qual foi a atualização?

— Reunião com Sua Majestade Imperial daqui a dois dias.

— É sério?

— Jamais faria troça com esse assunto, capitão. Parabéns!

Martin desligou. Uma pessoa só era chamada à presença do Imperador para receber as maiores honrarias de Aurium ou para ser punida pessoalmente pelos torturadores da corte. Considerando que seu destino havia mudado subitamente em poucas semanas e agora estava em boas graças, a primeira opção era a mais provável. Ainda assim, não podia deixar de sentir uma pontada de medo. *Será que ia em direção à morte lenta e cruel nos porões do palácio?*

Acalmou-se dizendo que não seria convocado em dois dias se fosse algo tão urgente. Os guardas imperiais já o teriam levado do Ministério se o objetivo fosse sua punição. Olhou para o relógio e viu que o fim do expediente estava próximo. Tinha apenas mais uma ligação a fazer. Ligou de áudio, pois as chamadas de vídeo não eram permitidas para aquele número.

— Escritório do General Flavius, boa noite.

— Boa noite, boneca. Aqui é seu capitão. Tô com saudades suas... especialmente daquela parte molhadinha.

— Ah... sim, capitão. O senhor deseja falar com o general Flavius?

— Nossa, pra que ser tão direta?! Desejo sim, embora deseje você mais.

— Aguarde um pouco. Já transfiro a ligação.

Martin tocou-se nas partes íntimas, revivendo a cena do jantar na mansão. Mal podia esperar por uma nova oportunidade. Uma voz áspera do outro lado da linha cortou seus desejos eróticos.

— Alô!

— General Flavius, quem fala é o Capitão Martin. Tenho novidades para o senhor.

— Quais novidades?

— Sobre a investigação do atentado à usina de Parsem, a inferior estava mentindo quanto ao envolvimento de Claudius Maximus, mas descobri que a participação de um oficial de Aurium realmente ocorreu.

— E quem seria esse oficial?

— Rudolf, senhor. Um traidor!

— Essa alegação é muito grave. Quais as provas que você tem disso? E... não te mandei ficar longe dessa investigação? O Rudolf é que está a cargo do caso da usina de Parsem e do suposto desertor em Senfai.

— Um colaborador meu descobriu, no âmbito de outra investigação a cargo do departamento, um vídeo que coloca Rudolf na cena do crime, em Parsem, e agindo de forma suspeita.

— Me mostre o vídeo.

— Estou enviando neste momento.

O vídeo mostrava o capitão Rudolf inspecionando as instalações da usina e solicitando informações a subordinados.

— Não vi nada de mais nesse vídeo. Agentes do Ministério da Guerra estão sempre verificando instalações de infraestruturas sensíveis.

— Com todo o respeito, senhor, a prova vem agora.

Após falar com funcionários, o capitão Rudolf ingressou na sala de máquinas e não saiu pela mesma entrada. O vídeo acelerou e em alguns minutos a usina explodiu.

— Concordo que houve atitude suspeita, mas isso não é uma prova. Uma sindicância será criada para apurar o fato.

— Não esperava menos do senhor, general.

— Agora, volte ao trabalho que você tem que fazer. Me encarregarei pessoalmente dessa investigação.

A linha caiu. Martin abriu um sorriso amplo. Seu plano tinha funcionado à perfeição. O general Flavius não havia suspeitado do uso de tecnologia de mudança facial no vídeo. Há muito tempo banida por decreto imperial, era praticamente impossível conhecer alguém que ainda dominasse o segredo dessa ferramenta tecnológica. Martin conhecia. Seu antigo amigo era mestre na tecnologia. Não foi muito difícil alterar o rosto.

Eventual problema seria se Rudolf tivesse um bom álibi para o horário, mas Martin enfrentaria a dificuldade quando ela aparecesse. Cícero também estava no encalço do rival. Não deveria ser uma questão complexa encontrar alguma conduta indevida. Martin acreditava plenamente no trabalho do soldado que, embora jovem, mostrava lealdade absoluta aos princípios de Aurium.

Cícero não era um orador exímio como o seu homônimo da Antiguidade Clássica. Falava por meio das armas. Exercia seu poder bélico como nenhum outro de sua geração. Ninguém resistia se ele decidisse atirar. A única divergência que tinha com Martin era a tortura. Cícero não gostava do processo lento. Tinha prazer apenas no sangue imediato. *O soldado devia estar sedento pela oportunidade de matar.*

Fazia alguns anos desde que Aurium entrara em guerra com outra nação. Os inimigos eram internos, agiam na sombra, sem se mostrarem claramente. Os poucos que eram capturados sofriam tortura para que divulgassem informações. Nada muito interessante para o soldado Cícero.

Martin, como bom amigo, estava determinado a saciar a sede de sangue do parceiro. Se não encontrasse nada em suas investigações, Cícero podia simplesmente livrar-se de Rudolf pelo método convencional e culpar outra pessoa pelo ato. O soldado era mestre nessa arte. Martin sabia de muitos corpos despejados no rio Varhem. Ninguém conseguia descobrir a autoria dos assassinatos. O capitão tinha seu palpite.

Cícero também gostava de investigar. O capitão ouvira do soldado que ele queria muito ser um detetive vingativo, que solucionava os mistérios e matava o assassino no final. Tudo perfeito para seus planos.

O toque da sineta de fim de expediente fez Martin voltar à realidade. Pegou sua pasta, fechou o computador e saiu. Desceu a ampla escadaria e viu Rudolf à distância, com uma expressão abatida e conversando com uma nova secretária. Martin pensou que até nisso o rival era sortudo, pois tinha uma bela assistente com quem compartilhar os problemas e afogar as mágoas. *A moça tinha até um aspecto familiar, mas isso não era possível. Estava confuso.*

Ao final da escadaria, dois oficiais esperavam Rudolf. Para a evidente satisfação de Martin, o inimigo seria conduzido à sala de interrogatório. Só tinha uma pontada de despeito por não ser ele o interrogador. Ainda assim, sabia que o rival teria o que merecia. Ninguém escapava ileso da sala de interrogação.

Sorrindo, Martin foi ao estacionamento. O motorista o esperava do lado de fora do Ministério. O capitão acomodou-se na limusine e ficou observando a paisagem, satisfeito com o resultado do dia. A Avenida do Império estava muito iluminada com as novas decorações para o Dia de Todos os Deuses. Em algumas semanas, a capital imperial seria palco do maior festival a céu aberto do planeta. Postes com oferendas para as divindades se sucediam e eram conectados por guirlandas douradas. Toda esquina era ocupada por uma estátua de cada deus menor do panteão. Apesar de dificultar a passagem dos pedestres, as pessoas eram gratas pela proteção adicional de cada divindade. Tornou-se tradição caminhar na Avenida do Império nas semanas que antecedem o Dia de Todos os Deuses, para pedir proteção para o ano que se seguia.

O triunfo dos olimpianos sobre os titãs em tempos imemoriais era celebrado com a maior pompa. Martin não deixaria seu triunfo pessoal passar despercebido. Pediu ao motorista para parar no bar mais tradicional de Varhat e esperá-lo.

Sentou-se à mesa de destaque e prometeu pagar uma rodada de bebida a todos os clientes, atraindo mulheres e pessoas interessadas em favores para sua mesa. Bebeu litros e litros de vinho azul, vomitou no banheiro do estabelecimento e voltou a beber. Beijou mais de cinco mulheres e deu seu código de contato a todas, prometendo recompensas se fossem à sua casa. Continuou bebendo até que dormiu.

Acordou às 6h da manhã dentro de seu carro, com bafo forte de bebida e muita dor de cabeça. Perguntou ao motorista:

— Que porra eu tô fazendo aqui?

— O senhor estava dormindo e o bar tinha que fechar. Achei melhor não levar o senhor para casa antes que pudesse se recompor.

— Achou errado, seu filho da puta. Me leve pra casa agora!

— Sim, senhor.

Chegando à mansão, o capitão, ainda trôpego, não conseguiu subir as escadas. Com o auxílio dos empregados, tomou um analgésico e foi colocado na cama do quarto de visitas do térreo, onde dormiu profundamente. Acordou ao meio-dia sentindo-se um pouco tonto, mas descansado. A dor de cabeça tinha diminuído e já podia caminhar normalmente.

Subiu ao quarto para lavar-se, mas encontrou a porta trancada na chave. Desceu, com o rosto vermelho, para falar com a governanta:

— Por que a porta do meu quarto tá fechada? Não posso mais entrar no meu próprio quarto, caralho?!

— Capitão, peço mil desculpas, mas aconteceu um incidente.

— Que incidente?!

— O senhor estava mal, então não quisemos falar nada, mas agora acho que precisa ver.

— Preciso ver o que?

A governanta subiu as escadas com a chave do quarto na mão direita e Martin a seguiu. A mulher tremia inteiramente. Olhou-o, girou a chave e afastou-se. O capitão entrou. No primeiro momento, o que percebeu foi o fedor. Algumas moscas rondavam a habitação. Logo em seguida, notou o vermelho no chão. Até que, na parede verde, viu partes de um corpo penduradas por pregos. Cabeça, pés, mãos e os órgãos genitais estavam à vista.

Em seu assombro ao ver a situação, Martin não conseguiu reconhecer imediatamente quem era a pessoa pregada em seu quarto. Vomitou de novo, no chão, sem conseguir chegar ao banheiro. Da parede, o rosto ia, aos poucos, tornando-se familiar. Os globos oculares sem vida de tio Claudius o fitavam.

Concert
Ελλαδα
Αθηνα
επιδιωκμενο
Ε ΠΛΕΟΝ
ΚΑΙ ΟΛΕΣ
ΠΟΛΙΤΙΚΗ

Capítulo 9

Lena andava de um lado para o outro pelo escritório do capitão Rudolf. O militar nunca se atrasava. Naquele dia, o expediente já havia começado há mais de uma hora e ele não havia chegado. Ouviu vozes exaltadas à distância. Retomou sua posição à mesa de secretária e apertou o botão para ligar o computador.

O capitão Rudolf apareceu à porta, seguido de um jovem soldado responsável pela segurança.

— Uma hora de atraso! Uma maldita hora! Contente, Cícero?

— Capitão, a ameaça à sua segurança parecia real.

— Um trote de moleques insolentes!

— Com todo respeito, as informações de inteligência indicavam o contrário, senhor.

Rudolf olhou para Lena, percebendo-a pela primeira vez no ambiente.

— Desculpe, senhorita Mégara. Uma moça respeitável não devia ouvir essas discussões. Como tá minha agenda hoje?

— Capitão, hoje o senhor não tem compromissos agendados.

— Ah... Então vou para a minha sala adiantar uns papéis.

Fechou a porta com força e não se preocupou em despedir-se de Cícero. O auxiliar olhou para o teto e caminhou aos poucos em direção à saída. Deixou cair sua boina perto da mesa de Lena e sussurrou no ouvido da moça.

— Construa uma mente forte.

— Você?!

— Shhh...

O rapaz pegou a boina, ajeitou-a na cabeça e saiu da sala sem falar mais nada. Lena sentiu o ritmo cardíaco acelerar. Sempre havia rumores de que o infiltrado do movimento Mente Forte na capital ocupava um posto no Ministério da Guerra, mas não imaginava que poderiam ser reais, muito menos que o infiltrado era o responsável pela segurança do seu chefe.

Esse fato complicava muito as coisas. Rudolf era alvo dos dois grupos de oposição ao regime imperial. A liderança do movimento Mente Forte não estava informada da missão de Lena para o Novo Império e ela queria que assim continuasse. Ainda assim, o fato de o rapaz conhecê-la era assustador. Tinha conseguido enganar Rudolf muito bem com a peruca e a maquiagem forte, mas os truques aparentemente não surtiam efeito em Cícero, ou qualquer que fosse seu nome verdadeiro.

Era impressionante a estupidez dos imperiais. Rudolf a tinha amarrado a mulher na cadeira do dragão no porão da Wine Cellar de Senfai, mas não parecia se lembrar dela, enquanto um agente do movimento que nunca tinha visto ela pessoalmente sabia quem ela era. Se bem que talvez não fosse uma surpresa tão grande, considerando que os militares miravam apenas os seios e a bunda das mulheres.

Agora Lena precisava recalcular seus planos e informar Agnes o quanto antes, senão tudo sairia errado. Ligou para a secretária do gabinete do Ministro de Estado.

— Gabinete do Ministro da Guerra, bom dia.

— Agnes, quem fala é Mégara. Como está?

— Bem, e você?

— Bem também. Olha, sobre nossa saída de mais tarde, hoje não vai dar certo.

— Ai, amiga, tem certeza? Queria tanto ir hoje.

— Eu também, tenho um compromisso importante que não posso perder. De amanhã não passa.

— De amanhã não passa. Beijo.

— Beijo.

Esperava que Agnes tivesse compreendido bem o código de adiamento dos planos para o dia seguinte. Com Cícero na cola do capitão Rudolf, Lena não teria liberdade de agir para convencê-lo a capturar Martin e entregá-lo ao Novo Império. Cícero talvez estivesse planejando sequestrar Rudolf e levá-lo às líderes do movimento Mente Forte.

Lena ligou o computador e começou a trabalhar em questões burocráticas para desviar o foco e tentar elaborar um novo plano para o sequestro do capitão Martin. Mal começou a escrever quando ouviu gritos da sala de Rudolf.

— Uma sindicância! Vão instaurar uma sindicância para apurar se estou envolvido naquele tema? Isso é um absurdo! Aquele filho da puta vai se ver comigo!

Rudolf saiu da sala bufando e vermelho.

— Cancele todos os meus compromissos!

— Sim, capitão. O senhor quer uma água?

— O que eu quero é justiça! Vou falar com o general Flavius agora!

Desceu correndo a escadaria e desapareceu de vista. A intuição de Lena dizia que aquele ataque de raiva se devia a alguma ação de Martin. Pensou em ligar de novo para Agnes para pedir que ela escutasse a reunião, mas a moça era muito esperta. Não precisaria de nenhuma orientação.

Olhou para o chão, tentando alinhar algumas ideias para quando Rudolf voltasse. Viu um papel branco perto de sua mesa. Achou estranho, já que a sala era impecavelmente limpa pelas faxineiras. Viu um código QR. Escaneou-o no celular e encontrou uma sequência alfanumérica: A2B8C1D0.

O código era muito simples e ensinado a qualquer um do movimento Mente Forte. As letras correspondiam a um local e os números ao horário. ABCD era nada mais do que o local principal de encontro naquela cidade. Em Varhat, era a loja de brinquedos Varhattim. Ninguém suspeitava de encontros de oposição tão próximos à cúpula de poder e os agentes do movimento nunca haviam encontrado vestígios de escutas na loja. Havia câmeras, mas elas não filmavam toda a extensão do local. 2810 era o dobro do horário planejado. Então 14h05, logo no início do horário de almoço.

Rasgou o papel e voltou a esperar notícias de Rudolf. Depois de mais de duas horas, o militar apareceu com expressão cabisbaixa.

— Aconteceu algo, capitão?

— Você tem que encontrar um novo chefe, Mégara. Vou ficar no Departamento de Arquivo até o fim de um processo que criaram contra mim.

— Sinto muito, capitão. Quem teria a audácia de inventar mentiras sobre o senhor?

— Aquele Martin de m..., desculpe, o Martin. Não duvido nada ele voltar para cá, o canalha.

Lena começou a chorar. As lágrimas foram escorrendo lentamente de seu rosto em uma performance digna de premiação.

— Não chore, menina!

— É que o capitão Martin é desafeto de alguns parentes meus. Pode me tratar muito mal, senhor.

Continuou chorando e com os olhos avermelhados.

— Não vou deixar que ele toque em um fio de cabelo seu.

— Muito obrigada, capitão, mas acho difícil. Ele tem muito poder. Preferiria ir com o senhor para o arquivo.

— Tem certeza?

— Seria pior trabalhar com ele.

— Então pode vir comigo.

O capitão entrou em seu escritório, recolheu seus pertences e saiu. O sinete anunciou o toque das 14h. Lena desceu as escadarias correndo e saiu para a Avenida do Império. Por sorte, a loja de brinquedos estava ao lado do Ministério da Guerra.

A gigantesca loja Varhattim gabava-se de ser a maior do mundo e ter todas as variedades existentes de brinquedos. Essa era uma meia verdade. Embora fosse a maior loja, não tinha quaisquer brinquedos que fizessem apologia a heróis de algumas mitologias, nem que fossem de qualquer forma nocivos ao interesse do Império.

Lena subiu as escadas automáticas da loja impressionada com a quantidade de crianças àquela hora do dia durante a semana. No térreo, muitas tomavam sorvetes verdes. Outras brincavam com bonecos do antigo Imperador Carlos e de um deformado Melchen. Uma voz anunciava a promoção das 14h14, quando todos os bonecos do Imperador estariam com descontos de 14%.

O segundo andar era dedicado aos jogos de tabuleiro e tinha, no chão, um grande mapa do continente Liberum, em que Aurium estava no centro e a República Juliana era um grande buraco. Bandeiras apareciam por toda parte. A bandeira do Império e a da Frinésia estavam em mastros no mapa, enquanto as dos países rivais estavam esfarrapadas no chão. A brincadeira "pisa na bandeira" animava crianças de todas as idades, que gostavam de pisar nas bandeiras de países inimigos. Muitos adultos também participavam.

O terceiro andar tinha decoração militar, com espadas de brinquedo e armas de todo tipo. Revólveres, fuzis e equipamentos militares falsos estavam dispostos nas prateleiras. Ao centro, um grande tanque de brinquedo nas cores imperiais custava a fortuna de 10 mil áuris. Havia também um estande de tiro, em que as crianças podiam atirar em bonecos de palha que representavam os inferiores. Os bonecos, em tamanho real, mostravam soldados negros com muitos cortes e mulheres com deformidades físicas.

No quarto e último andar estavam os brinquedos mais caros, elaborados em parceria com a empresa "Joias de Aurium". As edições de luxo de bonecos feitos de ouro e diamante eram expostas em vidros resistentes a armas de fogo. Por toda a loja, apenas brinquedos masculinos estavam em exibição. A sessão para as meninas, com bonecas, casas e cozinhas, ficava no subsolo.

Lena chegou ao último andar, andou mais um pouco e dirigiu-se ao banheiro feminino, onde não havia câmeras. O local aparentava estar vazio. Ela tentou abrir o terceiro cubículo, mas ele estava trancado. Bateu duas vezes e ouviu uma resposta.

— Construa.

— Uma mente — replicou, sem terminar o lema do movimento.

Lá, Cícero a esperava.

— Tá atrasada.

— O que quer de mim?

— Saber o que andou fazendo na última semana. Nunca mais ouvimos nada de você.

— Estou ocupada com uma missão secreta.

— Se você estivesse em missão, eu saberia. Sou informado de todas as operações na capital.

— Desta não seria. Apenas a comandante Vládia sabe.

— Sei, então eu vou confirmar com ela.

Lena ficou lívida. A comandante Vládia não podia ser informada. Não podiam descobrir sua colaboração com o Novo Império. Ainda que tivesse sido pressionada a ajudar o outro movimento, Cícero jamais a entenderia. O rapaz tinha sede de sangue nos olhos. Lena ouvira falar que o agente na capital era a arma secreta do movimento, mas ele não distinguia entre quem era forçado a colaborar com os imperiais ou com outros movimentos e quem de fato tinha interesses escusos. Para Cícero, todos eram traidores.

O rapaz olhou-a desconfiado após alguns segundos de silêncio.

— O que foi? Não quer que descubram algo?!

— Se me delatar, a comandante vai me chamar de volta porque falhei. Não consegui manter sigilo. Em vez disso, me ajude com meu plano!

— Conveniente, não?! O plano não era secreto?

— Agora que me descobriu aqui, podemos realizá-lo juntos. Direi à comandante que não tive opção a não ser permitir que você fizesse parte.

— Muito bem. À noite, vamos ligar para ela.

— Melhor não. Vamos ligar quando estiver tudo concluído. Tenho certeza que você vai receber a medalha da ordem de Melchen pelo trabalho feito.

A perspectiva de receber a comenda mais desejada pelos integrantes do Movimento Mente Forte provocou intenso brilho nos olhos do rapaz.

— Me conte sua missão.

— Vamos capturar o capitão Martin.

— Capturar... hahaha. Eliminar é o que você quer dizer, não?

— As ordens foram de sequestro e não de morte. Ele vale mais vivo do que morto.

— Interessante que recebi ordens de matar o capitão e culpar o Rudolf. A comandante Vládia me disse pessoalmente. Tem certeza de que está trabalhando com a gente?

Não podia ser. Lena não imaginava que o movimento Mente Forte quisesse matar Martin. Cícero sacou uma pequena pistola de bolso e a apontou diretamente para a cabeça de Lena.

— Traidora imunda. Desde quando trabalha para os imperiais?

— Nunca trabalhei para imperial algum. Só quero meu filho de volta.

— Trair o movimento por um pirralho!

— O nome dele é Miguel!

— Cala a boca, alguém pode ouvir! — colocou a mão esquerda na boca de Lena.

Uma mulher entrou no banheiro e usou o cubículo ao lado. Os dois ficaram em silêncio. Lena sentiu a arma apontada para sua cabeça. A porta do cubículo fechou e a mulher foi lavar as mãos. Secou-as e fechou a porta do banheiro. Aproveitando que o olhar de Cícero se fixou por alguns segundos na porta, Lena tirou a arma da mão do soldado. O revólver caiu no chão. Ambos lutaram para conseguir a arma, rolando no chão do banheiro.

Lena conseguiu segurá-la e não pensou. Disparou direto sem olhar para onde estava atirando. O sangue do outro esparramou-se pelo chão, deixando o cubículo vermelho. A arma tinha silenciador, então não atraiu atenção dos consumidores da loja. O disparo havia atingido o estômago de Cícero. Enquanto ele murmurava de dor, Lena limpou-se, guardou a arma em sua bolsa e saiu do banheiro. Manteve a expressão mais neutra que conseguiu enquanto voltava à claridade da loja.

Andou olhando os brinquedos de ouro e prata fingindo interesse quando um vendedor se aproximou.

— A senhora não quer levar um para seu filho? Pode olhar mais. Em menos de uma hora, teremos a promoção de 15%.

— Que horas são?

— 14h30.

— Obrigada. Fica para uma próxima vez.

Continuou descendo as escadas, saiu da loja e voltou ao Ministério da Guerra. Deixou sua bolsa no escritório do capitão Rudolf e foi ao banheiro. Chegando lá, jogou um jato de vômito no chão do cubículo.

Nunca havia matado ninguém. Matar era contra o sexto mandamento. Lena sentia-se vinculada a uma eternidade de sofrimento nos caldeirões infernais. As lágrimas escorriam de sua face. Olhou para o vaso sanitário e vomitou tudo o que havia comido no café da manhã daquele dia e no jantar da noite anterior. O ácido saía de suas cavidades bucais em grande quantidade.

Tentou acalmar-se. *Miguel! Tinha feito aquilo por Miguel. Deus entenderia o sofrimento de uma mãe. Cícero não era nenhum santo. Tinha matado muita gente. Quem sabe ela acabava de fazer um serviço pra humanidade?* Além disso, sua vida estava ameaçada. O soldado tinha apontado uma arma para sua cabeça e estava a ponto de dispará-la. Se a mulher não tivesse aparecido no banheiro naquele momento, poderia estar morta.

Agora tinha que se preparar. Não demorariam muito a encontrar o corpo e os membros do movimento logo saberiam que ela estava na capital. *Era hora de executar seu plano e se juntar a Rudolf.*

Voltou ao escritório do chefe e encontrou uma nova secretária em sua mesa.

— Quem é você? O que tá fazendo na minha mesa?

— Sou a secretária do capitão Ladius e esta não é mais sua mesa.

— Como assim? Está louca?!

— O capitão é o novo chefe dos serviços de investigação. A senhorita pode pegar suas coisas e ir para o subsolo, onde o capitão Rudolf está lotado.

Lena saiu, batendo a porta. Imaginou que dariam pelo menos o restante do dia para que Rudolf fizesse sua mudança. *Claro que nem isso o Império era capaz de fazer.* Se alguém se mostrava inútil, ou pior, suspeito de traição, sofria as consequências imediatamente. Como Rudolf era um servidor muito importante no Ministério da Guerra, ficaria no arquivo, monitorado por câmeras 24h por dia até enlouquecer e confessar a traição, quando sofreria a penalidade máxima: morte por desmembramento.

A moça desceu as escadarias até o térreo, onde teve que perguntar pela localização do arquivo. O setor ficava no subsolo, acessível apenas por meio de uma escada mal iluminada atrás do almoxarifado.

Ao segurar o corrimão, Lena ouviu gemidos de algum lugar mais ao fundo. Pensou que eram de dor, pois vinham das masmorras em que as pessoas eram torturadas, mas alguns pareciam de prazer.

À medida que descia, os gemidos se intensificaram. Após alguns minutos na escada, chegou ao arquivo. O barulho de gemidos fez com que tapasse os ouvidos. Viu o capitão Rudolf em uma cadeira velha atrás de uma escrivaninha pequena repleta de papéis empoeirados. O militar falou algo que Lena não entendeu.

— Desculpe, capitão. Não consigo te ouvir!

— Te disse que isso aqui é degradante!

— O que são esses gemidos?

— É a gravação que colocam para quem trabalha aqui. Gritos das sessões de extração de informações e gemidos de militares com suas secretárias, ou... — disse, com ar de malícia — entre eles mesmos.

Lena assustou-se. O barulho forte remeteu à sala dos bichos no centro de informações de Senfai. Tudo que não precisava agora era sofrer ataque de um novo predador. Lembrava-se muito bem do que havia ocorrido entre Agnes e o capitão Martin.

— Temos que ficar quanto tempo aqui?

— Eu tenho que ficar até o fim da investigação. Você pode ir embora.

— Ficarei com o senhor aqui.

— Sempre admirei sua capacidade de resiliência.

— Como assim, capitão?

Rudolf saiu de trás da mesa e se aproximou de Lena.

— Não achou que eu fosse tonto a ponto de não te reconhecer, achou?

Lena buscou a arma que estava em sua bolsa, mas percebeu que não a carregava. Em meio à sua perturbação, tinha esquecido a bolsa no escritório, quando voltou ao antigo gabinete de Rudolf.

— Procura algo?

— Minha bolsa. Acho que deixei no escritório, lá em cima.

— Depois você volta lá e pega. A propósito, obrigado pelo serviço em Varhattim.

Lena não entendia como ele sabia do tiro que ela tinha disparado há apenas minutos. A busca do movimento Mente Forte não devia ter sido suficiente e dispositivos de vigilância tinham sido instalados no banheiro.

— Não fiz por você, canalha.

— Não precisamos de grosseria.

— Se sabia quem eu era o tempo todo, por que não disse nada?

— Queria te entender um pouco e buscar mais informações.

— Agora que já sabe tudo, me mate e volte ao seu cargo de chefe de serviço de inteligência. Não sirvo para mais nada.

— Aí é que se engana. Temos um inimigo em comum.

— Martin.

— Martin. Aqui no arquivo é o único local do Ministério onde não nos escutam.

— Já ouvi isso antes, sobre Varhattim.

— A varredura aqui foi feita por mim, não por rebeldes idiotas que não se preocupam em olhar nas pias.

— Pois bem. O que quer que eu faça?

— Vamos cooperar e não vou entregar você, mas como prova de boa-fé vai ter que me dizer quem é a comandante Vládia e qual a função dela no círculo inferior.

Lena olhou fundo nos olhos do capitão Rudolf. O som dos gemidos ecoava, apagando quase todos os pensamentos. Apenas um restava: *Construa uma mente forte*.

Capítulo 10

O carro percorria as ruas de Varhat a toda velocidade. O capitão Martin olhava seu relógio a todo instante, como se fosse conseguir parar o tempo para chegar ao palácio imperial no horário previsto. A morte de Tio Claudius parecia uma eternidade atrás, embora tivesse ocorrido há dois dias.

Não sabia quem poderia ter cometido ato tão vil, entrando em sua residência sem deixar vestígio aparente. Pensou logo em Rudolf e na relação conturbada que tinham havia muito tempo, mas logo descartou a hipótese. O desafeto não tinha capacidade para cometer crime tão teatral. Além disso, *matar um superior não era o jeito dele*. Rudolf sempre fora cumpridor estrito de todas as normas imperiais e valorizava a hierarquia acima das demais regras. O autor do crime conhecia bem a casa.

Martin demorou a informar o assassinato do tio às autoridades imperiais. Ligou para a polícia imperial algumas horas após ter descoberto o corpo, quando o cheiro do cadáver se tornara insuportável. Achava que conseguiria identificar o responsável com rapidez, mas não conseguiu. As investigações que o Ministério conduziu tampouco levaram a algo concreto. A polícia imperial não achou sinais de arrombamento, nem vestígios de digitais que pudessem identificar o criminoso. A única descoberta fora que o crime tinha sido cometido em outro local e o cadáver fora arrastado até o quarto do capitão. O luminol revelou marcas de sangue no jardim da mansão. As câmeras de segurança não mostraram nenhuma imagem do cadáver nem de algum estranho à casa nas horas que antecederam o crime. Martin tinha certeza de que as imagens estavam manipuladas. *Então não era só ele que conhecia truques com vídeos digitais*. Entraria em contato com Cícero para descobrir como recuperar o vídeo original.

Faria de tudo para encontrar o assassino, não porque estivesse triste com a morte do parente, mas por uma questão de honra e para descobrir quem queria ameaçá-lo. As surras na infância o faziam odiar o tio mais do que a quase qualquer pessoa. As exceções eram apenas Rudolf, Marta e a mulher do círculo inferior que o havia enganado e fugido. Nunca mais ouvira falar dela. Desde o incidente no centro de informações de Senfai, não soubera mais da rebelde. O pensamento o fez franzir a testa. Depois da audiência com o Imperador, montaria uma equipe investigativa para descobrir o paradeiro da mulher.

Olhou pela janela e viu a Avenida do Império se distanciando, enquanto o Palácio Imperial se acercava. A gigantesca construção era o mais alto edifício da capital. Vários andares se sobrepunham, sustentados por vigorosas colunas de mármore. O dourado prevalecia na construção resplandecente. A cobertura do palácio era um domo de ouro maciço encimado por uma estátua colossal de Apolo apontando seu arco e flecha para a rua. Somente se podia ver o domo em dias muito ensolarados e sem nebulosidade. A estrutura ficava acima do nível das nuvens.

O carro de Martin aproximou-se dos portões de entrada, onde muitos guardas trajados de preto faziam ronda com cães enormes. O motorista freou e o capitão baixou o vidro. Uma voz saiu dos alto-falantes:

— Visitante, identifique-se!

— Capitão Martin, diretor do Departamento de Contraterrorismo.

— Sua chegada ao portão estava prevista para às 15h. Atrasou 59 segundos.

— Submeto-me à punição que a Majestade Imperial decidir aplicar.

— Muito bem. Pode entrar, mas sem carro.

Martin saiu do carro e dirigiu-se ao portão de entrada principal para pedestres. Sabia do desprestígio que era ter que ingressar na corte a pé, mas não pudera apressar-se mais. O motorista viera na maior velocidade possível. O capitão perdera noção de tempo durante os interrogatórios com os funcionários da mansão. Por mais que tivesse usado suas técnicas habituais, não havia arrancado nada deles.

Agora tinha que entrar no palácio como um mero civil! O guarda na entrada o parou.

— Um momento, senhor. Preciso da liberação da chefia.

— Você sabe com quem está falando?

— Sim, senhor. Sei exatamente.

— Então libere logo essa porta!

Após um momento de espera, com as sobrancelhas arqueadas e a boca curvada, Martin teve sua entrada liberada. Segurou-se para não dar um soco no guarda. *Os agentes de segurança do palácio podiam perseguir quem bem queriam. Era melhor se controlar.*

Ao passar pelos detectores de metal, viu-se em amplo salão com uma estátua do deus Apolo carregando uma harpa. Sons do instrumento ecoavam pelo edifício. Diferentemente da estátua no domo, aquela parecia recepcionar os visitantes com um leve sorriso de boas-vindas. Martin curvou-se e fixou o olhar nos pés da estátua.

Apesar de olhar para baixo, era difícil não notar que grandes jardins circundavam o pátio principal. Amarílis, azaleias, antúrios, begônias, calêndulas. Todo tipo de flor organizado em ordem alfabética era visível no térreo. Atrás dessa floresta privada, estavam os elevadores que transportavam os visitantes aos diferentes andares do edifício. Martin dirigiu-se a um deles. Quando a porta se abriu, um guarda estava dentro do ascensor.

— Qual o motivo para vir ao palácio imperial hoje?

— Tenho que me encontrar com sua majestade imperial.

— Antes precisa passar na secretaria do Imperador. Andar 160.

— Airir, andar 160.

— Sim, senhor — uma voz respondeu.

Martin detestava as inteligências artificiais. Ficou estupefato ao saber que os elevadores do palácio eram controlados por uma. Sempre achou essa artificialidade uma degeneração dos valores clássicos. *Nos tempos em que os deuses visitavam a terra, não existia tecnologia avançada. Tudo era mais simples, mas a vida era melhor. Talvez o Imperador tivesse sido influenciado pelos grupos que defendem que a máquina é uma manifestação dos deuses porque é perfeita. Bobagem*, mas não seria ele quem diria isso ao soberano.

A voz anunciou:

— Andar 160. Recepção de convidados de sua majestade imperial.

Sofás de veludo verde espalhavam-se pelo amplo saguão. Atrás de uma mesa de mármore polido, três atendentes sorriam ao capitão. Ele sabia que era proibido, mas já as estava desejando ardentemente. As três tinham rosto de expressões perfeitamente simétricas. A primeira tinha cabelo loiro, a segunda, negro, e a terceira, ruivo. Dirigiu-se à primeira:

— Boa tarde, pode fazer um favor e avisar à equipe de sua majestade que cheguei?

— Qual o seu nome, senhor?

— Capitão Martin.

— Muito bem. Vou avisar ao secretário-chefe. Aguarde na poltrona.

Martin pensou em dizer algum gracejo, mas lembrou-se de onde estava. As três secretárias imperiais eram as únicas mulheres em Aurium com quem não era permitido soltar uma cantada. Eram as amantes oficiais do Imperador e ele as prezava muito. O capitão sentou-se na poltrona e passou a ler o jornal.

Passou-se uma hora e nada. Depois, mais uma hora. Batendo os pés com força e suando frio, Martin foi à recepção perguntar à secretária loira:

— Me desculpe, mas vai demorar muito?

— O senhor tem algo mais importante a fazer? Caso sim, avisarei à sua majestade.

— Claro que não. Vou esperar!

Depois de mais uma hora, surgiu um senhor careca com vestes púrpuras na sala de espera, vindo de algum lugar que Martin não conseguiu identificar claramente.

— Capitão Martin?

— Sim, sou eu.

— Me siga, por favor.

Passaram por uma sala muito escura, depois da claridade da recepção. O capitão coçou os olhos.

— Tenho algumas orientações a você, senhor capitão.

— Pois bem.

— Não fale sem permissão, somente quando for demandado por sua majestade. Não olhe diretamente nos olhos do soberano. Ao entrar na sala do trono, lembre sua insignificância em relação ao poder divino imperial. Jamais se mantenha de pé.

— Algo mais?

— Não seja insolente! Saiba seu lugar e tudo ficará bem.

A sala escura estendia-se por muitos metros. Martin tinha ouvido falar da antecâmara da sala do trono antes, mas achava que os relatos eram exagerados. O longo tempo na escuridão fez seus olhos se adaptarem à parca luminosidade. Podia distinguir figuras de titãs ao longo do caminho. Conseguiu identificar alguns: Oceano, Hipérion, Jápeto, Reia, Têmis, Prometeu e Atlas. As figuras pareciam contorcer-se de dor. Eram um lembrete aos visitantes de que qualquer revolta seria esmagada, mesmo a protagonizada por titãs.

Ao final do longo pavilhão, a estátua de Cronos deformado guardava a entrada para outro cômodo. O senhor do tempo estava sem cabeça e seu corpo parecia dissolver-se. As mãos e os pés tinham dedos a menos, a figura estava curvada e parecia sair algo de sua barriga. A visão causou arrepios em Martin. Assustou-o mais do que o corpo do tio no seu quarto.

— Capitão, é aqui que o deixo. Lembre-se de minhas instruções.

O velho saiu andando em direção à recepção, deixando Martin frente a frente com a estátua. Respirando fundo, abriu a porta.

A luz irradiada quase o cegou. Ao contrário da outra sala, naquele recinto entrava luz solar por todos os locais. As janelas eram muito amplas e havia claraboias que deixavam a luz penetrar por cima. Enormes colunas de mármore sustentavam o recinto. Os olimpianos olhavam desafiadoramente para o capitão. Lembrando-se de suas instruções, deitou-se no chão e começou a rastejar.

O piso era quente, como um granito aquecido por brasas. Martin rastejou por muito tempo, passando ao largo de inscrições nas estátuas. Ao chegar à inscrição de Atena, respirou poder. Sentiu o ar mudando aos poucos, tornando-se mais pesado. A estátua de Ares o fez sentir novo arrepio, mas de satisfação. Ainda que estivesse no chão e não pudesse levantar-se, estava na presença de um descendente direto do deus Apolo. Quando viu a tríade de Hades, Zeus e Poseidon, percebeu que o momento tinha chegado.

— Capitão Martin?! — a voz ecoou no salão.

Martin tremeu. Nunca estivera diante de tão potente autoridade.

— Vossa Majestade, estou profundamente honrado de estar em vossa augusta presença.

— Aproxime-se! Pode ficar de joelhos.

Martin rastejou até o último degrau da escadaria do trono e viu o braço do Imperador. Não era um braço enrugado nem flácido. Tinha musculatura muito resistente. Viu a mão estendida com o anel de rubi e o beijou. O mandatário voltou a subir as escadas.

— Sabe por que o chamei?

— Na verdade, não, ó majestoso.

— Tenho uma tarefa para você. Muito importante!

— Vivo para servir aos desígnios de meu soberano.

— Ótimo. Tudo o que vou dizer agora tem grau de sigilo ultrassecreto. Sabe o que acontece com você se for rompido?

— Estou ciente, majestade.

— Perfeito. Desconfio de uma traição nos nossos altos escalões.

— Já investigo uma traição, soberano. Rudolf pagará.

— Rudolf? Não sei nem de quem fala. Refiro-me a um superior seu.

— Superior, majestade?

— As ervas maléficas se espalham em todos os lugares, até mesmo nos mais improváveis. O Ministro da Guerra pode estar colaborando com os miseráveis inferiores!

— Será que é possível, majestade?

— Você ousa discordar de mim?

— Jamais, ó soberano!

— Então preste atenção: preciso que coloque escutas no gabinete do General Flavius. Ouvi informações perturbadoras sobre o envolvimento dele no atentado à usina de Parsem.

— Assim o farei, majestade.

— Quero ser informado do progresso das investigações diariamente. Envie um relatório eletrônico por meio do sistema criptografado do palácio imperial. Minhas secretárias fornecerão os dados de acesso. Entende como deve proceder?

— Perfeitamente, ó soberano!

— Antes de ir, quero falar de outro assunto que chegou ao meu conhecimento.

Martin suou. As gotas percorriam seu corpo e estavam a ponto de pingar no piso do palácio. Limpou-as discretamente. Ao fazê-lo, olhou de relance para o cetro imperial. O diamante na ponta do cajado dourado funcionava como um espelho. Por ele, viu uma figura distorcida do Imperador. O mandatário não tinha mais do que sua idade. Olhos verdes-claros, sobrancelhas finas e lábios grossos, não muito diferentes dos dele. O capitão ficou impressionado por não ter ficado cego mesmo tendo olhado nos olhos do soberano.

— Algo o incomoda, capitão?

— N... nada, senhor.

— Tem certeza?

— Absoluta, majestade.

— Então prossigo. Relatórios do Ministério da Guerra indicam o assassinato de seu tio, Claudius Maximus, há dois dias. O corpo foi descoberto na sua residência. As informações estão corretas?

— Sim, majestade.

— Por que você demorou horas antes de informá-las ao Ministério da Guerra?

Martin pensou com cuidado antes de responder. *Nada daquilo fazia sentido*. O Imperador o designava para uma missão secreta muito sensível antes de vir a questioná-lo por decisões que havia tomado.

— Ó grande soberano, sei que errei. Demorei algumas horas para informar porque queria descobrir quem me havia ameaçado e não sabia em quem poderia confiar no Ministério da Guerra. Só informei quando vi que não poderia deixar o corpo apodrecer ainda mais.

— Esse ministério é um ninho de víboras, mas você descumpriu normas imperiais.

— Majestade, estou pronto para arcar com as consequências de meus atos.

— E arcará, no tempo certo. Descubra se os rumores sobre a traição de Flavius são verdadeiros e terá sua pena reduzida pela metade. Enquanto isso, investigue a morte de seu tio. Poderá descobrir um vínculo entre os dois fatos.

— Descobrirei a verdade, ó soberano!

— Agora vá! Amanhã espero o primeiro relatório.

Martin deslizou rastejando de volta. O chão parecia esfriar a cada metro, afastando-se da fonte do poder supremo. Ao deparar-se com as portas, levantou-se e mergulhou na escuridão.

Não fora capaz de mentir na presença do Imperador. Alguém o estava vigiando em casa. O soberano sabia muito bem que o corpo de Claudius havia sido descoberto antes da hora informada por Martin. O palácio imperial tinha olhos e ouvidos por toda parte. Se sabia que Martin havia mentido, por que o mandava investigar a questão mais sensível possível, de traição na cúpula do governo? Talvez a desconfiança do capitão em relação à liderança do Ministério da Guerra tivesse chamado atenção.

Agora emergia de volta à claridade. Coletou os dados de acesso ao sistema do palácio com a secretária loira, despediu-se das consortes imperiais, pegou o elevador e saiu na rua em que havia chegado. O ruído do trânsito e o enorme fluxo de pessoas quase o cegaram para a presença de seu motorista, que vinha apressado em sua direção.

— Capitão! Capitão!

— O que é?

— Comunicação do Ministério da Guerra. O general Flavius chamou o senhor com urgência em seu gabinete. A secretária dele disse que, assim que saísse do palácio, o senhor deveria apresentar-se imediatamente no escritório do Ministro.

— Muito bem. Vamos para lá.

O capitão Martin entrou rapidamente no carro e observou as pessoas andando de um lado para outro, com preocupações mundanas. Pensavam no que iam comer, quando iriam aos grandes centros de compras e nos preparativos para o Dia de Todos os Deuses, que ocorreria em breve. De certo modo, tinha inveja dos comuns: não tinham que se preocupar com as grandes questões de Estado. Por outro lado, lembrava-se da honra de servir ao Império e de ter a confiança do soberano.

Estava preparado para uma armadilha. A estranha coincidência de ser chamado pelo general Flavius logo após a reunião em que o Imperador o pedia para investigá-lo o fez suspeitar de que o Ministro da Guerra sabia de alguma coisa. Pegou seu aparelho telefônico e falou o nome presente na agenda de contatos: Caro C. O telefone chamou por várias vezes até cair.

— O número não está disponível. Deseja tentar novamente?

— Sim.

O telefone chamou até desligar. Cícero sempre o atendia rapidamente. *Algo estava errado.* Martin sentia os tentáculos de alguma trama oculta enrolando-o. Resolveu ligar para a secretária de Flavius. Ela não deveria ter esquecido da noite que passaram juntos. Após o primeiro toque, ouviu uma voz familiar do outro lado da linha:

— Gabinete do Ministro da Guerra, boa tarde.

— Boneca, aqui é seu capitão.

— Boa tarde, capitão Martin.

— Pode fazer um favor pra esse seu querido amigo?

— Pode dizer, senhor.

— O general Flavius me convidou para uma reunião em seu escritório. Qual a pauta?

— Capitão, não tenho acesso à pauta.

— Não consegue descobrir pra mim? Te recompenso depois.

— Infelizmente, não. Só sei que o senhor precisa vir.

— Logo vou estar aí.

— Até mais tarde.

Ao descer do carro e subir as escadas do Ministério da Guerra em direção ao gabinete do general Flavius, Martin só pensava em solucionar os mistérios que pareciam avolumar-se ao seu redor.

Chegou ao gabinete, onde encontrou Agnes à mesa do computador, parecendo distraída.

— Olá, boneca, pode avisar ao general que cheguei.

— Um minuto, capitão.

A moça continuou a digitar algo no teclado eletrônico por alguns segundos. Martin batia as pernas sentado e olhava fixamente para o relógio.

— Boneca, ainda que seja muito bom para os olhos ficar olhando para você, não gosto de esperar. É urgente. Você mesma disse.

— Vou avisar o general Flavius.

Agnes entrou na sala e voltou em poucos segundos. Abriu a porta e fechou-a em seguida. Olhou para Martin e disse:

— Pode entrar, capitão.

O militar percebeu algo estranho assim que entrou. A cadeira do general estava virada para a parede.

— General Flavius, o que quer comigo?

A cadeira girou para revelar uma jovem de cabelos ruivos.

— Quem é você?

A moça retirou a peruca e mostrou os longos cabelos loiros.

— Seu pior pesadelo, seu filho da puta!

O capitão buscou sua arma, mas quando estava a ponto de sacá-la, sentiu a picada de uma injeção no seu pescoço. A sala rodopiou e Martin percebeu dois velhos inimigos olhando-o antes de cair no chão.

Capítulo 11

O corpo de Martin pesava bastante. O capitão era um homem forte e alto, de cabelos pretos, rosto liso e expressão dura. Lena, Rudolf e Agnes levantaram o militar desacordado e o colocaram na cadeira do general Flavius.

— Não temos muito tempo, moças. O general volta em 15 minutos.

O plano tinha sido muito bem arquitetado. Alguns dias antes, Agnes telefonara às secretárias do palácio imperial, levantando suspeitas sobre o general Flavius. As mulheres haviam convencido o Imperador sobre a confiabilidade da fonte e recomendaram que o capitão Martin investigasse o fato, por ser chefe do departamento de contraterrorismo e já ter chefiado o setor de inteligência. O soberano mandara chamar Martin na hora indicada por Agnes, justamente na tarde em que o general Flavius tinha um compromisso particular que não havia colocado na agenda oficial.

A reunião com o Ministro da Guerra tinha sido ideia de Agnes. Ela enganara Martin sobre uma ameaça que exigia a presença imediata dele. Tudo muito bem pensado, exceto por um ponto. Não tinham planejado bem os detalhes de como tirariam o capitão do prédio sem chamar atenção.

— Capitão Rudolf, vamos ter que esperar o Ministro chegar.

— Está louca, Agnes?

— Nem um pouco. Ele vem pela garagem privativa. Podemos sair sem sermos notados.

— Ótima ideia, Agnes, mas tem um problema. Como vamos explicar uma pessoa desacordada e dois funcionários do arquivo aqui? Conseguimos entrar no horário de almoço, mas agora não vai ser fácil.

— Sei como pode dar certo. Confiem em mim! Primeiro, escondam Martin no banheiro e fiquem lá. Tenho a chave. Vou trancar eles lá.

— Quanto tempo dura o efeito anestesiante?

— Uma hora. Não precisaremos disso tudo. Vi aqui no monitor que a garagem se abriu. Rápido! Para o banheiro!

Rudolf e Lena carregaram Martin para o pequeno lavabo. Ouviram passos e uma voz firme.

— Agnes, boa tarde. Tenho compromissos hoje?

— Não, general.

— Muito bem. Vou ficar na minha sala um pouco para ver uns papéis e depois vou pra casa.

— Vou preparar um café para o senhor e não vou incomodar mais.

— Obrigado.

Lena ouviu o barulho de uma colherinha em uma xícara e de portas abrindo e fechando. Dois minutos depois, Agnes destrancou a porta do banheiro.

— Vamos. Ele está dormindo.

— Como?

— Sonífero no café. Tranquei o gabinete. Agora vamos logo. Não vai demorar muito até os vigias aparecerem para fechar tudo no fim do expediente.

Os três passaram ao escritório carregando o capitão Martin. O Ministro dormia profundamente em sua cadeira. Agnes apertou um botão eletrônico embaixo da pequena estátua de Ares na mesa do general. O quadro de Melchen, atrás dele, foi afastado, revelando uma garagem com o automóvel oficial do Ministro. Agnes dirigiu-se à garagem. Os outros a seguiram. Ao volante do carro oficial, estava um jovem rapaz.

— Agnes, o Ministro já vai sair de novo? Quem são esses?

— Temos que levar um traidor ao palácio imperial.

— Onde está o general?

Rudolf aproximou-se lentamente do rapaz.

— Não chegue mais perto ou eu atiro! — gritou o rapaz.

Agnes voltou para dentro da sala, carregou o corpo desacordado do general Flavius até a garagem e tirou a pistola da casaca do militar.

— Atire e o Ministro não sai vivo daqui. Largue a arma!

— Está blefando. Nunca atiraria no general. Sabe a pena para isso.

— Estou condenada de qualquer forma.

Agnes disparou a arma com silenciador no pé direito do General Flavius. Sangue esguichou no chão da garagem.

— Ainda acha que estou blefando? Largue a arma agora!

— Está bem... está bem. Não faça nada precipitado.

No momento em que o rapaz largou a arma, Rudolf golpeou-o com o cano de sua pistola. O moço caiu no chão do local. Da sua cabeça saiu uma poça vermelha.

— Não! Não era para matar ninguém!

— Agora já é tarde, Lena. Vamos sair daqui.

Colocaram Martin no porta-malas do carro oficial e Rudolf vestiu o uniforme do motorista. Lena e Agnes agacharam-se no piso do banco traseiro. O vidro fumê protegia-as de olhares alheios. Rudolf conduziu o veículo até os portões de saída. Os guardas prontamente o abriram. Nunca se questionava as entradas e saídas do Ministro.

saram pela loja Varhattim, pelo Ministério dos Negócios Estrangeiros e por outros órgãos ministeriais até estarem distantes do centro de Varhat. Viraram à esquerda na Rua dos Joalheiros e desaceleraram ao chegar a ruas menos movimentadas. Após alguns minutos, chegaram a um beco vazio no limite com o distrito industrial. Um carro de cor prata e aparência antiga parou na entrada do beco momentos depois.

O vidro traseiro do lado direito foi abaixado para revelar uma mulher de meia idade de cabelos loiros.

— Ajam com discrição.

Agnes foi na frente e sentou-se no banco do carona, ao lado da motorista. Lena e Rudolf carregaram o capitão Martin.

— Não fui informada de nenhum colaborador homem.

— Tivemos que improvisar, senhora.

— Muito bem — olhou para Lena. — Você pode vir aqui. Seu amigo vai no bagageiro.

— Mas isso é um absurdo! Se não fosse por mim, nenhuma de vocês teria chegado perto do capitão Martin.

— Ou vai aí ou vai sumir desse mundo agora. A escolha é sua. Fique à vontade.

A contragosto, Rudolf entrou no porta-malas e ficou ao lado do capitão Martin. O local era escuro e muito apertado. Os dois tiveram que ficar colados um no outro. O órgão genital de Martin estava encostado nas nádegas de Rudolf. Após terem acomodado os dois capitães, Lena fechou o porta-malas e entrou no carro. O veículo seguiu em direção à cidade industrial.

— Aonde vamos?

— A um esconderijo não muito distante. Não posso dizer onde é. Apenas as iniciadas conhecem a informação. Você ainda não passou pelo ritual de iniciação do Novo Império. O que me lembra: coloque essa venda.

A mulher estendeu um pano rosa que cobria completamente o rosto. Lena colocou-o fazendo careta.

— Queria lembrar que cumpri minha missão. Onde está meu filho?

— Você logo vai saber. De toda forma, a missão não foi concluída. Vocês erraram ao envolver um oficial do Império.

— Sem ele, dificilmente conseguiríamos, senhora.

— Isso não é verdade, Agnes. Você é uma das nossas melhores agentes.

— Agradeço o elogio, comandante, mas Lena e o capitão Rudolf foram úteis para meu plano.

— Vamos ver o que faremos com esse capitão quando chegar o momento adequado. Agora precisamos pensar em como interrogar Martin para descobrir o que aconteceu na nossa sede e depois silenciar o canalha para sempre.

— Para sempre? Ele é um filho da puta escroto, mas não sou uma assassina.

— Não é o que as fontes de inteligência dizem, senhorita Lena.

As três ficaram em silêncio por longo tempo. O carro afastava--se da capital e avançava em direção ao norte do país. Os tons de dourado das construções progressivamente se erodiam, substituídos por bronze, cobre e branco. As cidades eram praticamente iguais. A única diferença perceptível era nos templos dedicados à adoração dos deuses. Cada localidade tinha um patrono distinto. As mais próximas à capital contavam com um olimpiano, enquanto as mais distantes tinham divindades menores e pouco conhecidas.

Após 40 minutos de estrada, perceberam batidas fracas no porta--malas, que foram ficando cada vez mais fortes.

— Há quanto tempo drogaram o Martin?

— Há mais ou menos uma hora, comandante.

— Puta que pariu. Demoraram demais. Ainda faltam dez minutos para chegarmos ao local de encontro.

Os barulhos continuaram incessantemente.

— Acho que é melhor abrirmos o porta-malas. Rudolf pode não estar bem — disse Lena.

— Não me interessa esse Rudolf. Ninguém para esse carro até chegarmos. Acelera, Portia! Pegue a via lateral.

O carro entrou por uma estrada de terra e ganhou velocidade. O veículo balançava e pulava a cada buraco ou obstáculo encontrado no caminho. Uma grande fazenda podia ser vista ao longe. Lena ficou com o estômago embrulhado. Uma estátua de Deméter dominava o pórtico de entrada. Grandes pilares brancos eram cobertos de trigo e uvas. As paredes representavam cenas de vitória de deusas do panteão grego. A infância de Lena parecia retornar em uma lente distorcida. A fazenda da família em Junhuryia era grande e tinha pilares altos, mas nenhuma divindade estava na frente do edifício nem havia pinturas ofuscantes de cenas de deusas.

Quando estacionaram o carro no celeiro, Lena percebeu mulheres armadas na propriedade. As ocupantes do veículo desceram e abriram o porta-malas. Rudolf e Martin se entreolharam. Os dois militares lançaram um olhar de desgosto à mulher loira que abrira o capô. A mulher dirigiu-se a Martin e disse:

— Espero que tenha feito boa viagem, marido. O que foram aquelas batidas?

— Me colocaram aqui com o idiota do Rudolf e esperavam que ficasse feliz?

— Não ficou? Sempre fica mais à vontade com soldados do que com mulheres.

— Pergunte à senhorita Agnes aqui o que é virilidade... hahaha!

Agnes, que estava atrás da mulher loira, aproximou-se do capô e cuspiu no Capitão Martin. O cuspe escorreu no capitão Rudolf.

— Nunca mais fale comigo, escória!

Duas mulheres armadas levaram Martin e Rudolf amarrados até uma entrada subterrânea no celeiro. Afastaram montes de feno que revelaram um alçapão com escadas para o subsolo.

— Não vou permitir que manchem a propriedade. Vão esperar aí até termos uma solução — disse a mulher loira. — A propósito, meu nome é Moira. Achei que gostaria de saber, Martin.

Moira levou Lena até a construção principal. O caminho estava florido e era possível vislumbrar grande quantidade de vinhas com uvas azuis à distância. A grama verde crescia pela propriedade e, no chão, blocos de granito estavam espalhados em curta distância uns dos outros, marcando um caminho. O terreno era desnivelado, de modo que a trilha parecia uma escadaria levemente inclinada.

Ao chegarem à entrada principal, foram recepcionadas por um mordomo vestido com roupas brancas muito limpas. A vestimenta fez Lena fechar os olhos e tentar olhar para outro local. O branco a recordava de hospitais e de sofrimento. O que sua mirada encontrou foram estátuas de deusas antigas: identificou Afrodite e Hera. Ao ver a deusa da fertilidade, lembrou-se do encontro com Martin na Wine Cellar e ficou com o rosto ardendo.

— Moira, quando vou poder ver meu filho?

— Comandante Moira, para você! Vai ver seu filho em breve. Há uma tarefa que tem que cumprir antes.

— Que tarefa? Já fiz tudo o que vocês pediram.

— Já explico. Vamos encontrar Agnes na biblioteca.

As duas viraram à direita no amplo saguão do térreo. A entrada era guardada por uma estátua de Atena. A deusa estava sentada em um trono, com uma espada no colo e portando um elmo na cabeça encimado por uma coruja. A escultura de dois metros destacava-se no interior do edifício. Deusa da sabedoria, Atena parecia mostrar a chave do conhecimento, com uma espada em punho para golpear todos os indignos de obter o passaporte para a biblioteca.

Quando abriram a porta, Agnes estava sentada à mesa de reunião de seis cadeiras, apoiando os dois braços na mesa e soluçando. Uma pequena poça d'água escorria de seus olhos.

— Está chorando por quê? — perguntou Moira.

— Não tem ideia do que aquele desgraçado me fez. Ele...

— Sei muito bem do que ele é capaz. Está esquecendo que fui casada com ele por alguns anos? Agora, está sob nossa custódia e vai pagar pelos seus crimes.

Moira sentou-se à cabeceira e Lena acomodou-se na cadeira ao lado de Agnes. A moça limpou as lágrimas.

— Muito bem. Ele não vale uma lágrima sua. Passo a uma questão mais urgente: como vamos interrogá-los?

— Moira... Comandante Moira, temos que interrogar Rudolf também? Ele nos ajudou — disse Lena.

— Ah... se importa demais com ele! Você é tonta? Se não percebeu, esse Rudolf está te usando para conseguir informações.

— Mas ele odeia o Martin!

— Pode até odiar o Martin, mas quer voltar às boas graças do Imperador.

— Como ele vai fazer isso depois de ter enganado o general Flavius?

— O general o viu?

— Não. Fui a única que ele conseguiu ver, e o motorista está morto — respondeu Agnes.

— Percebe agora, senhorita Lena?

— Se está dizendo...

— Essa briga não leva a nada. Já que está envolvida com Rudolf, Agnes vai conduzir o interrogatório dele. Eu e você vamos lidar com Martin, Lena.

— Isso não é justo! Eu fui estuprada por aquele canalha! Eu que tenho que me vingar!

— Sinto muito por todo o trauma. Aconselho que veja nossas psicólogas. Infelizmente, não podemos esperar até que esteja melhor. Precisamos de informações agora.

— E por que você e Lena são mais qualificadas?

— Porque temos mais sangue frio com ele. Conheço muito bem o interrogado, e Lena já foi interrogada por ele, então sabe como lidar com o indivíduo.

— Tá, mas peguem pesado. Quero ver sangue escorrendo.

— Quando começamos? Agora? — perguntou Lena.

— Não. Vamos deixá-lo desconfortável com Rudolf até amanhã. Teremos resultados melhores à luz do dia.

— E depois posso ver meu filho, não é?

— Sim. Te asseguro. Ele virá para cá.

Moira deixou a sala, enquanto Lena e Agnes entreolharam-se afetuosamente. Deram-se as mãos e assentiram com as cabeças. *Agnes podia ficar tranquila: Lena não pegaria leve no dia seguinte*. Além de poder devolver tudo o que sofrera no porão da Wine Cellar, *não deixaria passar a oportunidade de ensinar uma lição a um estuprador*.

As duas se dirigiram à porta de Atena após alguns segundos de silêncio. Uma tensão pairava no ar.

— Qual o nome do seu filho?

— Desculpe. Não ouvi.

— Seu filho. Qual o nome?

— Miguel.

— Que nome diferente..., mas é bonito. Miguel. Se tiver um filho algum dia, vou colocar esse nome.

— Você terá, tenho certeza. Eles vão brincar juntos, nossos Miguéis.

— Por Atena, que assim seja. Ele está bem cuidado, seu filho. As crianças do Novo Império são sempre devolvidas muito bem para seus pais.

— Tomara que sim. Se algo de ruim acontecer com o meu filho, vão descobrir uma inimiga bem mais formidável do que agentes imperiais.

— Não tenho dúvida disso — piscou para Lena. — Bem, teremos um longo dia amanhã. Vou dormir agora. Boa noite, Lena.

— Boa noite, Agnes.

Lena perguntou ao mordomo onde ficaria instalada. Como não tinha passado pelo ritual de iniciação, poderia apenas visitar a sede do movimento, mas não era bem-vinda para se hospedar. Teve que se deslocar até uma pequena cabana nos fundos da propriedade, mais próxima dos vinhedos. A caminhada demorou longos minutos. Enquanto se dirigia ao local, foi acompanhada por duas guardas do movimento.

— Isso é mesmo necessário?

— Ordens da comandante — uma delas respondeu.

Chegaram à cabana, onde Lena despiu-se, tomou um banho frio e vestiu um pijama. Demorou a adormecer. Algo parecia errado. Nunca mais pudera falar com o filho e estava sendo enviada para missões intermináveis para o Novo Império. Lembrou-se do jornal antigo que vira em sua casa. As mães nunca mais viam seus filhos e eram obrigadas a permanecer sempre a serviço do Novo Império, enquanto as crianças eram enviadas para adoção. O cansaço, porém, a venceu. As pálpebras caíram e se fecharam.

Acordou no dia seguinte com a cabeça doendo muito e ao lado de caixas. Estava no mesmo colchão e com as mesmas roupas, mas não se encontrava na cabana. Demorou um pouco para entender que estava no compartimento de carga de um pequeno caminhão. Após algum tempo, o veículo parou. As portas se abriram. Lena pegou uma caixa para tentar se defender. Viu as mesmas duas guardas da noite anterior. Beliscou-se para saber se não estava sonhando. Atrás das mulheres, surgiu uma figura de cabelo *black power*, trajada com roupa de camuflagem militar.

— Comandante Vládia?!

— Achei que tinha se esquecido de mim. Construa uma mente forte, Lena. Como você foi tão estúpida?

Concert
Ελλαδα
ΠΟΛΙΤΙΚΗ
επιδιωκμενο

Capítulo 12

O corpo do capitão Martin estava dolorido. As pernas e os ombros, cansados, depois do trajeto tortuoso. Além disso, a droga que haviam administrado deixava suas pernas paralisadas. O militar só conseguia pensar que, se ficasse paralítico, mataria as responsáveis com requintes de crueldade. *A cadeira do dragão e a sala dos animais não iam bastar. Ia planejar uma coisa muito pior pra elas*. Pensar nisso levou um breve sorriso ao seu rosto.

— Já sabia que era doido, mas não tinha ideia da extensão do problema — murmurou Rudolf.

— Cale-se!

Não bastasse estar preso no subsolo, cercado por inimigos e, novamente, capturado por mulheres, Martin ainda precisava conviver de perto com Rudolf, o antigo rival. O capitão não conseguia acreditar na ingenuidade do colega de trabalho, que havia colaborado com o Novo Império e agora estava preso como refém. Achava que Rudolf era um pouco burro, mas não tanto. Os únicos homens que as integrantes do Novo Império respeitavam eram o Imperador e os membros da família real.

Os dois não se olhavam nos olhos. Por um longo tempo, vasculharam o ambiente com o olhar em busca de uma rota de fuga possível. Não parecia haver nenhuma. O alçapão acima da escada era a única forma de entrar e sair do calabouço.

— Vamos ter que ficar aqui até decidirem nos interrogar. Acha que farão isso com os dois juntos ou nos colocarão em salas separadas? — perguntou Rudolf.

— Não me interessa. Já não te disse pra calar a boca?!

— Pois não vou calar. Quero ter uma estratégia pronta para lidar com elas. Você é meu inimigo, mas pelo menos é do Império.

— Como se isso valesse algo pra você...

— Claro que vale. Ajudei elas para descobrir os planos da escória inferior. Quando vi aquela Lena disfarçada de minha secretária, fingi colaborar para ver onde tudo isso ia dar. Não percebe que temos a oportunidade de acabar de vez com essa revolta estúpida?

— Claro que é o que quer que eu pense. Como se eu confiasse muito em você... hahaha!

— Eu que não tenho motivos para confiar em você, mas o Império é um bem maior. Não se esqueça do que me fez na formação militar.

— Depois de tanto tempo?

— A primeira traição não se esquece.

O cabelo curto de Martin contrastava com as longas madeixas de Rudolf. O jovem rapaz sempre fora privilegiado na escola de formação militar. Martin não era, mas os dois mantinham forte amizade. Em um distante dia ensolarado, Martin encontrou o jovem amigo chorando.

— Mataram meu pai.

— Que loucura, Rudolf. É verdade?

— O Ministério da Guerra mandou uma carta.

— Posso ver?

O rapaz estendeu um envelope vermelho. Martin abriu a missiva, em que se execrava o nome do pai de Rudolf por ter sido descuidado. A carta deixava claro que a morte do pai em um banheiro público, enquanto cumpria uma missão do Império, significava a desonra de toda a família por um período de cinco anos. O rapaz perderia todas as regalias na escola.

— Nossa. É complicado, mas seu pai deu moleza mesmo.

— E morreu por isso! Já não pagamos o preço? Agora você vai me humilhar também?

— Não disse isso.

Martin não falou mais com Rudolf durante o dia. Os dois se evitaram durante as aulas do período da tarde e mal se olharam quando se encontraram à noite. No dia seguinte, Rudolf percebeu que nenhum dos colegas dirigia a palavra a ele. Não que ele fosse popular, mas era respeitado. Um dos rapazes mais velhos cuspiu no chão quando o viu.

— Não sei como ainda te deixam estudar aqui, verme!

Rudolf ficou a manhã tentando entender o que acontecera. Na hora do almoço, passou diante do flanelógrafo da escola, onde a carta do Ministério da Guerra sobre a desonra de sua família estava anexada. Voltou ao dormitório, olhou suas gavetas e logo percebeu que o documento havia sido furtado.

— Vou matar o desgraçado que me roubou!

— Te roubaram? — Martin perguntou, falando com o rapaz depois de mais de um dia.

— Pode me ajudar a descobrir quem foi?

— Já pode se virar sozinho. Só sei que não fui eu.

Tão logo Martin saiu, um dos colegas aproximou-se e disse a Rudolf que Martin tinha roubado a carta enquanto estavam dormindo. Quando o rapaz foi exigir satisfações do amigo, não obteve nada mais do que um menear de ombros. Os dois trocaram socos e chutes e foram colocados em detenção. Desde aquele dia, Rudolf jurou que se vingaria do antigo companheiro.

— Traição do seu pai, você quer dizer — Martin cuspiu no chão. — Uma vergonha para o Império ter um oficial morto com papel higiênico na mão.

— Não ouse falar do meu pai, crápula!

— Filhinho de papai, sempre defendendo a família. Fruto de árvore envenenada só pode ser podre.

— Ora, seu... se eu estivesse com as mãos livres...

— Não ia fazer nada, porque nunca teve coragem. Maricas.

— Não era eu que recebia nas brincadeiras de adolescente.

— Seu filho da puta escroto!

Martin calou-se e fingiu estar dormindo. Rudolf estava com a respiração acelerada e os punhos cerrados. De sua testa, desciam gotas de suor. Os dois ficaram parados por várias horas. Martin cochilou e roncou algumas vezes. Rudolf fechava os olhos ocasionalmente, mas não conseguia dormir.

Depois de um tempo, viram raios de sol entrando pelas frestas do alçapão.

— Bom dia, flor do dia! — disse Rudolf, com um sorriso irônico.

— Vai te foder, Rudolf!

— O quê? Você quer me foder? Mas não era o contrário? Faz tanto tempo que já se esqueceu de que eu é que enfio e você é que recebe?

— Coisa de adolescente idiota. Nunca gostei de você nem de homem nenhum. Só deixei você colocar aquele pau imundo em mim pra conseguir um lugar bom no Ministério da Guerra. Fui estúpido. O teu pai idiota frustrou meus planos. Tive que partir para outra estratégia.

— Eu finjo que acredito... nunca deixou essa obsessão por mim. Tudo o que você faz pra me prejudicar é só uma forma de buscar minha atenção. Infelizmente pra você, não funciona mais. Fiquei mais seletivo do que naquelas aventuras de adolescência. Só fodo com gente de alta hierarquia, o que te exclui. Não vai ser mais meu boneco.

— Ora, seu...

Por um momento, os dois não conseguiram ver nada além de um clarão. A porta do alçapão foi aberta e a intensa luz solar penetrou no escuro cômodo. Moira estava com suas vestes brancas e com duas assistentes. As moças entraram e levaram Rudolf para fora do local ainda amarrado.

— Espero que te deixem implorando pra morrer, seu verme!

— Acho que você tem bem mais motivos pra se preocupar do que eu. Adeus, capitão Martin. Desejo boa estadia no inferno!

E saiu. A porta foi logo fechada e Martin teve de encarar o rosto que conhecera por tantos anos, Marta. *Agora sabia o nome verdadeiro dela: Moira.* A autoridade que ela emanava o assustara, mas entendia por que fora atraído por ela. Ainda que desempenhasse o papel de perfeita esposa submissa de Aurium, ela era poderosa.

Ela olhava para ele como se olhasse para uma formiga que poderia ser facilmente esmagada. O capitão encarou-a de volta. Não era nenhum inseto e ela logo veria.

— Quanto tempo, não? — perguntou Moira.

— Uma eternidade. Vai pagar pelo que fez comigo!

Moira deu um tapa com a mão aberta no rosto do capitão. O golpe deixou as bochechas do militar vermelhas.

— Se vou pagar, quero os descontos de todas as humilhações que passei para cumprir a missão. Aquele golpe no apartamento ainda faz minha cabeça doer, canalha.

— Se eu soubesse quem você era, o golpe teria sido um tiro direto na sua cabeça!

— Não estamos aqui pra falar do passado. Está na hora de negociar.

— Está achando mesmo que eu negocio com terroristas?

— Não acho que percebeu a situação em que se encontra. Está cercado por um grupo de agentes armadas profissionais.

— Nossa, que medo! Um bando de mulherzinha que não sabe atirar.

Moira sacou a pistola e atirou na mão esquerda do capitão Martin. Apesar do sangue escorrer, ele não gritou.

— Não sabe atirar, não é?

— Tá, você sabe! Diga logo essa sua proposta.

— O Imperador precisa saber do Movimento Novo Império e prestar atenção em nós. O movimento dos inferiores cresce cada vez mais e os agentes incompetentes não fazem nada. Está na hora de reformar as estruturas atrasadas, acabar com a interpretação machista da teoria da evolução perpétua e colocar as mulheres nos Ministérios!

— Hahahaha! Nunca ouvi tanta asneira.

Martin recebeu mais um golpe no rosto. Dessa vez o murro pegou em cheio no olho direito. A dor foi tão forte que ele não conseguiu segurar um grito. Depois, calou-se. Com a mão, o rosto e o olho doendo, focou-se na dor e desviou o olhar de sua inquisidora.

— Eu sei o que está fazendo. Concentrar-se na dor não vai ajudar. Sempre gostou de gabar-se dos seus feitos como interrogador. Conheço todas as suas táticas de cor.

— O que quer que eu faça, afinal? Não posso conseguir uma audiência com o Imperador estando preso.

— Vamos libertá-lo, mas vai ser acompanhado por uma de nossas agentes, sua nova secretária. Nem pense em tentar algum truque. Temos outras agentes no campo.

— Não vai adiantar muita coisa essa audiência, mas eu consigo. Agora pode me desamarrar?

— Acha que somos tontas? Suas algemas só vão ser removidas quando estiver próximo a Varhat.

— Vou precisar de algumas informações de vocês. Não posso voltar ao Ministério de olho roxo e depois de ter sido sequestrado sem falar nada.

— A agente designada para te acompanhar vai transmitir as informações de seu sequestro pela escória inferior, organizado pela perigosa terrorista Lena.

— Onde está ela, afinal?

Moira mostrou-se impassível, sem nenhuma alteração de fisionomia. Martin a conhecia bem para saber que algo havia ido errado.

— Sabe, sempre me surpreende essa sua capacidade de atuação. O grande teatro imperial está perdendo uma ótima profissional.

— Não seja ridículo!

— Concordo que sua performance ainda não é brilhante. O rosto sem expressões diz que esconde algo. Cadê a Lena?

— Não é da sua conta. Já passou tempo demais aqui. Vai voltar a Varhat.

Moira desamarrou os pés de Martin da cadeira, mantendo as mãos do capitão atadas. Eles subiram a escada e a mulher abriu o alçapão. Do lado de fora, Rudolf estava com as mãos amarradas em cima de um monte de feno e Agnes o interrogava. Ambos se viraram surpresos ao verem Moira levando Martin em direção a um veículo. Agnes saiu de onde estava e colocou-se no meio do caminho de Moira.

— Saia da minha frente, Agnes! Agora!

— Não! Esse idiota não vai a lugar algum!

— Você desobedece às ordens de sua comandante?

Agnes manteve-se firme bloqueando o caminho que separava Moira e o capitão Martin do veículo. A moça retirou uma pequena arma de seu bolso e apontou-a para a comandante.

— Não precisam brigar por mim, bonecas! Hahaha! Mulher é tudo igual! — tripudiou Martin.

— Cala a sua boca, seu animal imundo! — gritou Agnes.

— Agnes, acalme-se! Martin cumprirá uma missão para o nosso movimento.

— Acha mesmo que pode confiar nele?

— Não confio, mas não vejo alternativa para conseguirmos acabar com essa loucura e falar com sua majestade imperial.

— Deve ter outra forma.

— Não. Agora, sai da minha frente e abaixe sua arma! Imediatamente!

— Não vou sair, comandante. Esse monstro tá te manipulando. Vai mentir ao Imperador e mandar o exército imperial para nos matar assim que chegar a Varhat.

Agnes virou o cano da arma na direção do capitão Martin e não observou nenhum sinal de medo nos olhos do militar. Virou o pequeno revólver para o lado direito, na direção do feno, e notou um tremor na face de Martin.

— Então é dele que você gosta, né?

Agnes mirou na cabeça de Rudolf e, antes que fosse interrompida por Moira e Martin, disparou. Um riacho vermelho brotou da cabeça do corpo sem vida. O fluxo aumentou, inundando o celeiro de um cheiro de ferro. Aquele que fora Rudolf tombou no chão de palha, inerte.

O capitão Martin abriu a boca e não conseguiu fechá-la. Pela primeira vez em muito tempo, seus olhos começaram a pingar e seu corpo não parecia obedecê-lo, contorcendo-se no chão. Jogava-se de um lado a outro, levantava-se e batia na parede, apenas para tombar mais uma vez.

— Agora sabe a dor do que me fez.

Martin olhou para Agnes com a boca espumando e o rosto muito vermelho. Suas pupilas estavam dilatadas.

Agnes voltou a apontar a pistola para Martin, que parecia ignorar a existência da arma. Moira segurava o capitão com muita dificuldade. O tumulto atraiu as guardas da propriedade, que correram e ladearam Martin. Agnes continuava com a arma apontada. Uma das guardas insinuou pegar uma pistola, mas foi interrompida pela mulher.

— Joguem as armas no chão! Todas as duas! Agora!

As duas guardas reticentemente jogaram as armas no chão. Agnes pegou as pistolas e as colocou nos bolsos.

— Agnes, não faça nada de que vá se arrepender depois.

— Tenho certeza de que não vou me arrepender disso.

— Fique calma! Levaremos Martin daqui e nunca mais terá que encontrar o sujeito. Nunca mais!

— Não quero isso. Quero torturar o canalha por dias e que ele tenha uma morte lenta e agonizante!

— Agnes, vai ter sua vingança. Eu prometo.

A moça relaxou um pouco, embora mantivesse a arma em punho. Sempre pudera confiar no movimento Novo Império. Devotara sua vida à causa e agora suas dúvidas sobre a lealdade das colegas de luta diminuíam.

— Muito bem, mas vou junto para garantir que ele não faça nenhuma gracinha.

— Não acho recomendável. Não está em pleno controle de suas faculdades mentais.

— Tá me chamando de louca? Você dá sua vida ao movimento, é estuprada por uma causa e depois é a doida?!

— Não disse isso. Apreciamos muito todo o seu trabalho e sua dedicação à causa, mas neste momento você não é a agente mais indicada para o trabalho.

Agnes voltou a levantar a arma e apontá-la para o capitão Martin.

— Ou eu vou com ele ou ele não sai daqui vivo. Sua escolha.

— Tudo bem, Agnes. Vou só contigo ao carro.

— Dispense suas guardas! Não quero que ninguém tente nenhuma gracinha!

— Tudo bem. Moças, voltem à residência. É uma ordem.

As guardas inicialmente relutaram, mas depois obedeceram à comandante. Saíram lentamente em direção à propriedade. Agnes sacou outra pistola e apontou-a para Moira.

— Depois de vocês.

Os três caminharam em direção ao carro. Martin seguiu o tempo inteiro murmurando insultos e pragas divinas a Agnes, amaldiçoando toda a família da moça.

— Suas maldições imundas não me afetam.

Ao chegarem ao veículo, notaram que não havia motorista. O rapaz havia fugido após o disparo da arma de fogo.

— Eu dirijo — disse Agnes. — Coloque ele no porta-malas.

Moira conduziu Martin ao porta-malas e o empurrou para colocá-lo no compartimento. Com um chute, Martin atingiu Moira, que o estapeou de volta.

— Aí dentro eu não vou! — gritou Martin.

— Satisfeita, Agnes?

— Bota esse infeliz aí atrás logo. Não temos tempo a perder.

Martin sentou-se no banco traseiro. Agnes observava de perto. Moira fechou a porta violentamente e virou-se para tentar pegar a arma. Antes que conseguisse, Agnes pegou o revólver e disparou, atingindo a comandante no peito. Moira caiu estatelada no chão.

As guardas já corriam de volta com armas mais potentes. Agnes sentou-se no banco do motorista e ligou o carro. As moças dispararam. Os tiros romperam o vidro traseiro e passaram de raspão, perto do ouvido de Agnes. Martin agachou-se no piso do carro. Em poucos minutos, estavam fora da sede do movimento Novo Império. A mulher ligou o sistema de som do carro. Na rádio, estava tocando devoção a Hera. Achou apropriado e cantou a ladainha a plenos pulmões.

As paisagens eram meros pontos desfocados. Observando a estrada, o capitão Martin jurou para si mesmo que o fim de Agnes superaria todas as mortes cruéis da história de Aurium. *Não teria pressa nenhuma. Agnes veria cada marco no caminho para a destruição.*

Concert
ελλαδα
Αθηνά
ΕΠΙΔΙΩΚΜΕΝΟ
Ε ΠΛΕΟΝ
ΚΑΙ ΟΛΕΣ
ΠΟΛΙΤΙΚΗ

Capítulo 13

Pessoas andavam de um lado para outro apressadas. Caixas de equipamentos militares eram carregadas em caminhões que partiam a todo momento. Raios de sol brilhavam forte na clareira. As tendas verde-musgo instaladas embaixo das árvores ao redor estavam sendo desmontadas.

Lena observava a movimentação sentada embaixo de um antigo salgueiro. Os últimos dias tinham sido desconfortáveis. Depois do inesperado encontro com a comandante Vládia, Lena fora repreendida por colaborar com a organização Novo Império, considerada pelo Movimento Mente Forte como grupo colaborador do regime imperial. Submetida a um longo e cansativo interrogatório, esclareceu que ajudava o Novo Império apenas para ter seu filho de volta. Conseguiu convencer a comandante, que prometeu esforçar-se na busca por Miguel, mas ainda recebia olhares tortos de muitas de suas colegas, que nunca a deixavam sozinha.

Depois de ter reconquistado a confiança de Vládia, Lena perguntou à comandante sobre o que acontecera com Janos, o guarda da prisão onde havia sido torturada. O movimento Mente Forte havia encontrado o corpo do rapaz jogado num aterro sanitário em Senfai. Lena quase desmaiou e sua cor desapareceu ao ouvir a notícia fatídica. A comandante disse acreditar que a morte foi executada por guardas da prisão, para evitar que o regime imperial questionasse Janos e investigasse a extensão da falha de segurança. A equipe do movimento Mente Forte destacada para o local também tinha descoberto que a pista sobre a Wine Cellar era falsa. Um agente havia perdido a vida na operação de inteligência. Lena culpou-se pelas mortes de companheiros e não conseguira dormir naquela noite.

Durante a madrugada, patrulheiros descobriram que um drone estava vigiando a floresta e tirando fotos. Apesar de terem abatido o equipamento, estava claro que o Império havia descoberto o esconderijo. Os líderes convocaram uma reunião emergencial na tenda central, e Lena foi convocada.

— Boa noite a todos. Como sabem, nossa posição está comprometida. Vamos ter que desmontar o acampamento — disse a comandante Vládia.

— Para onde iremos, comandante? — perguntou um jovem rapaz.

— Não temos como permanecer na Floresta de Kiraz. Precisaremos cruzar a fronteira.

— Comandante, com todo respeito, mas abandonaremos nosso povo à própria sorte? — perguntou uma jovem oficial.

— Não, oficial Kelin. Vamos nos organizar na República Juliana. Temos contatos por lá. Seu pai poderia nos ajudar, Lena?

Lena acompanhava a reunião no fundo da tenda, mal prestando atenção aos detalhes. Queria sair dali com a maior rapidez possível para encontrar o filho.

— Desculpe, comandante?

— Perguntei se seu pai poderia fornecer auxílio à nossa chegada à República Juliana.

— Sim, comandante. Meu pai não se negará a nos ajudar.

— Comandante, com a devida permissão, não acho que possamos confiar nessa daí. Sumiu e ficou muito tempo com as radicais do Novo Império — disse Kelin.

— Saiba que Lena goza de minha inteira confiança. Sequestraram o filho dela, o que queria que fizesse?

— Devia ter ficado leal à causa. O fim da tirania imperial supera qualquer questão familiar. Construa uma mente forte é o nosso lema. A mente dessa daí é fraca.

Lena não aguentou a provocação e deu um soco em Kelin. A oficial retrucou e as duas rolaram no chão por alguns segundos. Seguranças as separaram.

— Mente tão fraca que suportei a tortura do capitão Martin! Não fale idiotices de quem não conhece! — gritou Lena.

— Calma, oficiais! Não vamos esquecer quem é o verdadeiro inimigo. Kelin, se ficar mais calma com a situação, poderá acompanhar Lena durante a ligação ao pai dela. Lena, estou decepcionada com esse comportamento agressivo. Depois da remoção do acampamento, estará suspensa de missões por dois meses — disse a comandante Vládia.

— Mas, comandante, meu filho...

— Vamos atrás dele, mas você não participará da missão.

— Isso é absurdo!

— Devia ter pensado nisso antes de agredir uma colega oficial. Declaro a reunião encerrada. Lena, faça a ligação agora!

Os integrantes do alto comando saíram da tenda central, deixando a comandante Vládia sozinha. Lena foi seguida pela oficial Kelin até a tenda de comunicações. Nunca tinham sido amigas, mas a hostilidade da companheira de movimento a impressionou. Percebia que muitos agora a olhavam com desprezo. Antes do sequestro do filho, Lena era considerada uma das melhores agentes do Mente Forte e muitos apostavam que seria a sucessora da comandante Vládia. Agora tratavam-na como uma espiã do Império.

Na tenda de comunicações, usou o canal secreto para falar com o pai. Após algumas tentativas, uma voz familiar falou:

— Alô, quem é?

— Águia vermelha saudando Leão dourado.

— Águia vermelha, há quanto tempo! Como está você?

— Bem, na medida do possível. Leão dourado, infelizmente vou ter que ser direta. Preciso de sua ajuda com desembaraço alfandegário de uns produtos.

— Muito bem. Estamos falando de quantas mercadorias?

— Três vezes três dígitos.

— O quê? Um fo... e para quando?

— Amanhã.

— Devo ter entendido errado. Amanhã?

— Correto, leão dourado.

— Vou ver o que posso fazer. Desligo.

Lena desativou a linha e caminhou pelo acampamento, sendo seguida de perto pela oficial Kelin. Fechou sua tenda e deixou a outra do lado de fora. Esperava que o pai conseguisse providenciar tudo, principalmente a autorização de imigração. A República Juliana era aliada do movimento Mente Forte, mas nunca um foco inteiro havia cruzado a fronteira.

O grupo funcionava em focos espalhados por Aurium, cada um com, em média, 300 integrantes. Os focos tinham rede de comunicação secreta e mudavam seus integrantes em base de rodízio para que o Império não descobrisse a localização dos rebeldes. As bases também tinham estrutura que permitia mudanças rápidas para quando Aurium descobria a localização, como acabara de ocorrer.

O sétimo foco era onde Lena mais tempo ficara, por ser o mais próximo de sua casa. Os integrantes desse foco eram conhecidos por sua rígida estrutura hierárquica e ampla capacidade de obtenção de informações secretas. Não se conhecia um líder único do movimento Mente Forte. Muitos sequer achavam que existia uma liderança unificada, mas outros acreditavam que a identidade do líder era desconhecida para preservá-lo de espiões imperiais. De acordo com o que se dizia, apenas comandantes teriam acesso ao líder.

Lena se preparava para dormir com esses pensamentos na cabeça quando a comandante Vládia entrou na tenda e disse que o pai de Lena tinha conseguido autorizar a operação, apesar de o presidente da República Juliana ter insistido que não seria ligado diretamente ao caso e não garantiria a segurança de ninguém durante a travessia. A comandante abordou o plano de retirada em detalhes com Lena.

— Comandante, e meu filho? Vocês vão investigar mesmo?

— Sim, Lena. Assim que nos instalarmos, vou organizar uma missão de busca.

— Muito obrigada, comandante. Meu filho é tudo pra mim.

— Boa noite, oficial!

— Boa noite!

Lena tinha dormido tranquila de noite e sonhado em acalentar o filho mais uma vez nos braços. Agora, embaixo do salgueiro, observava a mudança do acampamento. Tinha se oferecido para ajudar, mas os carregadores disseram que não precisavam de auxílio. Viu que Kelin a observava atrás de uma árvore do outro lado da clareira. A moça não tinha habilidades de camuflagem muito desenvolvidas. Era facilmente percebida no campo de visão de Lena.

Estava quase tudo pronto. Repassou mentalmente o plano traçado na noite anterior. Iriam pela floresta de Kiraz até o rio Araf, onde fariam a travessia no ponto mais baixo. Abandonariam os caminhões e cruzariam a pé, por isso todos os pertences pessoais supérfluos seriam deixados para trás. Iriam em grupos de três e nadariam por baixo d'água, para não chamarem atenção dos drones de patrulha. O rio tinha uma largura de 50 metros, levando um certo tempo para atravessar, mas a travessia poderia ser feita quase integralmente dentro d'água.

Os caminhões prepararam-se para partir. Lena entrou na boleia do segundo deles e foi seguida por Kelin, que se sentou ao seu lado. O trajeto de alguns quilômetros foi realizado em silêncio. Quando estavam chegando ao rio, a oficial falou:

— Sabe, nunca tive um filho, mas não acho que colocaria o movimento em risco por causa de uma criança.

— Lutamos para fazer o futuro deles melhor. Sem isso, qual a lógica de lutar por algo?

— Defender o bem comum e a vida de todos.

— Se você tiver filho algum dia, entenderá. Estamos chegando. Já aviso que sou uma nadadora rápida. Acho que não vai me alcançar — sorriu Lena.

— É o que vamos ver.

Os caminhões pararam e os passageiros desembarcaram, selecionando os equipamentos e suprimentos essenciais para levar ao outro lado da fronteira. A comandante Vládia alinhava os oficiais em trios. O primeiro era composto pelos batedores. Em seguida, a comandante e suas filhas. Lena, Kelin e outro oficial compunham o terceiro grupo, e assim sucessivamente.

Os batedores mergulharam. Após 40 segundos, emergiram na outra margem, já na República Juliana. Todos comemoraram. Em seguida, a comandante Vládia e as filhas prepararam-se para entrar. Pouco depois de mergulharem, ouviu-se um som de zumbido no ar. Cinco drones se aproximaram do rio e dispararam. Os batedores do movimento conseguiram derrubar dois rapidamente, mas os outros seguiram disparando na água. O rio Araf soltava uma coloração vermelha.

Os grupos de três se desfizeram. Os batedores dispararam nos drones, alguns rebeldes se esconderam atrás das árvores e muitos tentaram cruzar o rio em desespero. Enquanto isso, o barulho de tiros rasgava o ar. Lena queria fugir daquele pandemônio e encontrar o filho, mas depois de alguns segundos de hesitação, pulou na água.

Sentiu imediatamente o frio cortante do rio. Seu corpo tremia. A correnteza a puxava para a esquerda com força, mas ela nadava na direção da outra margem, indo em linha diagonal para não enfrentar o fluxo do rio. Viu rastros de sangue e corpos. Reconheceu uma das filhas da comandante Vládia e alguns rapazes que estavam na fila para o mergulho. Uma bala passou de raspão por sua perna. Buscou a comandante, mas não a encontrou. Seu fôlego estava no fim. Subiu à superfície, respirou por alguns segundos e mergulhou novamente. Seus esforços eram inúteis. Não conseguiria ajudar ninguém assim. Deixou-se levar pela correnteza.

Emergiu para pegar ar e submergiu diversas vezes até que se afastou de todo aquele caos. Quando não viu nem drone, nem companheiro de luta, nadou para a margem do rio Araf na República Juliana. Saiu da água gelada e pendurou o casaco no galho da árvore mais próxima. Deitou-se, mas não conseguiu descansar.

Sua cabeça ainda estava no movimento Mente Forte e no que poderia ter acontecido à Comandante Vládia. Não a vira em local algum no rio ou na margem. Podia estar morta, mas não tinha visto seu corpo. Lena só conseguia pensar no quanto fora estúpida se arriscando no rio. Se tivesse morrido, Miguel estaria sozinho no mundo. Não em um lugar qualquer do mundo, mas em Aurium. Filho de uma revolucionária, só restariam dois destinos ao menino: escravidão ou morte. Lena não sabia qual era a pior opção.

Quando tinha decidido tornar-se revolucionária, fizera-o para vingar a morte da mãe. Era adolescente quando participou de sua primeira missão e fez do Movimento Mente Forte a sua vida. Estava determinada a não formar família, mas não foi atendida pelo destino. Jamais imaginou que teria um filho. O menino, fruto de um amor intenso com um colega do movimento, mudara sua perspectiva sobre a revolução. Seguia no movimento para que seu filho pudesse viver em uma nação mais justa e com liberdade, mas não queria que nada pudesse prejudicar o menino.

Agora não restava mais nada a não ser encontrar o filho e fugir de Aurium para um local bem longe, onde pudessem recomeçar a viver. De preferência em uma fazenda com vários animais. Ensinaria Miguel a tirar leite de vaca e a criar porcos para venda. Lena não se envolveria em política e se ocuparia apenas da administração da propriedade. Os dois poderiam brincar e correr pelo campo, plantar e serem felizes sob a luz do sol. Lena sorriu. Estava decidida.

Pegou o casaco, ainda muito úmido, e começou a caminhar. Estava com muita fome. Tinha comido pouco no café da manhã. Andou por mais de uma hora pela floresta até chegar a uma cidade. Não sabia qual era a localidade, embora acreditasse ser Lindre, uma pequena cidade histórica perto da fronteira. As casas eram muito parecidas e construídas de pedra. Várias construções tinham mais de um milênio, pelo que se lembrava das aulas de História ministradas por sua mãe, que gostava de ensinar a matéria à filha abordando conteúdos mais avançados do que os do colégio. A matriarca apreciava principalmente o período medieval. Os castelos e todo o imaginário de heróis da cavalaria, dragões e criaturas mágicas faziam seus olhos brilharem. Lindre ainda retinha um pouco dessa aura mística. A mãe prometera levá-la para a cidade um dia, mas o Império a tinha assassinado antes que esse dia chegasse.

Agora, Lena estava em frente a uma construção de pedra que exalava um cheiro de pão quentinho. Na vitrine, estavam expostos pães de todos os tipos: doces, salgados e algumas sobremesas apetitosas.

Dentro, pequenas mesas de madeira estavam dispostas pelo salão e um grande espelho se assomava ao centro da parede de pedra.

Checou os bolsos. Tinha algumas poucas notas de domis, a moeda oficial da República Juliana. Andava com os bilhetes para quando visitasse o pai. Estavam molhados, mas serviriam. Pediu um café e um pão dominicano. Por alguns instantes, apreciou a paisagem. Sua mãe ficaria feliz de vê-la ali. Em breve, traria Miguel para conhecer a cidade e comerem juntos um delicioso lanche, sem se preocuparem com a polícia imperial ou com movimentos revolucionários. Nas mesas ao redor, famílias comiam despreocupadas. Uma mulher enfiava um pão na boca do filho.

Lena foi ao caixa e pagou a conta. Logo quando entregou o dinheiro sentiu um arrepio na nuca. Pelo espelho, viu Kelin atravessando a rua em direção à padaria. Lena baixou a cabeça e andou normalmente, saindo do estabelecimento e virando à direita. Não queria que a mulher a reconhecesse. Estava disposta a recuperar o filho de qualquer forma e, sem saber o paradeiro da comandante Vládia, não tinha nenhuma garantia de que a ajudariam a encontrar Miguel.

Andou sem pressa em direção à floresta. Pelo canto do olho, acompanhou Kelin, que tinha entrado na padaria. Quando viu que estava fora do alcance da visão da outra, começou a correr em direção à mata. Não havia sinal de que estivesse sendo perseguida. Parou perto de uma árvore e controlou a respiração. Decidiu ir atrás de seu pai para que, juntos, pudessem descobrir onde Miguel estava e elaborar um plano de resgate.

Pegou a direção norte na floresta. Sabia que a margem do rio Araf estava sendo monitorada pelo Império e que talvez encontrasse alguns companheiros do movimento no caminho, mas não podia arriscar ir pela cidade. Kelin a obrigaria a ficar para ajudar o grupo.

Mal começou a caminhar, ouviu um barulho atrás da árvore à sua direita. Uma mulher surgiu das sombras.

— Achou que fosse escapar, hein?!

Kelin a olhou com desprezo.

— Não estou fugindo de vocês. Só quero encontrar meu filho.

— Vi como correu da padaria, sua miserável traidora! Você não estava colaborando com o Novo Império, mas com o Império mesmo!

— O quê?!

— Achou que não percebi como o drone chegou logo depois de você vir? Foi um erro trazê-la, eu disse à comandante Vládia, mas ela não quis me escutar.

— Você é louca? Jamais trairia o movimento!

— Nem se os imperiais tivessem seu pirralho?

— Não chame ele de pirralho!

Lena partiu para cima de Kelin mirando um soco no rosto. A mulher abaixou-se e evitou o golpe. Lena não viu o murro no estômago que veio em seguida. Dobrou-se de dor, mas não caiu. Enquanto Kelin sorria pelo golpe bem-sucedido, Lena aproveitou-se para dar um murro certeiro na barriga da mulher. Ela caiu. Lena estava pronta para chutá-la na cara, mas disse:

— Fique aí no chão. Até nunca mais, Kelin!

Preparou-se para correr, mas a mulher estendeu a perna e Lena tropeçou. Antes que pudesse mover-se, Kelin imobilizou os braços de Lena e a algemou.

— Vou levá-la ao acampamento. Por mim, te executava, mas precisamos te interrogar primeiro. Se colaborar, terá uma morte rápida e limpa. Caso contrário, não sou piedosa.

— Sua louca! Não tenho como colaborar! Não traí ninguém!

— Boca fechada, agora! Só vai falar com o nosso interrogador.

Kelin tirou um lenço do bolso e amordaçou Lena. As duas andaram em direção ao acampamento do movimento Mente Forte. Depois de trinta minutos de caminhada, chegaram ao local. Um cemitério improvisado era o que surgia primeiro à vista. Covas estavam sendo cavadas e corpos eram enterrados sem qualquer caixão. Kelin comentou:

— Espero que esteja orgulhosa de seu trabalho.

Lena suspirou e começou a chorar. Tinha conhecido muitos daqueles combatentes. Depois do cemitério, a situação não era muito melhor. As tendas ainda estavam sendo montadas e muitas pessoas carregavam feridos. Homens e mulheres que teriam que amputar braços e pernas.

Um oficial as parou assim que chegaram.

— Oficial Kelin, o que é isso?

— Trago a traidora, senhor.

— Que traidora? Lena sempre foi leal. Além disso, como vamos nos reorganizar na República Juliana sem o pai dela?

— Daremos um jeito. Fui a Lindre sem nenhum problema.

— Você é uma pessoa. Somos um foco intei... meio foco, na verdade — suspirou.

— Vamos conseguir! Agora temos que investigá-la.

— Muito bem. Pode levar a moça ao inquisidor, mas tire esse pano da boca dela!

— Sim, senhor.

Kelin removeu o lenço. Lena disse:

— Oficial Leret, isso é uma loucura!

— Desculpe-me, Lena, mas não posso fazer nada. Vai ser interrogada.

Kelin levou-a a uma tenda improvisada, onde Lena ficou amarrada ao pé de madeira de uma cama de casal grande.

— Meu namorado vai já cuidar de você! Finalmente terá o que merece!

Lena pensou em como poderia escapar dali. Estava tranquila de que não seria Kelin a interrogá-la. Qualquer bom interrogador do movimento saberia que ela estava falando a verdade e a libertaria. Depois era só aproveitar enquanto todos estivessem dormindo para correr para o pai ou nadar pelo rio de volta a Aurium. O que fosse mais simples. Era arriscado porque o Império estava patrulhando a região, mas ali parada não conseguiria ver o filho novamente.

A luminosidade desapareceu aos poucos até ficar tudo no escuro completo. Percebeu uma luz de lanterna do lado de fora e um jovem oficial entrou na tenda. A princípio, Lena julgou estar vendo mal. Depois, achou que estava tendo alguma alucinação.

— Olá, Lena. Vamos começar o interrogatório?

Com uma grande faixa na barriga e sorrindo, o pior pesadelo de Lena se apresentava para o serviço. Cícero a olhava diretamente.

Capítulo 14

O carro movia-se em alta velocidade. Martin olhava sua captora com desprezo. Cada giro do volante era um lembrete de que a mulher ainda respirava após ter tirado a vida de Rudolf. O capitão sabia que seria o próximo. Esperava a morte a qualquer instante, não por tortura, mas por acidente de trânsito. O veículo estava sendo conduzido a mais de 120 quilômetros por hora. Martin pensava que uma mulher ao volante aumentava muito o risco de acidente.

— Quer nos matar? Sei que tem raiva de mim, mas não sabia que era suicida!

— Cala a boca!

O capitão ficou em silêncio. O carro ia aos trancos e solavancos por ruas estreitas e não pavimentadas. Martin não tinha ideia de qual seria o destino do trajeto. Agnes não poderia retornar a Varhat, agora que seu disfarce tinha sido arruinado. Seria presa, torturada e morta. Não podia ir a nenhuma das casas do movimento Novo Império, agora que tinha matado a comandante Moira.

Martin percebeu que a situação não estava tão desfavorável para ele. A mulher estava desesperada e sem opções. Perseguida pelo Império e pelo Novo Império, não haveria muito como se esconder. Eventualmente, ela cometeria um erro. Aí seria a hora de atacá-la, imobilizá-la e colocá-la na cadeira do dragão. Um breve sorriso esboçou-se em sua face. Agnes percebeu pelo retrovisor.

— Muito contente para quem acaba de ser sequestrado. Já, já vou ter o prazer de tirar esse sorrisinho imundo da tua cara, verme!

— Sei como você gosta de ter prazer comigo... hahaha!

— Ora, seu...!

— Piranha! Vaca!

Martin preparou-se para xingá-la mais uma vez, mas Agnes parou o carro e colocou uma fita adesiva na boca do militar. O carro ia por ruas laterais e por caminhos na areia. Não se viam pessoas em lugar algum. Só estrada e plantações. Os minutos passavam lentamente. O destino não parecia chegar nunca. O céu mudava de cor e tudo ia ficando mais escuro até que a noite caiu. Agnes continuou dirigindo em alta velocidade. Martin calculava que já tinham passado umas quatro horas desde a saída da sede do Novo Império. Ainda não entendia o objetivo da mulher. Ela não podia ficar dirigindo para sempre. Os ponteiros da gasolina já indicavam que a gasolina começava a entrar na reserva.

Então, entendeu. Não havia futuro para Agnes em Aurium. A única alternativa dela era asilar-se na República Juliana. Agora que analisava com calma, percebia que o trajeto que tinham feito levava à fronteira. Os caminhos eram rurais, mas iam em direção ao Norte.

Tinha que agir logo. Não podia cruzar a fronteira com o país vizinho. Lá, seria julgado como criminoso de guerra. Martin nunca entendera por que Aurium não havia invadido a República Juliana. *O país só causava inconvenientes, abrigando inferiores e infiéis à religião sagrada do Império. Não tinha nenhuma tradição militar comparável com as forças armadas de Aurium. A disciplina, a lealdade absoluta e a habilidade em combate dos soldados imperiais eram conhecidas no mundo inteiro. Dos soldados da República Juliana ninguém falava nada.*

Diziam que Aurium anexaria o país vizinho no momento adequado. Agora o Império estava obrigado a não tomar nenhuma ação militar por causa de um acordo internacional. *A diplomacia atrapalhando mais uma vez a vida dos cidadãos de bem, que só desejam a prevalência dos valores sagrados*. Martin não sabia por que ainda existia um Ministério dos Negócios Estrangeiros se ele não fazia nada contra os impropérios dos julianos. O capitão achava absurdo que o órgão se limitasse a emitir notas condenando as posições da República Juliana em organismos internacionais e combater as mentiras propagadas contra o Império.

Martin sabia que os julianos consideravam os oficiais de inteligência de Aurium como criminosos por causa dos métodos de extração de informações. Sempre achara essa classificação sem sentido, pois obtinha informações para salvaguardar a segurança e a paz no Império. De toda forma, ele não podia colocar os pés naquele país sem ser preso. A moça não era tão boba, afinal.

Estranhou quando o carro começou a desacelerar e parou na entrada de uma porteira. Agnes desceu, mas trancou o carro.

— Não tente nenhuma gracinha!

Ainda não estavam na República Juliana. O caminho era mais ao norte um pouco, atravessando o rio Araf. Agnes abriu a porta e voltou ao carro. Seguiu dirigindo por mais três minutos pelo caminho entre vinheiras até chegar a uma ampla casa de dois andares. Martin evocou as bênçãos de Zeus e de Apolo. Não havia estátua protetora em local algum. Era sinal claro de mau augúrio. *Agnes o levara a um local onde os deuses não têm olhos*. Os fiéis radicais em Aurium acreditavam que as estátuas afastavam os maus espíritos e invocavam bênçãos para os ocupantes da casa.

A moça estacionou o carro em frente à garagem e entrou com passos lentos na casa. Acendeu as luzes da sala, voltou depois de alguns minutos e pegou Martin pelo braço, conduzindo-o para a construção. O capitão recusou-se a andar. Agnes tirou a fita da boca do militar e questionou-o.

— Com medinho, é?

— Não tenho medo, mas não entro em local profano!

— Agora vai entrar!

Pararam na porta da casa. Agnes também parecia tensa. Martin lembrou que, *apesar de toda a subversão à teoria da evolução perpétua, a mulher ainda acreditava na verdadeira religião e nos deuses*.

— Vamos ser enviados ao Hades se entrarmos aí.

— Eu já entrei. Agora você vem comigo.

Martin continuava relutante, mas Agnes apontou a pistola para a perna dele.

— Ou você coopera ou vai manco pro Hades!

O capitão obedeceu a contragosto. Os dois entraram pela porta da sala. O ambiente estava bem iluminado e um grande relógio marcava 20h. O amplo espaço tinha poucos móveis e nada de muito requinte. As paredes eram brancas, uma pequena mesa preta ficava a um canto, e muitos papéis estavam espalhados pelo chão.

— Passou um furacão por aqui?

— Quieto!

Agnes levou Martin ao segundo piso e apertou um botão no teto. Uma escadaria revelou-se. O capitão subiu os degraus, seguido pela moça, que mantinha a pistola apontada para sua nuca. Chegaram a um sótão antigo, coberto de poeira. Martin espirrou seguidamente.

— Alergia a poeira. Ora, ora, isso está ficando cada vez melhor. Sente ali.

Agnes indicou uma velha cadeira de balanço. Martin sentou-se e ela o amarrou com uma corda que havia ali perto, atando as mãos e as pernas do militar à cadeira.

— Fique aí. Já volto para começarmos nossa sessão. Te garanto que vai sentir saudade da cadeira do dragão.

— Que seja...

Agnes desceu a escadaria e fechou o compartimento. O capitão Martin olhou em volta e viu um antigo piano, muito bem conservado. Intrigou-se com diversos objetos espalhados pelo ambiente. Um leque oriental, um abajur quebrado e várias coisas não utilizadas há muito tempo. Perto da cadeira estava uma escrivaninha com algumas fotos.

Uma mulher capinando a terra em uma fazenda sorria para ele. Atrás dela, um amplo celeiro. A mesma mulher sorria em outra foto, com a faixa de prefeita. Uma fazendeira como administradora de uma cidade não era algo normal. Uma mulher na política oficial não poderia ser algo de Aurium. Perguntou-se de que estranho país vinham os donos daquela casa.

Olhou mais fotos. Uma menina mirava-o com cara séria. Estava em uma roda de crianças em um parque de diversões. Pela sua expressão, tinha sido obrigada a ir. A mesma menina aparecia em outra foto, sorridente, extraindo leite de uma vaca. Outra fotografia mostrava a menina e a mulher, que deveria ser sua mãe, em frente à prefeitura de Jumhuryia.

Martin sabia que a cidade de Jumhuryia fora a última a se submeter ao Império após a queda de Melchen. A localidade resistiu por mais de três anos antes de incorporar-se a Aurium. Agora lembrava o que tinha acontecido à mulher. Por sua recusa de lealdade e incitação à rebeldia, fora fuzilada e seu corpo esquartejado. O cadáver tinha sido exposto por alguns dias na cidade e depois jogado em uma vala comum. Estava muito deformado, de modo que mal dava para reconhecê-la. Martin acreditava que teria feito um trabalho melhor.

— Não basta estar na casa de uma infiel, mas de uma traidora também — falou para as paredes.

Agnes voltou e sentou-se no chão. Ficou olhando para o capitão Martin.

— O que é? Acha que teu olhar vai me fuzilar?

— Estou apenas apreciando a ironia deste momento.

— Já entendi que vou ser torturado na casa de uma traidora e infiel. Começa logo essa porra! Jogue esse piano em mim e pronto! Missão cumprida.

— Apesar de não ser uma má ideia, vamos mais devagar. Quero aproveitar cada momento de sua agonia.

— Já vi que é amadora. Não se fala assim antes de iniciar o processo.

— Não quero informações suas. Quero sua dor. Justiça por todas as mulheres que você machucou! Justiça por Lena!

— Lena?

— Vejo que não entendeu. Na casa de quem você acha que estamos?

— Para que você me trouxe aqui?

— Você ainda precisa me perguntar?

Agnes caminhou pelo sótão e pegou um abajur. A moça atirou o objeto na direção do capitão Martin. Sangue escorreu da testa do militar. Os olhos de Agnes estavam avermelhados de raiva.

— Vai pagar por tudo o que fez, seu desgraçado!

Agnes levantou-se e olhou em volta. Percebeu um belo piano. Tinha muito apreço pela música, mas agora não era o momento para preocupar-se com o instrumento. Serviria perfeitamente à vingança.

— Já tocou piano, capitão Martin?

— Não tenho esse dom. A música deve ser apenas para os que são iniciados.

— Pois vai ter sua iniciação agora!

A moça arrastou a cadeira de Martin para perto do piano. Colocou o capitão de frente às teclas, desamarrou as mãos dele e pediu para que ele tocasse algo. Martin recusou-se. Agnes mandou-o colocar os dedos em cima das teclas. Ele não obedeceu. Ela apontou a pistola para a cabeça do capitão, que, ainda relutante, obedeceu-a. Ela fechou a tampa do piano com toda força.

— Ai! Sua filha da puta!

— Estamos só começando.

Os dedos do capitão Martin tremeram com o impacto. Agnes era uma mulher muito forte. Tons de roxo foram povoando os dedos do capitão. A dor era grande, mas recusava-se a demonstrar que estava sofrendo. Agnes amarrou as mãos do capitão novamente, dessa vez à frente do corpo.

— Vou só ali na cozinha. Já volto!

— O que foi? Não encheu a barriga não? Vai ficar gorda!

— Tenho uma surpresinha para você! Aguarde!

Em poucos minutos, a mulher voltou com uma panela de óleo fervendo.

— Aceita uma bebida?

— Você não tem nervo para ver o que vai acontecer depois disso!

— Não quer experimentar? Mas eu fiz com tanto carinho...

— Sua vaca!

— Vaca, né?! Agora você vai beber!

O capitão Martin fechou a boca, recusando-se a abrir um milímetro. Agnes puxava os lábios de Martin, mas ele não cedia.

— Menino malvado! Não quer beber? Então sinta!

Agnes virou mais da metade do líquido da panela na barriga de Martin. O capitão não conseguiu se segurar e urrou de dor. Um grito que poderia ser ouvido de longe por qualquer pessoa que passasse.

— Puta! Vai pagar!

— Hahaha!...

— É tão esperta que errou meu rosto! Não quer macular essa belezura, né?

— Ainda tem bastante na panela, mas não estou mirando em cima, não.

— Você não ousaria!

— Você é burro? Ainda não está entendendo a situação, capitão! Queimar o pau imundo de um verme imperial não é nada para mim! Já matei dois de vocês!

— Blefando como sempre! Quem supostamente matou, além do Rudolf?

— Seu tio Claudius.

— O quê?! Nenhuma mulher poderia ter feito aquilo com ele! Foi o Rudolf.

— Acredita nisso, mesmo depois de me conhecer? Foi muito fácil, na verdade. Ele foi muito idiota!

Quando Agnes trabalhava como secretária do general Flavius, chamara Claudius sob o pretexto de uma reunião urgente no escritório do Ministro da Guerra. O homem atendera à convocação. Quando ele se aproximou de Agnes, ela lhe disse que era apenas uma desculpa para vê-lo e declarar seu interesse pelo velho viril. Dera seu número a Claudius e marcara um encontro com ele, que ficara muito animado com a possibilidade de estar com ela. Sem suspeitar de nada, o velho foi a uma casa no distrito industrial, onde Agnes o esperava com um veneno forte de administração intravenosa. Quando o velho parou de respirar, foi colocado em uma enorme mala.

Agnes entrou na mansão de Martin e fingiu esperá-lo no quarto. Foi abordada pelo vigia, mas pagou elevada soma em áuri para que não fosse denunciada. Disse que o capitão Martin ficaria feliz com a surpresa e ninguém do governo deveria saber. A mala supostamente estava cheia de travessuras eróticas para o capitão. O guarda não se atreveu a pedir para abrir. Agnes trancou a porta do quarto e usou pregos para prender pedaços do corpo de Claudius à parede. Tomou cuidado para fazer o mínimo barulho possível, para não acordar os empregados. Limpou-se do sangue do homem no banheiro e saiu pela porta da frente, levando a mala vazia.

O guarda perguntou se ela não queria esperar o capitão, mas ela disse que ele estava demorando muito e que voltaria outra noite.

— O guarda foi tão estúpido que não conseguiu pensar que uma mulher podia entrar na casa para colocar pedaços de um corpo lá. Não disse nada de que eu tinha estado no local, com medo de arruinar a surpresa ou ser descoberto por ter aceitado suborno...

— Tenho umas cabeças para cortar quando voltar a Varhat!

— Ainda acha que vai voltar? Não, capitão, não vai sair daqui com vida! Onde estávamos?

Nesse momento, um barulho no térreo de algo quebrando atraiu a atenção dos dois.

— Oh, oh, isso não estava nos planos... hehe! — disse Martin.

Agnes desceu e fechou a escada do sótão. Martin não conseguia acreditar que a mulher havia matado o tio. Odiara Rudolf por muito tempo e tinha aumentado seu ódio em relação ao capitão depois da morte do tio Claudius. *Não tinha sido ele que tinha cometido o ato de profanação em seu quarto*. Não sabia se ficava contente por limpar a memória de Rudolf ou triste pelo parente ter sido morto por uma mulher. *Não que ele não merecesse, mas o nome da família estaria manchado caso os agentes imperiais soubessem*.

Vozes exaltadas no andar de baixo despertaram o capitão de seus pensamentos. Vozes agitadas pareciam discutir. Não conseguia ouvir sobre o que falavam. Com sorte, seria um agente imperial, mas estava sem sorte ultimamente. Percebeu que eram duas mulheres que falavam. Tinha que escapar antes que a situação ficasse catastrófica. Olhou em volta para suas opções. As mãos estavam atadas com um nó fraco, mas os pés estavam amarrados muito firmes à cadeira.

Foi lentamente com a cadeira em direção à cômoda. Olhou as fotos em cima e, envolvendo o puxador com o nó, conseguiu abrir uma gaveta. Seus dedos latejavam insistentemente. Mais fotos e nada que pudesse ser aproveitado. Abriu mais uma e o mesmo ocorreu. Na terceira gaveta, encontrou uma faca velha. Levou-a à boca e foi cortando as amarras da mão enquanto se contorcia de dor. Em seguida, soltou os pés. Levantou-se, liberto. Buscou o botão para abrir o sótão e encontrou-o entre duas tábuas do chão.

Esperou. As vozes estavam exaltadas e agora conseguia escutar fragmentos da conversa.

— Você ajudou a raptar uma criança!

— Tudo pela causa do Novo Império!

Martin sentia a barriga queimar. Bolhas já começavam a surgir na pele. Tinha que ir logo a um hospital ou o ferimento teria consequências muito graves.

— O Novo Império é uma farsa! Outra maneira de oprimirmos os outros!

— Como fala um absurdo desses?! Você matou a comandante Lauza! Vai vir comigo!

— Não vou porra nenhuma!

Martin ouviu um disparo de arma de fogo e vozes se afastando. Desceu as escadas e ficou ao lado da janela. Viu Agnes correndo para as plantações, perseguida por outra mulher. Em alguns segundos, as duas desapareceram de vista. O capitão desceu para o térreo e saiu pela porta principal. Viu que, além do carro que Agnes roubara, havia outro parado em frente à casa. Entrou no veículo e percebeu que a chave estava dentro e o tanque quase cheio.

Com os dedos ainda muito doloridos, virou a chave e dirigiu. A sede de vingança do capitão era a maior que já sentira na vida.

Concert
Ελλαδα
ΕΠΙΔΙΩΚΜΕΝΟ
ΚΑΙ ΟΛΕΣ
ΠΟΛΙΤΙΚΗ

Capítulo 15

Lena estava aterrorizada. Não conseguia sequer piscar os olhos. Uma assombração retornava do mundo dos mortos para persegui-la. Nunca acreditara em nada sobre Hades, mas naquele momento perguntou-se sobre a possibilidade de a religião oficial de Aurium ter um fundo de verdade.

Cícero a olhava de volta, sorrindo. A surpresa dela o agradava. Ele ficou assim por mais de um minuto, apenas encarando-a e andando em círculos pela tenda. Lena não aguentou mais:

— O que foi? Perdeu a língua?

— Não. Seu tiro foi na barriga, se me lembro bem.

— Como é que você ainda respira, seu crápula?

— Madame Lena não achou que eu estava totalmente desprotegido na capital do Império, não é mesmo?

— O que quer dizer com isso? — Lena ficou um tempo refletindo e viu a barriga de Cícero enfaixada. — Ah, cinta protetiva...

— Você atira muito bem para uma traidora. Se não estivesse com a cinta, eu teria morrido.

— Não acho que me trouxe aqui para me elogiar. Faça logo o que quer fazer e me mate, seu desgraçado.

— Sabe, Lena, aí está a diferença entre nós dois. Com você, é tudo o que eu quero, eu preciso e não o que a coletividade demanda. Nada me deixaria mais feliz do que esfolá-la viva e mandar seus restos de volta ao Novo Império, mas não é isso o que vou fazer.

— E vai fazer o que, então?

— Não tenha pressa. Já vai saber. Antes, vou contar uma história para você, de uma loja de brinquedos em Varhat.

Cícero mostrou a Lena um boneco do Imperador, manchado de sangue. O brinquedo da loja Varhattim trouxe à tona o monólogo de Cícero. O vermelho saía da barriga do rapaz naquela tarde na capital de Aurium. Pingos caíam pelo chão perto do banheiro do último andar. Demorara alguns minutos para recobrar a consciência, mas verificara sua barriga e nada vital tinha sido atingido. A bala havia penetrado superficialmente. A cinta funcionara como esperado.

Não era mais necessária nenhuma investigação. Cícero acreditava que Lena era agora uma agente determinada do Novo Império e poderia estar trabalhando diretamente com os imperiais. O espião seguiria com seu trabalho de demonstrar ao Movimento Mente Forte que a heroína tinha mudado de lado e não passava de uma ardilosa cobra. Primeiro, tinha que sair da loja sem despertar suspeitas. Foi ao banheiro e limpou uma parte do sangue que insistia em escorrer. Apertou a cinta e saiu.

Desceu com passos lentos pela escada até o elevador do quarto piso. Não havia ninguém no local. Àquela hora, todos os funcionários imperiais estavam de volta aos ministérios. Apertou o andar térreo. As portas abriram-se. Ele não carregava nada e estava sozinho. Escolheu um boneco do Imperador e levou-o ao caixa. O atendente olhou-o de soslaio.

— O senhor está bem? Não deveria ter voltado ao trabalho?

— Uma emergência no banheiro, se é que me entende. Fiz uma cirurgia agora e, às vezes, fica sangrando muito.

— Sei.

— Quanto precisa para não me reportar? Foi uma bobagem, mas meu superior pode se incomodar.

— Com 200 áuris, ninguém precisa saber. Afinal, você é um servidor fiel e devoto ao Império. Foi apenas um pequeno deslize.

— Exatamente. Vida longa ao Imperador!

— Vida longa ao Imperador!

Cícero saiu da loja com o boneco e virou rapidamente à esquerda na primeira oportunidade. Saiu logo da Avenida do Império e andou por becos laterais. Vasculhou os bolsos e encontrou o pequeno aparelho telefônico. Ligou para o canal seguro e pediu auxílio para remoção.

Em menos de dois minutos, um carro branco dirigido por um senhor grisalho de óculos escuros o buscou e o levou para longe da capital.

— E foi assim que escapei e encontrei o foco da comandante Vládia, no Norte de Aurium — disse Cícero.

— Mas não te vi em local nenhum à margem do rio.

— Isso porque eu não estava lá. A comandante Vládia achou melhor eu ajudá-los da República Juliana. Já estou aqui há quase dez dias.

Lena não conseguia acreditar no que havia ouvido. *Estava sonhando acordada*. Só podia pensar em como ficava cada vez mais distante de Miguel. Fazia meses desde que o menino fora sequestrado pelo Novo Império, e Lena não tinha ideia de onde seu filho poderia estar.

Cícero se divertia com a expressão aflita de Lena.

— Bom, chega de historinha, agora precisamos saber tudo sobre você. Até onde foi sua traição?

— Nunca traí o movimento.

— Víbora mentirosa. Pelo menos encontrou o pirralho?

— Não chame meu filho assim!

— Como não quer cooperar, vai ter que ser pela força. Poderia ter o nome dignificado e limpo, mas escolheu o sofrimento.

Cícero vasculhou a tenda e levantou um pequeno estojo do chão. Tirou um alicate de dentro. Levou-o em direção a Lena e colocou-o ao lado do olho dela.

— Tão bonita. É uma pena. Ainda tem uma última chance. O que revelou ao Novo Império sobre o Movimento Mente Forte?

— Nada!

— Mentirosa!

Cícero abriu a mão e deu um tapa forte no rosto de Lena. As bochechas da moça ficaram muito avermelhadas.

— Vou perguntar de novo: o que revelou ao Império?

— Pode me perguntar o quanto quiser. A resposta será sempre a mesma: nada!

— Acho que não tem jeito. Você quer mesmo fazer as unhas. Vamos começar pela mão esquerda. Vai ser um dedinho por vez.

Cícero tirou o alicate e segurou as mãos de Lena. A mulher contorcia-se, mas ele era hábil e muito forte. Travou o alicate no polegar esquerdo dela e puxou. O grito surgiu do fundo da garganta como se não houvesse dor pior naquele mundo. Mais da metade da unha saiu da base da pele e o sangue jorrou do dedo de Lena.

Nesse momento, Kelin entrou na tenda esbaforida.

— O que está fazendo? Os drones imperiais vão ouvir. Esqueceu de amordaçar a traidora?

— Ela mereceu!

— Capitão Martin dos rebeldes! Filho da puta! É tão ruim quanto eles. Será que você realmente não percebe?! — falou Lena, olhando diretamente para Kelin e com a vista escurecendo.

— Venha, meu amor. Mais tarde, você continua. Não dá pra ficar assim. Vamos ser punidos — disse Kelin.

— Não quero saber. Ela vai pagar!

— Quando é com você, nada mais se aplica, senhor defensor do coletivo? — disse Lena.

— Temos ordens de parar o barulho — disse Kelin.

— Não vou parar porra nenhuma!

— A diferença entre nós dois, não é? Quem é que descumpre ordens mesmo? — disse Lena, com o esboço de um sorriso.

— Ora, sua... vou sair, mas apenas para cumprir ordens. Não sou um indisciplinado.

Deixaram Lena sozinha na tenda. Agora conseguia respirar um pouco. A cabeça estava um pouco tonta e não via muito bem. O dia já estava virando noite. Lá fora, barulhos irritados assomavam por toda parte. Parecia haver uma discussão entre os comandantes para saber o que fazer a seguir. Lena não conseguiu entender a maior parte das conversas, mas algumas palavras chamaram a atenção: traidora, outra margem, deixar morrer. Nada muito auspicioso.

Os minutos passaram devagar, até que a noite desabou sobre a tenda. As vozes, agora mais abafadas, continuavam. Lena pensou ouvir uma voz familiar, mas *devia estar alucinando com a dor.*

— O que estão pensando, bando de loucos?

Seu pai, acompanhado por um oficial, entrou na tenda. Disso não teve dúvida. Apenas duas pessoas no mundo seriam tão facilmente reconhecíveis para Lena: o pai e Miguel.

— Lena, querida, o que fizeram com você?

— Tínhamos que fazer uma investigação — disse o oficial, que Lena não reconheceu.

— Agora somos assim? Iguais ao serviço de informação de Aurium?! Monstros torturadores!?

O pai abraçou-a e chorou quando viu o dedo polegar esquerdo de Lena com a unha arrancada. A expressão de dor e de tristeza foi virando pouco a pouco uma expressão de ódio. As sobrancelhas uniram-se em um arco invertido, o músculo sobre o nariz contraiu-se, os lábios apertaram-se. Em pouco tempo, estava bufando.

— Quem fez isso?

— Um de nossos agentes.

— Traga esse agente aqui.

O homem hesitou.

— Agora!

Cícero entrou desconfiado na tenda. Vendo o homem à sua frente abraçado com Lena, contraiu-se de horror.

— Você? — berrou o pai de Lena.

— Perdoe, senhor. Não sabia que era próximo da investigada.

— É a minha filha! Jamais seria uma traidora.

— Perdão, senhor.

— Chegue aqui perto. Vai pedir desculpas para ela na minha frente.

Cícero aproximou-se de Lena e do pai dela. As pernas dele tremiam.

— Desculpe, Lena. Eu estava enganado. Não acontece muito, mas me enganei. Esse erro não vai se repetir.

— Você vai sofrer uma punição exemplar.

— O que está acontecendo aqui?

A comandante Vládia entrou na tenda com um revólver em punho. Ao perceber a presença do pai de Lena, apressou-se em dizer:

— Desculpe-me, senhor. Não sabia que já tinha chegado.

— Que bom que está bem, Vládia. Ficamos preocupados. O que aconteceu?

— Uma história longa.

— Então deixemos para um outro momento. Agora temos que resolver a punição desse oficial, que atacou minha filha.

— O quê?

Ao olhar para o rapaz e depois para o dedo ensanguentado de Lena, a comandante entendeu o que havia ocorrido.

— Com ordem de quem você fez isso?!

— A senhora não estava e presumi que seria meu dever investigar, mas agora sei que agi errado.

— Tenho que fazer isso, senhor — disse Vládia, olhando para o pai de Lena.

— O quê?

Nesse momento, a comandante Vládia disparou na cabeça de Cícero. O corpo do rapaz tombou no chão. O outro oficial na tenda não conseguiu fechar a boca.

— O que fez, Vládia?! — gritou o pai de Lena.

— Meu dever, senhor! — respondeu Vládia.

— Que dever? Ele deveria ser punido e não assassinado à queima-roupa.

— Sei que o método não agrada, mas é necessário...

— Acho que estamos a um passo de virarmos uma outra versão do Império, o Novíssimo Império ou qualquer maluquice semelhante. Quando abandonamos nossos ideais em nome do pragmatismo?

— Senhor, com o devido respeito, temos que ser fortes se quisermos prevalecer.

— Matarmos uns aos outros não demonstra nenhuma força, mas fraqueza e desespero. Vládia, você vai ter que sofrer punição.

— Entendo, senhor.

— Oficial Reuben, leve o corpo de Cícero para fora e disponha de um funeral adequado.

Lena, que ainda estava estupefata com todo o desenrolar dos acontecimentos, abriu a boca e sinalizou com os braços por atenção.

— Não pode estar falando sério... na hora que descobrirem o que aconteceu aqui vai haver uma revolta.

— Não temos alternativa, querida.

— Temos sim. Não deixe ninguém entrar e jogue o corpo de Cícero no rio. Diremos que desertou e...

Sua cabeça girava e sentia o mundo se esvaindo. Buscava aquele fio de realidade que a mantinha ligada à vida: Miguel. Nada mais importava. Tinha que encontrar o filho. A vista não obedeceu ao comando do cérebro. Tudo ficou preto.

As imagens sucediam-se às pressas. A fazenda em Jumhuryia, a mãe gritando, bombas caindo dos aviões imperiais, fogo por toda parte. Miguel correndo dos soldados, um tiro na cabeça, um corpo infantil estirado ao solo, uma poça de sangue. Uma voz fraca, uma voz média, uma voz alta, um grito, um tapa. Agnes.

— Lena!

Olhos abriram-se aos poucos. Lena temeu perder de vez a consciência. A última vez em que vira Agnes estava na sede do Novo Império. Agora, não tinha ideia do que era real e do que era invenção de sua mente. *Cícero e o pai foram alucinações? Estava o tempo todo presa na sede do Novo Império? Miguel tinha morrido?* Não sabia o que acontecera. Só sentia uma dor muito forte, lancinante.

— O que...

Caiu novamente na escuridão. Corria em um longo caminho atrás de Miguel, mas quanto mais corria, mais longe o menino ficava. Desesperou-se e correu com todas as forças, respirando irregularmente pela boca, mas Miguel não se aproximava. Ao longe, o menino virou um boneco de marionete e, de algum lugar na escuridão, o Imperador Rômulo gargalhava, puxando as cordas da criança e tirando-o da vista de Lena.

Acordou suando frio e respirando ofegante. Demorou um minuto para perceber que estava em outra tenda, deitada em um colchão improvisado e com a mão esquerda enfaixada. Agnes cochilava ao seu lado, também deitada em uma cama e com uma atadura em volta da cintura.

— Agnes, é você mesma? Não estou louca?

Agnes despertou em posição de defesa contra qualquer ameaça. Seus pés prontos para pularem e sua pistola em punho. Quando viu Lena desperta, soltou um suspiro.

— Ah, que bom que acordou! Ficamos preocupados.

— O que aconteceu com você? Como veio parar aqui?

— Antes de qualquer coisa, beba uma água. Está muito desidratada. Você dormiu mais de um dia.

Lena bebeu água de um cantil que Agnes a tinha oferecido e sentou-se. O dedo ainda formigava de dor, ainda que doesse menos.

— Bem, estou esperando sua história.

Agnes contou que tinha matado Rudolf e Moira e sequestrado o capitão Martin depois de Lena desaparecer da sede do Novo Império.

— Nossa, deve ter sido difícil. Estou aqui para o que precisar. Saiba que pode contar comigo.

— Muito obrigada.

— E o desgraçado do Martin? Fez o que com ele?

— Me vinguei bem dele. Deve ter morrido. Virei uma panela de óleo fervendo nele.

— Hahaha! Deus, me perdoe, mas esse idiota mereceu. Fez o que com o corpo?

— Bom, fui perseguida logo depois por uma agente do Novo Império, então o corpo ainda deve estar na sua casa.

— O quê? Na minha casa!? Agnes, você tem certeza de que ele morreu?

— Só pode. Ninguém aguentaria tanto calor assim na barriga.

— Na barriga? Não acredito no que estou ouvindo! Você o viu parar de respirar?

— Não. Como eu disse, fui perseguida na floresta por uma integrante do Novo Império. Ela me deu um tiro, o que causou isso — disse, mostrando a ferida. — Consegui chegar à margem do rio. Um oficial do Mente Forte me viu e me resgatou. Fizeram um curativo e aqui estou.

— Agnes, o Martin ainda está vivo! Queimadura forte na barriga não mata ninguém. E o pior, tá na minha casa.

— Nossa, que estúpida que eu fui. Devia ter jogado logo na cabeça dele e pela garganta.

— Vamos ter que voltar lá. O que aconteceu com a garota que te perseguia?

— Morreu.

— Acha ou tem certeza dessa vez?

— Um tiro na cabeça mata alguém na mesma hora. Ela me atingiu na barriga e ficou se gabando. Fingi perder a consciência. Quando ela chegou perto para me levar ao Novo Império, dei um tiro direto no olho direito.

— Bem, não vamos ter que nos preocupar com essa.

— Era uma tal de Carla, acho que de pouca importância pro movimento. Vão demorar a notar que sumiu.

— Carla?

— Pelo menos, foi como ela se chamou.

— Agnes, você destruiu minha única pista de achar meu filho! Foi ela quem informou ao Novo Império sobre Miguel.

— Na verdade, não.

— Claro que foi ela, era a Carla, que ficava de babá e colaborava com o Novo Império.

— Concordo que foi ela, mas antes de morrer, conversamos e ela me deixou escapar uma pista sobre o paradeiro do Miguel.

— Como?

— Na casa, acusei-a de ser ladra de meninos, mas ela disse que ele agora vivia uma bela vida com uma família que segue a religião tradicional em Jumhuryia. Acho que ela percebeu que falou mais do que devia e me perseguiu na floresta para me matar.

Lena sentiu a esperança retornar a seu peito. Sabia onde o filho estava. Jumhuryia, a cidade de sua infância, repositório de memórias de um tempo mais simples e mais alegre. Relutara em voltar para lá desde a tomada da região por Aurium, mas agora não tinha mais como adiar o retorno. Já começava a abrir um sorriso diante de um caminho claro à sua frente quando percebeu um detalhe a que Agnes não tinha se atentado. Seu meio sorriso murchou no meio do caminho.

— Agnes, você disse que ainda estava na casa quando a Carla falou de Jumhuryia? Foi isso mesmo?

— Sim, mas o que... — o semblante confuso de Agnes deu lugar a um vislumbre de compreensão. — Ah, pelos deuses, o que foi que eu fiz?

— Temos que ir agora.

As duas passaram pela tenda. Havia um guarda do lado de fora e alguns guardas patrulhavam o perímetro, mas todos os demais pareciam estar dormindo. A escuridão do céu noturno indicava a madrugada.

— Precisam de algo, senhoras?

— Temos que lavar nossos ferimentos com água do rio.

— Mas tem que ser agora? Por que não esperam amanhecer?

— A coceira não espera — disse Agnes.

— Esperem aqui. Vou pegar um pouco de água e já trago.

Assim que o guarda saiu, ambas se esgueiraram atrás de uma árvore e foram andando em direção à margem. Quando estavam chegando próximo ao rio, uma guarda as interpelou. Lena a reconheceu.

— Mary, precisamos passar.

— Lena, seu pai deu ordens para que ninguém deixasse o acampamento. E o que vai fazer em Aurium, de qualquer forma, com essa mão machucada?

— Miguel. Por favor... não me importo com a minha mão.

— Mas não vai poder fazer nada nessa condição!

— Uma mãe faz de tudo por seus filhos!

— Lena... — hesitou por alguns instantes. — Tá bem. Vou olhar os drones para vocês. Fiquem nessa linha e nadem rápido, na medida do possível — disse Mary, olhando para os ferimentos das duas.

— Muito obrigada, amiga.

Lena e Agnes mergulharam. A agilidade de Lena estava perdida no braço esquerdo, mas ainda nadava muito com as pernas e o braço direito. Percebeu que Agnes estava ficando para trás e puxou-a. Juntas, conseguiram chegar à outra margem. Nenhum drone apareceu. Acenaram para Mary e entraram na floresta.

Após quase uma hora em tensa caminhada, chegaram à casa de Lena. Agnes andou com dificuldade até o andar de cima, Lena a seguiu. As duas perceberam que a escada do sótão estava abaixada. Agnes e Lena subiram para encontrar apenas um nó desatado no chão. Martin havia fugido.

CAPÍTULO 16

Abriu os olhos lentamente e só viu uma luz muito forte. O capitão Martin já ouvira falar de experiências de quase morte e da tradicional história de um túnel com uma luminosidade ao final. O túnel, diziam, passava por baixo do Monte Olimpo e os que viam a luz tinham um breve vislumbre do deus Apolo, que os carregaria até o Elísio em sua carruagem. Se fosse isso, o militar estava pronto para ser recebido na glória que os deuses haviam preparado para os mortais mais destacados.

— Capitão? Capitão Martin!

— O... o quê?

Os olhos de Martin começaram a distinguir diferentes tons de branco no local. A luz forte nada mais era do que a lâmpada que pairava acima da cama em que estava. As paredes eram brancas e o teto também. O médico a seu lado usava uma bata branca, assim como o enfermeiro. Apenas a fonte da voz que o chamava não usava branco. Um uniforme dourado com preto e o emblema imperial o olhava de soslaio. O general Flavius meneava a cabeça em desaprovação.

— Saiam daqui! Agora!

O médico e o enfermeiro saíram da sala. Ao fecharem a porta, Martin viu um segurança do general Flavius do lado de fora. O capitão percebeu que estava com um pijama hospitalar e que não tinha nada embaixo da vestimenta, a não ser faixas que envolviam a barriga.

— General, desculpe por estar em situação tão indigna.

— Não peça desculpas pra mim, mas para a sua majestade imperial!

— Vou falar com o grande Imperador assim que puder. Se o senhor me permite a pergunta, como vim parar aqui?

— É exatamente isso o que esperava que me dissesse.

— Não me lembro de nada.

— Isso vai deixar o trabalho mais difícil. Vou checar com o centro de investigação se podem usar um método experimental de extração de memórias em você.

— Extração de memórias? Nunca ouvi falar disso e fui o chefe do setor por muito tempo.

— Tem muitas coisas de que não sabe, capitão. Esse tema está além de sua alçada.

— Qual o motivo para me contar agora?

— De toda forma, vamos aplicar em você. Se funcionar e não for um traidor, está sob juramento mortal de não revelar a ninguém. Caso não funcione ou seja traidor, estará morto.

— Entendo...

O capitão Martin olhou em volta com mais atenção. A cama em que estava era confortável e a janela tinha vista para a entrada do palácio imperial. Apenas uma unidade de tratamento no país tinha aquela vista. Percebeu estar no hospital militar de Varhat, instituição de excelência financiada pelo próprio Imperador. O palácio estava logo em frente.

— Procura algo?

— Não, general. Apenas tentando me lembrar de alguma coisa.

Diziam que a concentração de médicos era para o Imperador sentir-se seguro e bem. Caso precisasse, seria fácil chamar um profissional sem ninguém perceber. Alguns falavam mesmo em uma passagem subterrânea que ligava o hospital ao palácio e ao elevador privativo do Imperador, com acesso à suíte imperial. Martin achava essa hipótese absurda, pois o Imperador era invulnerável e nunca ficava doente. Acreditava que o hospital ficava tão próximo ao palácio para o soberano saber quais de seus oficiais importantes tinham ficado doentes ou sucumbido aos inimigos.

Voltou a olhar para o general Flavius.

— E então? Lembrou de alguma coisa?

— Infelizmente, não. Como cheguei ao hospital?

— Encontraram um carro na beira da estrada com você desmaiado ao volante. Estava a uma hora de Varhat. Quando o identificaram, te trouxeram para cá. Está com queimaduras feias na barriga. Fizeram um bom procedimento cirúrgico. Deve estar de volta à ativa em breve, se passar pelo nosso teste... — soltou um risinho.

— Por que tá preocupado comigo?

— Não estou nem um pouco preocupado com você. O que desejo é descobrir como sumiu no mesmo dia em que minha secretária me drogou e matou meu motorista. Já tinha percebido que usava a mulher e a iludia com falsas promessas, mas nunca imaginei que fosse capaz de conspirar para me matar!

O rosto de Martin ficou lívido e branco. Aos poucos, a cor retornou. Então, ficou vermelho. A mandíbula contraiu-se, assim como o punho. Quando abriu a boca, estava quase gritando:

— General, tivemos nossas desavenças, mas me colocar como conspirador do Novo Império é uma ofensa grave!

— Você não ganhou até uma comenda por acabar com esse Novo Império? Agora que é conveniente, eles voltam?

— Me enganei, senhor. Ao que parece, o movimento ainda existe — disse, baixando a cabeça.

O general Flavius levantou-se e caminhou pela sala. Olhou para a pequena estátua de Apolo que estava na mesa de cabeceira, ao lado de Martin, e dirigiu outro olhar para o palácio imperial. O capitão sentiu um tapa muito forte no rosto e tentou se levantar para reagir, mas estava com os braços amarrados à maca e fios o ligavam à uma máquina.

— Cansei de suas mentiras, capitão! Vamos testar o extrator de memórias.

Martin lembrou-se da conversa com o Imperador e do pedido do soberano para que investigasse Flavius. Fazia tanto tempo e tanta coisa havia acontecido que não se lembrava desse fato. De repente, tudo fazia sentido.

— Tenho informações ultrassecretas da parte do Imperador. Não pode usar essa máquina em mim!

— Boa tentativa, mas somente generais têm acesso a informações ultrassecretas. Prepare-se! Vamos conhecer o verdadeiro capitão Martin!

O general Flavius saiu batendo a porta atrás de si. Martin ainda não acreditava na conversa que acabara de ter com o Ministro. O ninho de víboras no coração do Império era maior do que podia imaginar. *Tinha que sair logo dali. Não trairia a informação confidenciada pelo Imperador.*

As cordas, porém, não o obedeciam. Desejou ter força hercúlea para romper as correntes, buscar o general Flavius e levá-lo de joelhos ao Imperador para a execução por dissecação. O método, nunca usado na história de Aurium, era a punição suprema. Estava destinado a traidores ocupantes de altos cargos no governo. O corpo do condenado era dissecado aos poucos, por muito tempo, até que o indivíduo perecesse. *Se continuasse preso ali, quem ia sofrer a punição era ele, por revelar segredo do Imperador.*

A porta abriu-se novamente. Martin pensou que Flavius tinha voltado muito rapidamente, mas quem entrou na sala foi o médico.

— Doutor, o senhor não entende o que vai acontecer aqui. Preciso sair desse hospital agora para preservar informações vitais ao Império.

— Não se preocupe. Finja que está dormindo. Não abra os olhos até eu dizer que pode.

Martin sentiu-se tranquilizado pelas palavras do médico e fechou os olhos. Os fios que o ligavam a aparelhos foram desligados um a um. As portas do quarto abriram-se. Um guarda falou:

— O paciente não pode sair do quarto. Ordens do general Flavius!

— O general Flavius também me ordenou que mantivesse o paciente vivo. Preciso realizar um procedimento ou ele morrerá!

— Mas tenho que consultar o general.

— Ligue dizendo que ele morreu por culpa sua. Sai da frente!

Martin percebeu que o guarda deu passagem e o médico saiu correndo com a maca pelo corredor. Conseguia ouvir os barulhos da roda indo rápido e uma comoção pelo hospital. Alguém corria atrás da maca, mas as vozes iam ficando cada vez mais distantes.

— Acho que despistamos o guarda — sussurrou o médico.

Sentiu a maca entrar em um elevador, que descia. De repente, a luz clara que Martin percebia sob a pálpebra deu lugar à escuridão. O barulho de um bipe indicou uma porta sendo aberta e outro bipe indicou o travamento.

— Estamos seguros.

Martin abriu os olhos e viu-se diante de um extenso corredor escuro, mas que ia clareando.

— Feche os olhos! Ainda não disse que podia abrir.

— Estou onde acho que estamos? As histórias são verdade? Como é possível?

— Vai entender tudo em alguns instantes.

A luz voltou a aparecer sob as pálpebras do capitão, mas ele pôde notar que era diferente da luz fria do hospital. Conseguia sentir vibrações de calor. Portas deslizaram e eles entraram em um novo compartimento. Dessa vez estavam subindo. *Então era verdade. Um corredor secreto do hospital ao palácio imperial.* Martin não sabia o que pensar. Subiram por um longo tempo até que as portas se abriram novamente.

— O túnel é só para as esposas do Imperador. Ele faz tudo para que elas sejam bem cuidadas. Entramos em um espaço sagrado. Não abra os olhos a não ser que receba permissão.

O médico empurrou a maca para dentro do cômodo e desapareceu no elevador, que fechou as portas. Martin sentiu passos se aproximarem. O calor parecia incendiar seu corpo. Ouviu a voz que mais reverenciava e temia:

— General Martin, pode abrir os olhos. Olhe para o chão.

— Oh, nobre Imperador, sou apenas um humilde capitão.

— Abra os olhos!

Martin obedeceu. Estava num cômodo dourado, em que até mesmo o piso era feito de ouro. Mais adiante, percebeu um pé de uma cama. Estava no quarto do Imperador. Somente a família imperial e membros do mais alto escalão do governo podiam acessar aquele local.

— Sua Majestade, não tenho palavras para expressar a honra que estou sentindo neste momento.

Seus olhos voltaram-se para o leito de hospital em que estava deitado e para a bata branca que cobria seu corpo.

— Peço perdão, ó grande soberano, por apresentar-me neste estado perante vossa augusta presença.

— Pouco me interessa como está vestido. Estou mais interessado no seu trabalho, general.

— Vossa Majestade, sou um humilde capitão à sua disposição.

— Pare de bobagens! Foi promovido a general por meu comando e assim será chamado quando voltar à ativa.

A promoção de um capitão a general nunca havia sido realizada na história de Aurium, mas podia ser feita caso viesse de um decreto assinado pessoalmente pelo Imperador. Era uma honraria reservada aos heróis nacionais, que tinham prestado serviços de extrema relevância ao Império.

— Palavras não são suficientes para agradecer tamanha honraria, ó magnífico soberano.

— Muito bem. Poupe-as para mais tarde. Ganhou a distinção por seu trabalho de espionagem contra o Novo Império e porque não confio mais no Flavius. Minhas secretárias colocaram uma câmera pequena na sua roupa quando iniciou sua missão. Não precisa me contar nada. As informações da câmera foram muito úteis. O palácio viu tudo até que aquela secretária traidora virou uma panela fervente contra você. Nesse momento, perdemos a conexão.

— Vossa Majestade, se me permite, por que recebi uma câmera sem saber?

— Para fiscalizar seu trabalho. Todos os projetos ultrassensíveis têm uma câmera envolvida.

— Vossa Majestade, a câmera funcionou o tempo inteiro?

— Sim. Lamentável o incidente de pederastia e pior ainda seu choro infantil. Fiquei muito decepcionado. Terá que sofrer punição, mas no momento outras questões são mais urgentes.

— Cumprirei de bom grado qualquer punição que meu soberano aplicar. É meu dever e minha honra servir ao grande Império Aurium!

O Imperador moveu-se mais próximo a Martin. Conseguiu ver a mão dele segurando o cetro real. O brilho vermelho e dourado que vinha dos rubis encrustados tremeluzia no ambiente.

— General Martin, devo confiar uma missão vital ao futuro do Império em suas mãos.

— Estou pronto para servi-lo, Vossa Majestade!

— Deve ocupar a vaga de Ministro da Guerra. Há muito os inferiores e essas malucas do Novo Império se opõem a nós. Está na hora de serem exterminados como os vermes que são!

— Não poderia concordar mais, Vossa Majestade! Estou honrado com a missão! Farei tudo em meu poder para trazer glória ao Império!

Lágrimas brotaram do rosto de Martin, mas ele as segurou para não demonstrar fraqueza na frente do Imperador.

— Faremos a cerimônia quando estiver recuperado. Os mortais não têm um vislumbre divino por muito tempo. Precisam ser lembrados de seu local. Atenderei à sua posse!

— Vossa Majestade é justo e divino.

— Agora que é Ministro da Guerra, tem permissão para ajoelhar-se na minha presença e olhar até a altura do meu pescoço. Ajoelhe-se para que seja benzido pelo meu cetro!

Martin ainda estava muito fraco, com dores fortes na barriga, mas saiu aos poucos da cama e prostrou-se de joelhos. Ergueu os olhos um pouco, viu a túnica dourada do Imperador e sentiu o cetro tocar seu ombro direito.

— General Martin, aceita a divina missão de ser o escudo do império e a flecha de Ares que penetra na carapaça do inimigo?

— Aceito, majestade!

— Jura perseguir os infiéis aos confins do planeta e exterminá-los como insetos nocivos?

— Juro, majestade!

— Erga-se!

Martin levantou-se com dificuldade e manteve a cabeça baixa para não olhar para cima do pescoço do Imperador.

— Vire-se! Tire a bata!

Martin obedeceu. Jamais ousaria questionar um deus. Ficou completamente nu, com as cicatrizes expostas. Sentiu-se vulnerável. Podia perceber os olhos do soberano percorrendo seu corpo. Já tinha ouvido falar que os Ministros recebiam o poder do sol, mas não esperava algo tão literal.

— Um belo espécime da força de Aurium. Será um bom Ministro. Passou na inspeção. Pode vestir-se. Bem-vindo ao governo, Ministro da Guerra imperial!

Vestiu a bata e soltou um suspiro aliviado. O Imperador percebeu.

— Por que suspira?

— Por nada, soberano. Na verdade, por estar livre do Flavius, aquele traidor. Agora o Império terá um ótimo Ministro da Guerra.

— Assim espero.

— Se me permite, o que será feito com ele?

— Já está sendo submetido a interrogatório por nossos agentes. Assim que revelar sua traição, será executado por dissecação.

— E o público, majestade?

— Saberá que o íntegro e honrado general Flavius foi morto por terroristas cruéis inferiores.

— Sim, senhor.

— Você ficará aqui no palácio até a execução de Flavius. Providenciei um cômodo não muito longe daqui. Minhas secretárias irão levá-lo. Vou chamá-las agora.

— Majestade, posso perguntar como descobriu a traição do Flavius?

— Está quase sendo impertinente, mas pode sim. Na sala dele, conversou com aquela secretária e tomou um café com sonífero que ele mesmo colocou, para que ninguém suspeitasse. Os outros saíram e levaram você inconsciente. Ele foi muito ingênuo. Mandei colocarem câmeras lá desde que te dei a missão.

— E ele continuou Ministro da Guerra enquanto isso?

— Sim, mas monitorado. Eu tinha que saber qual a extensão da traição dele com aquelas malucas do Novo Império, o que tinha revelado e se elas tinham relação com os inferiores. Seria mais eficiente do que pelo interrogatório, mas ele cruzou os limites ao tentar matá-lo hoje.

— Tentar me matar?

— Não acha que existe mesmo uma máquina extratora de memórias, não é? Ele foi pegar um veneno, mesmo com meus agentes no hospital. Foi ousado demais.

Martin bufou, mas depois lembrou-se de estar na presença do Imperador e parou. Estava ficando cansado após tanto tempo em pé, mas não reclamou. Duas mulheres entraram no quarto.

— Antes de ir, majestade, qual minha primeira missão?

— Encontrar essa secretária. Ela é a chave de tudo, tenho certeza. Se quiser, também pode participar do interrogatório do Flavius.

— Assim será, senhor.

Saiu escoltado por duas mulheres ao longo de um amplo corredor. Desceram escadarias douradas e chegaram a outro corredor extenso. Foi deixado em um quarto amplo em que uma cama grande ocupava o espaço central. As mulheres tiraram a bata e colocaram-no em um pijama confortável. Seus olhos se fecharam aos poucos. Dormiu o sono mais profundo e repousante de sua vida.

Os dias seguintes foram de apreciação dos confortos do palácio imperial. Um médico o visitava todas as manhãs. No terceiro dia, já podia andar bem melhor. No quinto dia, estava com a mobilidade praticamente recuperada, com a pele marcada por cicatrizes. Embora sua barriga ainda doesse, estava se sentindo capaz. Falou com as secretárias e descobriu que Flavius encontrava-se na sala de interrogatório no subsolo do palácio. Pediu autorização para interrogá-lo. O Imperador concedeu a permissão.

Martin desceu pelo elevador até a área restrita do térreo, onde acessou as escadas secretas ao subsolo. A escadaria só se abria com a ativação do código imperial. Martin digitou-o e foi descendo os degraus. Seus olhos demoraram a acostumar-se com a escuridão do recinto. Parecia estar entrando no Hades, então pediu proteção a Zeus e a Apolo e abriu a porta da primeira câmara. Lá, um homem com marcas no pescoço, uma cicatriz no rosto e nenhuma unha nas mãos o olhou.

— Capitão Martin, veio ver minha desgraça?

— Me chame de senhor general. Parece que não sofreu muito. Agora vai pagar por tudo, seu traidor!

Martin chamou um funcionário próximo e ordenou:

— Tragam a cadeira do dragão!

Uma grande cadeira com fios conectados e com dois dragões talhados nos braços foi posicionada no centro da câmara. Flavius foi colocado nela e teve suas mãos e pernas atados ao instrumento.

— Liguem na voltagem média.

A cadeira acendeu uma luz amarela e o corpo de Flavius chacoalhou com o impacto do choque. Martin riu de orelha a orelha. Flavius não demonstrava nada em seu olhar. Apenas fitava o vazio.

— Flavius, vamos ver se aguenta essa pose por muito tempo. Todos na sua ridícula conspiração serão execrados… haha! Sua preciosa secretária será a próxima.

Flavius olhou de volta com raiva. Parecia ter despertado de uma espécie de coma autoinduzido.

— Deixe minha filha em paz, seu canalha estuprador!

A boca do general Martin abriu-se, mas não conseguiu pronunciar nenhuma palavra.

Capítulo 17

Lena deitou-se no banco enquanto Agnes seguia em alta velocidade pelo meio do campo. A rádio *Hermes* havia noticiado que duas perigosas mulheres estavam à solta. O locutor falava que os rostos das duas estavam estampados no site do jornal *Diário de Aurium*. Dessa forma, não havia como percorrer as rodovias principais. Embora demorasse mais, a melhor rota até Jumhuryia era pelas estradas de terra.

A impaciência tomava conta de Lena. Suas pernas tremiam, seu corpo suava e seus olhos estavam em constante movimento. Finalmente, iria encontrar Miguel. No entanto, quanto mais se aproximava da antiga cidade de infância, mais os tormentos a perseguiam. Jumhuryia não era uma cidade pequena. Agora que o rosto das duas estava em todo lugar, não seria fácil encontrar o garoto.

— Falta muito, Agnes?

— Acho que estamos perto. Sem os sistemas de navegação fica difícil saber, mas o mapa diz que chegaremos em uma hora.

— Tudo isso ainda?

— Sei que está ansiosa, mas não posso ir mais rápido do que a nossa velocidade atual.

— Eu sei... vou tentar relaxar um pouco.

— Descanse.

Aos poucos, os cílios de Lena cerraram-se. Plantações pegavam fogo à distância. Uma risada maléfica preenchia todo o ambiente. A prefeitura de Jumhuryia também ardia nas chamas. Viu a mãe presa dentro do edifício gritando por socorro. Ninguém a ajudava. Lena tentou entrar no prédio, mas não conseguiu. As portas não se abriam, por mais força que colocasse. O capitão Martin surgiu dentro do edifício e segurou a mãe de Lena pela garganta.

— Canalha!

O capitão jogou a mulher no fogo e voltou-se para Lena.

— Não vou ser tão bonzinho com você. Será a próxima, sua inferior de bosta! Quero dizer, antes vou pegar seu pirralho imundo! Hahaha!

— Não!!!

Agnes sobressaltou-se no veículo. Encostou o carro embaixo de um arbusto e gritou para a amiga:

— Lena, acorde! Quase me mata de susto! Foi só um pesadelo. Estamos chegando.

Ao longe, era possível enxergar vários telhados com chaminés. Uma grande estátua de Zeus assomava o teto dos edifícios. À medida que se aproximavam, a cidade se descortinava. Havia fuligem por toda parte e várias fábricas apareciam na área periférica. Sentiu um arrepio, lembrando-se do incêndio em seu sonho.

Aquela Jumhuryia não parecia em nada com a paisagem idílica de sua memória. A cidade sempre fora grande, mas antes convivia em harmonia com o ambiente natural. Apesar dos vários edifícios, não havia prédios muito altos por causa de uma norma da prefeitura. Os animais sentiam-se à vontade para andar pelas ruas e os deslocamentos no centro da cidade eram feitos apenas a pé ou de bicicleta. O local orgulhava-se de ser uma das primeiras cidades sustentáveis do planeta.

Agora, o município tinha se tornado em um lixão a céu aberto e exalava um odor fétido. Por ter desafiado o Imperador, seu destino havia sido a degradação. As usinas nucleares do Império e as fábricas mais poluentes foram deslocadas para aquela região. A doutrina imperial de preservação dos ideais clássicos havia esquecido o respeito à natureza, pelo menos ali.

Lena teve vontade de vomitar. Agnes parou o carro atrás do coletor de lixo de uma fábrica abandonada, respirou fundo e disse:

— Precisamos de um plano. Não podemos simplesmente sair andando por aí.

— Tem razão, mas como vamos fazer?

— Primeiro temos que criar um disfarce.

— Criar um disfarce? Agnes, meu filho está em perigo! Não temos tempo para inventar uma persona.

— Eu sei, mas será mais arriscado para ele se improvisarmos.

— O que sugere?

— Vamos ver se há algo nessa fábrica velha que possamos usar.

As duas saíram do carro e foram olhar em volta. Mantiveram as cabeças baixas para não serem reconhecidas, mas não viram ninguém por perto. A fábrica estava fechada com um cadeado enferrujado, mas Agnes conseguiu arrombar o lacre com um grampo que as agentes do Novo Império recebiam.

Ao entrar, Lena percebeu logo o cheiro de comida estragada. A indústria dedicava-se à produção de sardinha enlatada. Pelo estado de apodrecimento, estava abandonada há certo tempo. As esteiras de produção encontravam-se cobertas por teias de aranha. Mais à frente estava o almoxarifado. Abriram-no e encontraram dez uniformes velhos com nomes de funcionários. Os coletes vinham acompanhados de bonés.

— É isso! — disse Agnes.

— Só deve ter nome de homem aí.

Olharam os uniformes um por um e os seis primeiros pareciam confirmar as suspeitas de Lena: eram apenas nomes masculinos. O sétimo revelou o nome "Sérlia", provavelmente a faxineira. Lena pegou o uniforme sujo com carinho. Era a chance de rever o filho. No entanto, os outros uniformes só tinham nomes masculinos.

— E agora? — perguntou Lena.

Agnes começava a sacudir as pernas. Seu plano estava fadado a fracassar. A moça pensou e reparou numa pequena máquina de costura jogada no canto da prateleira mais baixa. Para economizar, a fábrica ordenava que os próprios empregados costurassem o nome na roupa.

— Os nomes são costurados. Tem um Paul aqui. E se acrescentarmos uma letra A?

— Você sabe fazer isso?

Agnes corou um pouco. As habilidades manuais femininas, incentivadas pelo governo imperial, não eram desprezadas pelo Novo Império. Ainda que defendesse a importância da participação política das mulheres, a organização ensinava todo tipo de habilidade. A costura podia ser útil em situações de emergência médica ou em casos como o que estava acontecendo naquele momento. Com cuidado, Agnes bordou uma letra A que parecia com o formato das demais letras.

— Prazer em conhecê-la, Paula! — disse Lena, sorrindo.

— Prazer, Sérlia!

As duas vestiram os uniformes e colocaram os bonés. Sentiram-se mais protegidas com o disfarce, mas Agnes ainda estava incomodada.

— Esse seu cabelo loiro grande é muito facilmente reconhecido. Mesmo com o boné, não sei se conseguiremos disfarçar. Vou ver uma coisa. Se tem máquina de costura, deve ter uma tesoura também.

— Não! Isso não. Meu cabelo faz parte de quem eu sou.

— Exatamente por isso precisa deixar que eu corte.

— De jeito nenhum!

— Quer encontrar Miguel ou não?

A menção ao filho fez Lena reconsiderar.

Agnes olhou ao redor até que seus olhos pousaram em uma antiga tesoura de metal.

— Só faça logo. Vou tirar o boné.

Agnes pegou a tesoura, juntou os cabelos de Lena em tufos e cortou os fios pela metade. Depois cortou ainda mais. Lena tremia. A dor nos dedos da mão ferida passou para o cabelo. Sentia uma parte de si indo embora. Após o que pareceu uma eternidade, Agnes largou a tesoura.

— Agora é a minha vez.

— Como assim?

— Também sou reconhecida pelo meu cabelo.

— Mas não sei cortar cabelo e minha mão está ferida.

— Não tem problema. Use a outra. Eu seguro o cabelo, juntando os fios em um rabo de cavalo e você corta. Faça o melhor que puder.

Lena não conseguia fazer cortes retos. Apesar de estarem juntos em um tufo, alguns fios ficaram mais curtos do que a maioria.

— Ficou péssimo, mas acho que serve ao propósito...

— Quanto pior, melhor.

Colocaram os bonés e saíram do almoxarifado. Estavam quase fechando o portão da fábrica quando escutaram um pequeno ruído. Agnes sacou sua pistola e apontou para a direção do barulho, mas não havia nada lá. As duas quase não respiravam.

— Vá em direção ao carro devagar. Usaremos o veículo como escudo — sussurrou Agnes.

Lena começou a andar lentamente, mas outro barulho acelerou seus passos. Correu para o veículo e pegou a arma que estava no porta-luvas. Abaixou-se, sentando-se no piso do lado do passageiro. Aguardou, mas não houve nenhum movimento. Agnes postou-se atrás da porta do motorista.

Lena percebeu que o ruído vinha do chão que se abriu a 50 metros de distância. De dentro do carro, levantou um pouco a cabeça e viu uma porta de metal coberta de grama malcuidada sendo levantada. Um alçapão estava escondido embaixo da terra. Do subsolo, emergiu um rosto que Lena acreditava que nunca mais veria na vida. Uma mulher alta e loira olhou diretamente para ela com uma pistola em punho e perguntou:

— Quem é você? O que quer aqui?

— Mãe?! É você mesmo? — gritou Lena, saindo do veículo e lutando para permanecer lúcida. Cambaleou do lado de fora, coçando os olhos para afastar a eventual miragem. A loira continuava no mesmo local. Lena curvou-se para a frente e vomitou. Em seguida, fixou o olhar na direção da mulher.

O olhar foi respondido com uma mirada atônita. A mulher continuou segurando a arma e permaneceu imóvel.

— Minha filha está muito longe daqui.

— Não tá não. Sou eu, a Lena — respondeu, tirando o boné.

— Qual o nome de seu pai?

— Qual a importância disso? O nome do meu pai biológico eu não sei, a senhora nunca me disse.

A mulher caminhou na direção de Lena e esticou os braços para envolvê-la. Lágrimas rolavam de seus olhos. Lena afastou-se e virou o olhar para longe. Sua mãe insistiu, mas foi afastada pela mão machucada da filha.

— Você fingiu estar morta por todos esses anos! Me deixou sozinha!

— Minha querida, sinto muito! Não tinha como enviar uma mensagem a você! Estava no subterrâneo sem linhas de comunicação seguras.

— Agora não adianta mais. Não dá pra recuperar o tempo perdido.

— Sempre vou me punir por isso, mas podemos aproveitar o tempo que nos resta neste mundo.

— Faz tanto tempo que a senhora não me reconheceu...

— Meu amor, me perdoe! Ficamos longe tempo demais. Eu não tenho como recuperar os meus erros e sempre vou me punir por isso — disse, com lágrimas escorrendo. — Entendo se nunca mais quiser me ver...

— Não, mãe. Tudo o que mais quis na minha vida foi ver a senhora. Que estivesse lá quando aprendi a ler, a lutar, quando entrei no movimento.

— Acompanhei tudo de longe, com o coração partido.

— Como?

— Já vai entender tudo.

— E quem é você? — perguntou, apontando uma arma na direção do carro estacionado.

Agnes havia ficado calada e não aparecido para dar mais privacidade à conversa, mas sentiu uma dor nas costas e teve que levantar-se um pouco, ficando visível. Permaneceu atrás do carro.

— Desculpe não ter me apresentado. Sou Agnes, amiga de Lena.

— Isso é verdade, filha?

— Sim. Ela está comigo — disse Lena.

— Prazer, Agnes. Sou Cora. Vamos entrar. Não é seguro ficar muito tempo aqui fora. Os níveis de radiação melhoraram muito, mas ainda são altos.

As duas seguiram Cora em direção do subsolo. Ao passarem pela porta de metal, viram uma escada helicoidal. Após descerem os degraus, perceberam que estavam em um curioso aposento. Ao pé da escada estava uma pequena sala com móveis antigos e tapeçarias nas paredes.

Atrás do tapete da parede, à esquerda, uma porta interna com uma imensa fechadura giratória. Cora girou duas vezes para a direita e três para a esquerda, até que se ouviu um clique. Quando a porta se abriu, Lena percebeu que estavam em um *bunker*.

As paredes eram de aço inoxidável, havia estantes de aço em um amplo corredor que terminava em uma parede sólida.

— Mãe, a senhora fica sozinha aqui nesse corredor sem nada?

— Lena, construa uma mente forte!

Um teclado eletrônico apareceu no chão à frente delas.

— Agnes, vou ter que pedir que se vire para o outro lado.

— Sem problemas.

Cora digitou a sequência 1-1-5-5-3-2-1-6. Um alçapão abriu-se. Abaixo, havia uma escada de aço colada na parede. Lena levantou as sobrancelhas. As três desceram.

— Muitas passagens secretas por aqui. Como a senhora se lembra de cada um desses números com tanta facilidade? — perguntou Lena.

— Eles são um código, Lena. Infelizmente, vocês não têm credencial de segurança para entendê-los. Ah, estamos chegando.

Um minuto depois, chegaram a mais uma porta.

— Jummie, sou eu.

A porta abriu-se e revelou uma intrincada rede de corredores com pessoas andando por todo lado saudando Cora. As roupas utilizadas pelos transeuntes eram apenas em uma única cor, da cabeça aos pés. Cada pessoa usava uma tonalidade diferente. Conseguiu vislumbrar quase todo o espectro de cores e ficou um pouco tonta.

Ao perceber a atenção que as vestimentas causavam na filha, Cora comentou:

— Precisamos de alguma felicidade aqui embaixo e que reflita a diversidade de nossos integrantes. As pessoas usam o que quiserem, mas decidimos usar apenas uma cor. — Lena não deixou de reparar o intenso escarlate da roupa de sua mãe, que não era copiado por nenhum dos outros. — Ah, e não se preocupe, temos roupas diferentes para as missões.

As três viraram à direita e depois à esquerda, até chegarem a um saguão de elevadores. Estavam no nível -1. Os botões iam até o -7. Cora apertou o botão referente ao último nível.

— Vamos para a minha casa.

Agnes olhou para Lena, que sacudiu os ombros. Após um longo corredor, cinco guardas e um scanner de retina, entraram em um escritório. Uma antiga mesa de mogno estava no centro do cômodo. Uma cadeira de espaldar alto encontrava-se de um lado, enquanto duas cadeiras menores estavam do outro lado. Atrás da mesa, três telas mostravam as câmeras externas ao *bunker* e os jornais de Aurium. Lena reconheceu-se no jornal como a perigosa terrorista que rumava em direção à fronteira com o objetivo de entregar planos secretos para o inimigo. A recompensa para sua captura, viva ou morta, era de um milhão de áuris.

— É, você está na televisão — disse Cora.

— Ainda bem que mudamos o cabelo — disse Agnes.

— Aqui está muito sombrio. Vamos para a sala.

Passaram para outro aposento, que tinha dois sofás e uma mesa de centro. Ao canto, uma estante estava abarrotada de livros antigos.

— Mãe, tenho que...

— Espere um pouco. Primeiro quero saber quem é sua amiga e o que vieram fazer aqui. Deixei a moça entrar porque tá com você, mas preciso de mais detalhes antes de continuarmos nossa conversa.

Agnes explicou toda a sua história no movimento Novo Império e a decepção que tinha sofrido com as ações de sequestro de crianças. Lena complementou ao contar como conheceu Agnes, abordando a colaboração das duas para encontrarem Miguel.

— Quer dizer que meu neto está em Jumhuryia?

— Sim, mãe.

— Vamos mandar uma missão avançada atrás dele.

— Muito obrigada. Quando partimos?

— Vocês não vão. É muito perigoso. Mesmo com o disfarce, podem ser reconhecidas.

— Mãe, não sou mais uma criança. Não preciso mais acatar ordens suas. Se não quer ajudar, eu e Agnes nos viramos sozinhas.

— Você não entendeu nada, não é mesmo?

Lena olhou para Agnes, que mirava Cora com olhar de admiração e respeito. Olhou em volta para as paredes. Em todo lugar, havia cartazes e mensagens do movimento Mente Forte.

— Não vai me dizer que a senhora é a líder do movimento?

— Acho que já percebeu isso desde que chegamos.

— Mas... meu pai...

— Meu embaixador na República Juliana. Mandei-o ficar de olho em você e conseguir toda a ajuda possível de nossos aliados no país vizinho.

Lena começou a ficar vermelha e suas pupilas dilataram. Agnes gesticulou pedindo calma.

— Todo esse tempo eu achando que você estava morta e nenhuma visita! Nem quando seu neto nasceu! Você sabia de tudo e não foi nos ver!

— Isso não é bem verdade. A Vládia tinha uma câmera na roupa sempre que ia te encontrar. Eu os via sempre.

— Uma câmera! Essa é boa!

— Não podia me revelar sem colocar vocês em risco!

— Eu fui torturada! Meu filho foi sequestrado! Que risco mais íamos correr?

Cora baixou a cabeça. Recomeçou a falar, com voz mais baixa:

— Sua tortura foi o maior choque que já tive. Mal acreditei quando a Vládia me falou. Queria te encontrar, mas o conselho de governadores me proibiu.

— Proibiu? A senhora não é a líder suprema?

— Aqui não é Aurium! Sou a representante maior do movimento, mas nossas decisões são colegiadas.

Lena bufava.

— E seu neto?

— Não sabia que estava em Jumhuryia, senão ele já estaria conosco. Mandamos grupos de busca a quase todas as regiões do país, mas não enviamos gente à minha cidade. Que tola!

— Vou encontrar meu filho agora! Sem sua ajuda, se necessário!

— Não seja infantil! Vou enviar uma missão agora mesmo. Vou ao escritório. Aguardem aqui.

— Mas...

— É uma ordem!

Lena ficou a contragosto se remexendo no sofá. Agnes tentou tranquilizá-la.

— Amiga, vai dar tudo certo. Com os recursos que o movimento tem, vamos achar seu filho rápido.

Depois de quase uma hora, Cora retornou de seu escritório.

— Desculpem a demora. Temos uma pista sobre Miguel.

O rosto de Lena iluminou-se. De repente, foi como se toda a raiva que vinha sentindo na última hora tivesse sumido.

— E?

— Um menino com características semelhantes a ele foi visto na companhia do prefeito de Jumhuryia.

— Vamos à prefeitura agora!

— O lugar é altamente protegido, com cercas elétricas, arame farpado e segurança 24 horas.

— Que se dane isso tudo! Quero meu filho agora!

— Se aparecer na prefeitura sem um plano, vai levar um tiro e nunca mais verá seu filho.

— Quem disse que não tenho um plano? — disse, mostrando o uniforme esfarrapado que estava vestindo.

— Esse macacão é facilmente reconhecível. Todo mundo sabe que os funcionários foram mortos quando uma bomba atingiu a área externa.

— E qual é o seu plano?

— Vai saber os detalhes na hora certa. Já que está teimando em ir e vejo que não consigo fazer você mudar de ideia, irá da forma mais segura possível.

— Como?

— Como membro da missão comercial do governo da Frinésia.

— Com todo o respeito, também vou! — falou Agnes.

— Vai ser difícil colocar duas mulheres na missão, mas daremos um jeito.

— É o mínimo que me deve, por tudo!

— Acho que devo algo mais.

— O quê?

— Contar como escapei com vida dos ataques de Aurium. Estou ainda chocada que não me perguntou...

— Eu...

Cora contou que, quando a cidade de Jumhuryia estava em vias de ser tomada pelo governo imperial, deu instruções para que sua filha fosse levada por uma passagem escondida à segurança.

— Isso eu sei, meu pai me disse. E depois?

A mulher havia ficado devastada de ter visto a filha partir, mas estava determinada a morrer protegendo a cidade. Sabia que seu velho amigo tomaria conta da menina e sentia que tinha o dever de resistir até o final. Momentos depois de mandar Lena embora, estava sentada em sua cadeira quando sentiu um pano de cheiro estranho cobrir seu nariz e desmaiou. Acordou no *bunker* horas depois.

— E quem a drogou?

— Foi meu secretário, que arriscou a vida com valentia e me trouxe para este *bunker*, construído pela prefeitura para abrigar os cidadãos no caso de uma catástrofe nuclear. Ele sabia que eu não sairia da prefeitura e resistiria até o fim, por isso me trouxe para cá. Teve o cuidado de trazer os arquivos sobre o projeto secreto de construção. Infelizmente, foi morto em uma missão do movimento. Com isso, te disse tudo.

— Tem mais uma coisa... meu pai biológico. Quem é?

— Não acho que seja bom para você saber. Ele já morreu.

— Diga!

— Foi só uma noite em que estávamos bêbados em um bar. Seu pai verdadeiro mora na República Juliana.

— Preciso da verdade, por mais difícil que seja.

— Se assim deseja... seu pai biológico é o general Claudius!

Lena abriu a boca e não conseguiu falar. Ficou ainda mais surpresa com a reação da amiga. Agnes vomitou.

Concert
Ελλαδα
επιδιωκμενο
ΠΟΛΙΤΙΚΗ

Capítulo 18

A luz amarela piscou novamente na cadeira do dragão. Flavius tremeu e sua boca começou a espumar. Martin deliciava-se com tudo aquilo. O militar sentia que nascera para ser torturador. Arrancar informações confidenciais de inimigos era o que lhe dava mais prazer na vida. No calabouço do palácio imperial, estava exultante. Seu maior inimigo se revelara um traidor e se dobrava aos poderes do agora general.

— Flavius, Flavius... agora tudo faz sentido. Aquela puta é tua filha. Só podia ser.

— Deixe minha filha em paz!

— Ah, mas não vou deixar mesmo. Vou foder com ela ainda mais forte dessa vez, cortar a garganta e deixar o corpo dela apodrecendo no lixão.

O general Martin acionou mais uma vez a energia da cadeira. Flavius contorceu-se no instrumento, mas ainda manteve a lucidez.

— Que desonra, Flavius. Capacho de mulheres... mulheres!

— Elas fizeram muito mais do que você imagina!

Martin ergueu as sobrancelhas.

— O quê, por exemplo?

— Vai precisar de mais do que isso para arrancar algo de mim.

— Mas quase não tem mais nada para arrancar. Você já perdeu as unhas e toda a dignidade. Pensei em mandar cortar seu pinto, mas de que serventia seria? — Martin gargalhou.

Flavius ficou calado e olhou para o teto.

— Pensando em uma salvação? Para você já não dá mais. Para sua filha, digamos que o governo pode esquecer que ela existe.

— Acabou de dizer que vai jogar o corpo dela num lixão!

— É exatamente o que vou fazer se não me der nada de útil sobre essa conspiração ridícula do Novo Império.

— Se é tão ridícula assim, o que faço no palácio imperial, sendo investigado pelo chefe do Serviço de Informações de Aurium?

— Chefe do SIA é o cacete. Está falando com o Ministro da Guerra! — disse o general Martin, arrumando a veste militar.

— Então vocês realmente devem estar com medo. Receio que o Imperador já não tenha condições de governar se tomou uma decisão tão estúpida.

Martin deu um soco na boca de Flavius. Dois dentes voaram para fora. Os lábios do antigo general incharam e adquiriram a mesma coloração arroxeada das pálpebras.

— Diga logo, seu verme, como funciona esse movimento estúpido de vocês!

— Não vou dizer nada — disse lentamente, com dificuldade para pronunciar as palavras.

Martin saiu do calabouço e dirigiu-se a seu quarto no palácio. Já estava ali há algum tempo e precisava das informações caso quisesse tomar posse como Ministro. Quando chegou ao quarto, uma mulher o esperava com uma camisola vermelha e os seios desnudos.

— Quem é você?

— Tá muito tenso, meu bem! Fui enviada para relaxar você. Não quer curtir um pouquinho?

— O palácio imperial é sagrado. Saia daqui!

A moça vestiu-se e saiu do quarto. Martin não conseguiria fazer nada naquele local. Aliás, não conseguia fazer nada desde a morte de

Rudolf. Forçado a confrontar-se com sentimentos há muito guardados nas teias do inconsciente, o general ainda não havia processado a morte daquele que foi, ao mesmo tempo, amigo, rival e amante.

Olhou para a pequena estátua de Apolo na mesa de centro em busca de alguma resposta para clarear a cabeça, esquecer Rudolf e decifrar o que o movimento Novo Império ainda escondia. *Eles tinham sido responsáveis por tudo de ruim na sua vida. Tiraram sua mulher, mataram seu tio e seu amante. Apesar de tudo o que tinham feito, continuavam provocando danos a Aurium.* Por um breve momento, Martin pensou que eram ainda piores que os inferiores.

Sentou-se na cama e apoiou a cabeça nas duas mãos. O velho Flavius era mais resistente do que ele imaginara. As menções à filha não chegaram nem a alterar o semblante do ex-militar. Martin lembrou-se do tempo que passou em uma das mansões do Novo Império e da insistência de Lauza para que ele se juntasse ao movimento. As memórias do treinamento clarearam sua mente.

Saiu do quarto e desceu até o calabouço. Seu sorriso estava mais largo do que antes:

— Estuprou mais alguém, Martin?

— Acabo de receber ótimas notícias. Capturamos a líder do seu tosco movimento. A tal da comandante Lauza está na sala de interrogatório agora.

Flavius tremeu. Dessa vez, a cadeira não estava ligada.

— É mentira! Ela nunca seria pega.

— A arrogância de vocês é impressionante e causou a morte do estúpido movimento.

— O movimento nunca vai morrer, não enquanto... — Flavius calou-se.

— Sim?

— Enquanto o Império não se reformar.

— Vou fingir que acredito que esse era o final da frase.

Martin olhou para Flavius e notou, com satisfação, que o estado mental do antigo Ministro estava muito deteriorado. Os olhos não tinham foco, e o rosto parecia um emaranhado de cortes feitos ao acaso. A magreza também era visível. Em alguns pontos, os ossos estavam quase aparecendo.

— Você sabe que não tem muito tempo de vida.

— Melhor assim.

— É o que acha, mas já ouviu falar da morte por dissecação?

— Não ousaria...

— É a punição recomendada para esse caso. Posso ignorar um pouquinho a lei e abrir logo sua garganta se me der algo útil.

Flavius apenas cuspiu no chão. Martin saiu um momento do calabouço e voltou com uma faca de aço inoxidável. Segurou o braço do outro e cortou um grande pedaço de pele. Flavius gritou o mais alto que pôde.

— Tá vendo como não estou brincando, seu verme? Ou me dá logo uma informação útil ou te esfolo vivo!

Flavius respirou profundamente, tossindo durante o processo, e olhou o general Martin no olho.

— Agnes matou seu tio Claudius!

— Disso eu já sei. A vadia fez questão de me dizer. Com certeza foi a seu mando.

— Não tive nada com isso.

— Muito bem, se não vai me dar nada, vou começar o processo de dissecação!

— A pena tem que ser estabelecida pelo Imperador. Só ele pode mandar nesse caso.

— Já foi estabelecida. Falta só a execução.

Flavius orou a todo o panteão de deuses por ajuda e encarou o general Martin novamente. Depois, olhou para cima e disse:

— Devo ser castigado por trazer o fogo da verdade aos mortais, meus deuses? Tudo o que fiz foi em nome de vocês. Que venham os elísios e que a justiça divina recaia sobre os falsos profetas!

Martin revirou os olhos.

— Lindo discurso. Vou te dar uma última chance: como funciona a estrutura do Novo Império?

Flavius ficou calado.

— Afinal, o que foi que vocês fizeram até agora?

— Vou te dizer uma coisa antes de ir para o outro mundo, Martin. Sabe aquele atentado à usina de Parsem, pelo qual você torturou e depois deixou fugir aquela inferior?

— Não me diga que...

— Ela não teve nada a ver com aquilo. Fui eu o tempo inteiro. O Novo Império explodiu a usina.

Martin fitou a parede. Linhas de expressão surgiram em seu rosto que, aos poucos, se avermelhou.

— Sim, você pode errar muito feio. Diga isso ao seu Imperador!

Martin pegou a faca e arrancou mais uma pele do braço esquerdo. Foi pelos braços, pelas mãos, pelas costas, pelas pernas. Cada pedaço arrancado gerava um grito de dor em Flavius. Depois de um tempo, a vida do antigo Ministro foi-se esvaindo. Martin arrancou o pênis, os dedos das mãos e dos pés e as orelhas de Flavius, até abrir o crânio e cortar o cérebro. Nesse momento, o antigo general já tinha morrido, mas Martin continuava cortando.

A porta do calabouço abriu-se e um guarda entrou:

— Senhor general, o prisioneiro já morreu.

Martin estava com os olhos vermelhos. Sua roupa militar dourada tinha ficado completamente encharcada de sangue, que escorria em torno da cadeira.

— Diga ao Imperador que a missão foi executada com sucesso e o inimigo recebeu a punição justa. Vida longa ao Império!

— Vida longa ao Império!

Martin saiu do calabouço e dirigiu-se ao seu quarto. *Estava perseguindo a pessoa errada. O maior atentado já sofrido em Aurium tinha sido cometido pelo Novo Império. Lena podia ter informações sobre os inferiores, mas eles não eram tão perigosos assim. Teria que relatar ao Imperador todas as descobertas recentes, mas não agora.* Podia esperar o dia seguinte.

Foi para o quarto e adormeceu em poucos minutos. Despertou com o sol na cara, quando assistentes do palácio puxavam as cortinas.

— Quem foi o filho da puta que me acordou?

— Ordens do Imperador — respondeu um ajudante.

— Se é assim...

— Sua Majestade deseja vê-lo em dez minutos.

O grupo saiu, deixando Martin sozinho. O militar tomou um banho muito rápido, vestiu sua melhor roupa e abriu a porta do quarto. Do lado de fora, um serviçal o esperava.

— Por aqui, general.

Percorreram vários corredores longos até chegarem a elevadores dourados. O serviçal apertou o botão do último andar e retirou-se. Quando as portas se abriram, Martin encontrou as concubinas do Imperador, que o conduziram ao corredor escuro com as imagens dos titãs derrotados. O militar aproximou-se da porta ao final do corredor, que se escancarou. Preparou-se para rastejar como havia feito da última vez, mas ouviu uma voz distante:

— Pode ficar de pé, mas olhe para o chão!

Obedeceu ao comando sem questionar. Seguiu em direção ao trono imperial. Viu os degraus que elevavam o trono e se ajoelhou.

— Chegue mais perto. Devia ter me consultado antes de aplicar a punição no Flavius. Podia ter insistido mais no interrogatório, mas dessa vez vou deixar passar.

— Sinceras desculpas, vossa majestade!

— Que não se repita!

Martin subiu os degraus sempre olhando para baixo, e beijou a mão estendida do Imperador.

— Vossa Majestade me honra!

— Muito bem. Ajoelhe-se!

O militar dobrou os joelhos. Um sacerdote saído de trás do trono ungiu Martin com um óleo sagrado. Logo após a unção, o Imperador encostou o cetro nos ombros do general e disse:

— General Martin, receba o óleo dos deuses e a bênção de Apolo. Que você seja o escudo de Ares no reino terrestre de Aurium. Levante-se, Ministro da Guerra!

Empossado no novo cargo e lutando para segurar as lágrimas, Martin ficou de pé. O momento pelo qual esperara toda a vida havia chegado. *Não imaginava virar Ministro em tão pouco tempo. Superara toda a sua família e caíra nas graças do Imperador.*

— Agora, Ministro, deve fazer seu pronunciamento público.

— Certamente, ó majestade! Amanhã me dirigirei a todo o povo do Império.

— Amanhã?! Vai falar agora.

— Mas, soberano...

— Não quero reclamações. Vai virar insolente agora? Não se esqueça do que aconteceu com seu antecessor... e me deixe descansar. Não é o momento de me mostrar ao povo. Vá sozinho!

— Sim, majestade. Vida longa ao império! Vida longa ao Imperador!

Martin saiu da sala do trono sem olhar para trás. Teria que falar de improviso, e o Imperador decidira que não o acompanharia. O soberano tinha indicado que se mostraria à população pela primeira vez em muitos anos e apresentaria Martin como o novo Ministro da Guerra. Algum dos assessores imperiais devia ter convencido o Imperador a mudar de planos.

Chegou à sala de recepção e ia dirigir-se ao seu quarto para preparar o discurso, mas uma das atendentes falou:

— Deve ir diretamente para a sala de discursos. Está no andar abaixo.

— Entendo.

Desceu um andar e chegou a uma porta fechada. Um scanner de retina liberou a entrada. O compartimento era amplo e estava repleto de equipamentos eletrônicos. Um funcionário aproximou-se de Martin e colocou um pequeno microfone na casaca do militar. Uma mulher veio com estojos de maquiagem.

— Não preciso me enfeitar.

A moça corou e não insistiu. Havia uma câmera à frente de Martin e, ao lado, um texto projetado na parede.

— Não vou poder fazer meu discurso?

— A equipe de sua majestade já preparou tudo. Basta ler com emoção.

— Tenho que falar muito alto?

— Não precisa. Os amplificadores vão projetar sua voz em todo o império. A transmissão é obrigatória. Todos vão ouvir o discurso. Sua projeção também estará em todos os lares de Aurium.

Martin remexeu-se um pouco. Não gostava da ideia de falar de improviso, mas não poder dizer nada em seu discurso de apresentação como Ministro também o desagradava. *Se o texto era da equipe do Imperador, não tinha muito a temer.*

— Começamos em um minuto. Fale de pé, com autoridade.

— Isso eu consigo fazer.

Martin gostava de ser o centro das atenções, mas naquela sala abafada e com pouca gente, sentia como se estivesse falando para as paredes. Não tinha a emoção de ver a raiva de seus inimigos nem o sorriso cúmplice de seus aliados. Esperava que o discurso fosse feito em frente ao Ministério da Guerra, com multidões acenando. Imaginou-se recebendo flores das mulheres e espadas dos homens, segundo a tradição clássica. A última posse de Ministro da Guerra com tais honrarias ocorrera há algumas décadas. No entanto, a expectativa de Martin era que fosse diferente com ele, por ser herói nacional. Agora, estava diante de uma câmera e tinha que ler um discurso projetado na parede.

— Em 3, 2, 1...

Martin olhou para a parede e demorou alguns segundos para perceber que deveria começar a falar. O funcionário do estúdio já arrancava os cabelos quando o general começou a ler:

— Caros cidadãos de Aurium, bom dia! Nesse momento abençoado, claro como os raios que emanam de sua majestade imperial, apresento-me a vocês. Sou o general Martin, novo Ministro da Guerra do Império. O antigo Ministro pereceu na luta contra os infiéis no estrangeiro. Aurium sempre irá em defesa dos honestos e justos, não importa onde estejam. O general Flavius — Martin hesitou um pouco nesse momento — combateu incansavelmente os inimigos do Império. Morreu em defesa da pátria na luta contra os vermes na fronteira com a República Juliana. Por muito tempo, esse país vizinho zomba de nossos valores e nossas regras. Enquanto estiverem na fronteira, são uma ameaça à integridade territorial e ao Imperador! Prometo a vocês que não seremos mais ameaçados. Como seu novo Ministro da Guerra, digo que — Martin olhou duas vezes para a projeção na parede — os julianos ou se curvarão ao Imperador ou morrerão! Cada cidadão de Aurium deve alistar-se para a operação de restauração de dignidade na República Juliana. Juntos somos mais fortes! Prometo ser o escudo de Ares! Prometo ser a espada do Império! Prometo ser a chama que consome os infiéis! Prometo lutar pela glória eterna de Aurium! Vida longa ao Império! Vida longa ao Imperador!

A luz da câmera se apagou. As pessoas no estúdio aplaudiram. O funcionário das câmeras falou:

— Muito bem, Ministro! Ficamos assustados quando demorou a começar, mas se saiu muito bem depois! Parabéns!

Martin estava transtornado. Contraiu a face e olhava para longe, não acreditando no que acabara de dizer.

— Quem escreveu esse discurso?

— Veio do gabinete de sua majestade.

— Tem certeza de que o Imperador viu todo o discurso?

— Nada sai de lá sem a aprovação do soberano.

— Preciso falar com o Imperador.

— Receio que não seja possível. Deve ir diretamente ao Ministério da Guerra. Seu novo assessor já o espera.

Um jovem militar estava no elevador. Assim que viu Martin, abaixou a cabeça e bateu continência.

— Senhor Ministro, é uma honra!

As portas se fecharam.

— Ouviu o discurso?

— Sim, senhor, pela honra e glória de Aurium!

Martin calou-se. *Não ia conseguir arrancar mais nada do rapaz agora.* Foram até a garagem do palácio, onde um carro dourado o esperava. O jovem abriu a porta e falou para alguém em um aparelho de comunicação imperial restrita:

— Fênix em movimento.

O carro foi rapidamente do palácio imperial até o Ministério da Guerra e entrou por uma passagem privativa. Martin abriu a porta e reconheceu de imediato o gabinete do Ministro de Estado. A tapeçaria, a mesa de escritório e as cadeiras. Pela primeira vez, ficaria sentado atrás da mesa. O jovem que o acompanhava despediu-se e deixou o local. Logo depois, uma moça ruiva, com seios fartos, entrou no gabinete e disse:

— Senhor Ministro, sou Helen, sua nova secretária.

— Muito prazer, gracinha.

A moça corou e logo pegou a agenda.

— O chefe do SIA pediu reunião urgente. Ele disse que tem informações importantes.

— Acabei de chegar. Mande-o vir amanhã.

Lembrou-se do discurso que acabara de proferir e pensou que não seria bom ignorar o chefe de informações logo depois de declarar uma guerra.

— Na verdade... ele pode entrar.

Um capitão de meia idade entrou no gabinete e se apresentou, batendo continência.

— Capitão Filius, senhor.

— À vontade, capitão.

Filius sentou-se e retirou um relatório de dentro de uma pasta.

— Situação na República Juliana, capitão?

— Amanhã receberá um relatório completo sobre os planos da operação resgate, general. Creio que a informação que trago seja ainda mais urgente.

Filius estendeu os papéis para Martin, que abriu um sorriso amplo. O documento revelava o paradeiro de Agnes e dizia que ela estava acompanhada de Lena. As duas tinham sido vistas pela última vez nos arredores de Jumhuryia.

— Jumhuryia, né? Então a vadia foi para a cidade da amiga. Capitão Filius, entre em contato com o prefeito de Jumhuryia. Vou para lá. Está na hora de nossas amigas receberem uma surpresinha.

— Mas, general, e a guerra?

— Não precisa de mim para começar. Envie os destacamentos para o norte. Resolverei essa situação sozinho. Vou ao sul para acabar com essa estúpida ideia de rebelião. Grande dia hoje, capitão! Vamos esmagar todos os inimigos do Império, de dentro e de fora.

— Sim, senhor!

Mal Filius saiu, Martin já pensava na vingança. Sorriu ao pensar em como violaria os corpos de Agnes e Lena, em como as esquartejaria e colocaria os pedaços em praça pública. O Ministro da Guerra estaria ainda hoje em Jumhuryia.

Capítulo 19

Agnes acordou atônita. Só se lembrava de vomitar e se sentir mal. Gente corria por todo lado e uma luz incandescente a incomodou. Só via vultos passando e imagens fora de foco. Sentou-se na cama em que estava e, aos poucos, sentiu o foco retornar. Lena a olhava, com a testa franzida. Trajava uma roupa preta e usava uma touca branca nos cabelos. Agnes quase não a reconheceu.

— Como se sente, Agnes?

— Um pouco tonta. Há quanto tempo tô dormindo?

— Depois que veio descansar aqui, acabou dormindo profundamente por duas horas. Deixamos você descansar. O que aconteceu?

— Não foi nada. Talvez algo que comi tenha me feito mal.

— Parecia que você tinha ficado chocada com a notícia sobre quem é meu pai biológico — Lena olhou-a com curiosidade.

— Você não ficou? Bem, isso não importa. Passei mal, mas já tô melhor. E o resgate do Miguel? — perguntou Agnes.

— Temos um plano. Vou buscar meu filho.

— Que plano é esse?

Lena abriu um mapa que mostrava que as intricadas estruturas subterrâneas construídas durante anos pelo movimento Mente Forte chegavam perto do palácio do governador. Na saída do túnel, localizado na casa ao lado do palácio, Lena estaria vestida de empregada doméstica, acompanhada por duas colegas do movimento. De lá, sairiam pela porta dos fundos e entrariam na cozinha do palácio. Um dos ajudantes palacianos era infiltrado do movimento. Improvisaria uma forma de conseguir um uniforme de babá e de buscar Miguel.

— É muito arriscado. Tudo depende desse assistente. E por que duas trocas de uniforme?

— Não vai dar para entrar pela cozinha vestida de babá.

— Por que não?

— A entrada das babás tem guardas imperiais. A dos cozinheiros tem segurança mais fraca.

— Entendo. Quando vamos?

Lena olhou para Agnes com um sorriso condescendente.

— Infelizmente, você não vai.

— Já estou bem para ir.

— Não está, não! Além disso, a equipe já foi fechada. Preciso que fique aqui e descanse. Se der algum problema, você será a primeira a ser enviada. Se acontecer algo comigo, tenho que ter certeza de que Miguel será resgatado e bem cuidado.

— Tem a sua mãe.

— Confio muito mais em você.

As amigas se abraçaram por um longo momento, e Lena despediu-se de Agnes. Saiu da enfermaria e percorreu vários corredores até encontrar-se com a mãe, que usava uma roupa prateada.

— A senhora vai assim? — Lena perguntou.

— Eu não vou. Sou facilmente reconhecida. Estou mandando com você minha melhor equipe. Tragam meu neto de volta.

Lena assentiu. Duas mulheres a seguiram. As três usavam o mesmo uniforme, com touca branca nos cabelos. Andavam rápido pelos corredores, virando ora à direita, ora à esquerda. O coração de Lena acelerava a cada passo no chão metálico. Depois de 40 minutos, chegaram a uma porta com maçaneta giratória e um teclado. Uma das mulheres digitou o mesmo código que Lena vira a mãe digitar quando chegaram à sede do movimento.

— O que significam esses números?

— Não sabe? É "construa uma mente forte". Cada número corresponde a uma letra da frase.

— Ah...

Pensou em como a sequência era fraca e que, se os imperiais soubessem onde era o esconderijo, seria fácil entrar e explodir tudo. Lena achava que colocar o lema do movimento em todo lugar não passava de estúpido orgulho, mas, no momento, não queria discutir com ninguém. Só tinha um interesse: resgatar o filho.

A maçaneta girou automaticamente. As moças subiram a escada do pequeno cômodo circular depois da porta. Emergiram em um porão. O cheiro de vinho fez Lena enjoar. Sentiu-se de novo na Wine Cellar ou onde quer que fosse o centro de tortura. Viu o rosto de Martin sorrindo para ela no meio das caixas. Ficou tonta e apoiou-se no ombro de uma das mulheres que a acompanhavam.

— Está bem, companheira?

— Só um mal-estar, mas já passou. Vamos.

Seguiram até o fim do cômodo e saíram em uma sala de estar arrumada, com esculturas dos deuses, tapetes ricamente adornados e sofás luxuosos. Uma voz conhecida surgiu do cômodo ao lado. Lena ficou quieta e fez sinal de silêncio com o dedo indicador.

— Sou o general Martin, novo Ministro da Guerra do Império. O antigo Ministro pereceu na luta contra os infiéis no estrangeiro...

Lena sacou a arma e esperou pelo ataque furtivo de seu inimigo a qualquer momento. Quando entrou na sala ao lado, percebeu que era uma transmissão oficial de Aurium. Respirou fundo.

— Ministro da Guerra? Como assim? — uma das mulheres perguntou.

— Prefiro não pensar nisso agora. Foco na missão.

— Sim — responderam as duas em uníssono.

Continuaram percorrendo a casa, mas, como já esperavam, não havia ninguém. O local era um dos esconderijos dos perseguidos pelo regime. Por estar do lado do palácio do governador, não despertava muitas suspeitas. Aurium não acreditava que os rebeldes seriam tão ousados.

Chegaram à porta dos fundos e cruzaram a rua olhando sempre para o chão, como era esperado de todas as criadas. Quando chegaram à porta da cozinha palaciana encontraram um guarda, que exigiu documentos de identificação. Lena entregou documentos falsos que o movimento tinha preparado. Por um momento, o guarda hesitou.

— Não me lembro de terem pedido cozinheiras adicionais hoje.

— Muito trabalho, senhor — disse Lena.

O guarda deu de ombros e as liberou. Entraram pela cozinha e começaram a fingir trabalhar, pegando temperos e ligando o forno. A cozinheira-chefe foi falar com elas.

— Quem são vocês?

— Viemos para ajudar.

— Já não era sem tempo. Tem trabalho demais. Vou colocar vocês para lavar a louça e as panelas quando terminarmos. Por enquanto, cortem essas cebolas e descasquem o alho.

As três obedeceram. Lena ficou com as cebolas e, enquanto cortava, olhava em volta em busca do assistente de cozinha. Permaneceu meia hora cortando cebolas e ninguém apareceu. Pediu para ir ao banheiro.

— Vá, mas volte logo! — disse a cozinheira-chefe.

Lena foi em direção ao banheiro quando viu um jovem rapaz atrás dela. Diminuiu o passo para que ele a alcançasse. Com a boca, ele fez um movimento de três letras: C, M e F. Lena aborreceu-se com esse código chato, mas entendeu a mensagem. Continuou andando em direção ao banheiro. O rapaz a seguiu. Na porta dos lavatórios, ficaram sozinhos.

— Não temos muito tempo. Seu novo uniforme está no primeiro box. Achei que nunca viria para cá e ficaria cortando cebolas para sempre.

Lena revirou os olhos e entrou no banheiro. No primeiro box, como o rapaz havia dito, outro uniforme estava em cima do vaso sanitário. Tirou o de cozinheira e colocou o de babá. Quando saiu do banheiro, não havia mais ninguém por lá. Na saída, dois caminhos se apresentavam: o da esquerda, de onde tinha vindo, e um à direita. Seguiu pelo lado direito até encontrar uma escadaria. Subiu-a e entrou em um ambiente muito rico.

Tinha saído da ala dos criados e encontrava-se na sala de repouso do Palácio. Cadeiras douradas e sofás de veludo estavam dispostos em um círculo perfeito. No teto, pinturas de Apolo apontavam para baixo. À frente do centro de cada parede estava uma estátua de algum deus. Lena impressionou-se com a riqueza do ambiente. A sala seguinte era a de jantar, decorada com grandes figuras do deus Baco. Ao lado, estava a sala de estar.

Lena ouviu um carrinho sendo arrastado no chão. Seu coração pulou de alegria. Miguel brincava com a babá. Os mesmos cabelos loiros e a face corada que tanto ansiara ver fizeram-na sorrir. Miguel a viu e, a princípio, não a reconheceu. Ao perceber que estava sendo observada, a babá perguntou:

— Quem é você?

— Sou a babá que veio te substituir nesse turno. Já pode ir.

Miguel conheceu a voz da mãe imediatamente. Largou o brinquedo e correu para abraçá-la. O menino já ia gritar o nome da mãe, mas Lena fez um gesto de silêncio que ele entendeu. Vendo que o menino já conhecia a outra, a babá saiu.

Lena falou baixinho para Miguel, abraçando-o:

— Meu amor, que saudade. Vamos já sair daqui. Precisa ficar quietinho comigo.

— Tá certo, mamãe.

Lena saiu segurando o menino e foi em direção à ala dos serviçais quando deu de cara com o governador na sala de descanso.

— Você é a nova babá?

— Sim, senhor governador.

— Leve Miguelis para cima. Precisa arrumar o menino da melhor forma. Temos uma visita imperial hoje à noite.

— Meu senhor, de que nível imperial estaríamos falando?

— Bote a melhor roupa dele. O próprio Ministro da Guerra vem jantar.

Lena saiu da sala pensando em como o destino poderia ser tão bom e cruel ao mesmo tempo. Acabara de reencontrar o filho e não podia aproveitar o momento. Seu plano de fuga estava prejudicado e ainda tinha que lidar com a vinda de Martin. Subiu as escadas em direção ao quarto do menino, entrou e trancou a porta.

— Miguel, querido, precisa fazer exatamente o que a mamãe disser.

— Sim, mamãe.

— Primeiro, não me chame de mãe. Para todos aqui, sou sua babá.

— Mas...

— Sem reclamações. Quando estivermos em casa, te dou muitos abraços e vamos apostar corrida pela floresta.

— Eba! Tá bom — o menino pegou um boneco e ficou dando voltas no quarto com o brinquedo.

Lena concentrou-se na difícil tarefa à frente. Precisava sair do palácio com o filho antes da chegada de Martin sem levantar suspeitas. O plano original era encontrar o menino e levá-lo escondido até a ala de criados, de onde sairiam para a casa do movimento, ao lado do palácio. No entanto, a presença do governante de Jumhuryia na sala de descanso havia dificultado tudo.

Lena chamou Miguel e vestiu a roupa mais elegante que encontrou no armário. No espelho do banheiro, viu como ela estava diferente. Talvez Martin não a reconhecesse e ela pudesse escapar dali de madrugada com o menino. Pensou que o risco era muito alto e decidiu tentar sair naquele momento.

— Miguel, diga ao governador que quer dar uma volta no parque.

— Mas eu não quero!

— Lembre-se: faça tudo o que eu disser, ou não poderemos ficar juntos. Seja simpático com o governador.

— Ele é chato — Lena olhou Miguel, desaprovando. — Tá certo.

Os dois desceram as escadas. Lena levou Miguel à sala de descanso.

— Miguelis, como está bonito! Muito bem vestido.

O menino olhou com cara feia, mas depois sorriu um pouco.

— O que nós dizemos?

— Obrigado, senhor.

— Muito bem. Sente-se aí. Nosso convidado chega daqui a pouco. Pode sair.

Lena virou-se para sair e olhou fixamente para Miguel, esperando que o filho entendesse o recado.

— Senhor, quero dar uma volta no parque!

— Fora de cogitação, Miguelis. O general Martin está perto de chegar.

Miguel começou a chorar. O governador colocou o dispositivo eletrônico de jornais de Aurium na mesa de cabeceira e levantou a mão para bater no menino. Lena se colocou entre os dois e falou com a respiração acelerada:

— Talvez seja melhor eu sair com ele por uns cinco minutos. Já voltamos. Vou pedir para me avisarem assim que o visitante estiver perto do palácio.

— Esse menino insolente! Tinha que ser filho de uma inferior maldita. Eu disse à Fádia que tínhamos que adotar de uma procedência melhor, mas a mulher tem um coração tão fraco como os miolos.

Lena ficou vermelha. Seus olhos estavam quase saltando das órbitas. Ouvi-lo falar de Miguel como se fosse um animal com procedência específica foi demais para ela. Pulou em cima do governador e apertou a garganta do homem, que a chutou e se sacudiu, mas quanto mais ele lutava, mais ela apertava a garganta, deixando-o sem ar. Após um tempo de luta, o corpo do homem cedeu na cadeira.

Miguel olhou a mãe com uma expressão de horror. Ela o pegou no braço, mas ele não parava de chorar. Guardas foram atraídos pelo barulho, mas Lena já estava dentro da ala de criados. Puxou o revólver e prosseguiu. Andou em direção ao banheiro e seguiu para a cozinha. Lá, os cozinheiros gritavam desesperados. Lena apontou a arma e eles a deixaram passar. As duas agentes do movimento Mente Forte também sacaram suas armas.

— Todos pra fora! Agora! — gritou Lena.

Os funcionários seguiram para o corredor que saía da cozinha, mas agentes de segurança já ocupavam o mesmo corredor. Lena e as colegas correram com Miguel até a saída, mas o guarda bloqueou o acesso à rua.

— Sai da frente ou vou atirar!

— Eu que vou atirar.

O homem apertou o gatilho. Por pouco a bala não atingiu Miguel. Uma das colegas de Lena colocou-se na frente do menino e foi baleada no peito. Caiu no chão sem vida. A outra agente disparou no soldado, mas só atingiu sua perna. Do outro lado da cozinha, vários seguranças armados chegaram.

— Estão cercadas! Larguem as armas! — um deles gritou.

Lena colocou o revólver no chão e sua colega fez o mesmo. Assim que ela colocou o revólver no chão, um dos seguranças disparou na cabeça da mulher. Lena gritou. Miguel não parava de chorar.

— Venham comigo! É muita tolice achar que pode sequestrar o filho do governador e sair impune! Tinha que ser uma inferior miserável!

— Ele não é filho do governador, seu patife!

O segurança deu-lhe um murro. Lena o olhava com todo o ódio que conseguia juntar. O homem apontou a pistola para as costas da mulher e a conduziu de volta à sala de descanso. O corpo do governador estava estatelado na poltrona.

O segurança colocou Lena e Miguel na cadeira em frente ao corpo.

— O general Martin é nosso Ministro da Guerra, mas acho que ele não vai perder a oportunidade de dar uma lição em uma inferior. O carro dele já está na cidade. Vou recebê-lo. Não tente nenhuma gracinha.

O homem saiu e deixou dois seguranças armados para vigiar Lena, que se lembrou da sala dos bichos, do labirinto e de toda a tortura na Wine Cellar. Daquela vez conseguira suportar bem, mas agora estava com o filho nos braços. O menino tinha chorado tanto que as lágrimas tinham secado. Só tremia de pavor.

Ouviram uma explosão na rua. Os guardas olharam para a janela. Lena aproveitou a oportunidade e correu com o filho nos braços. Só conseguia ouvir as balas atrás dela. Atravessou o corredor dos criados, a cozinha, agora deserta, e abriu a porta para a rua. Deu de cara com Agnes e muitos agentes do movimento Mente Forte. Continuou correndo com o filho para a casa do movimento.

Agnes e alguns colegas entraram na casa do governador e dispararam contra os seguranças. Lena entrou com o filho na casa do outro lado da rua. Quando estava descendo para a passagem secreta, viu pela janela o seu maior rival. Em roupas militares douradas, Martin descia do carro com um lança-chamas em punho e entrava no palácio do governador.

Lena desceu pela passagem secreta e abraçou o filho. Estavam em segurança. Andaram por mais 30 minutos até o apartamento da comandante. Chegando lá, Cora abraçou o neto e se permitiu derramar lágrimas de felicidade:

— Como me alegro em saber que estão bem. Precisam de algo?

— Água — disse Lena.

— Claro.

Cora buscou uma jarra de água e serviu a Lena e Miguel. Os dois beberam rapidamente. O menino não parava de tremer.

— Talvez um chocolate para o Miguel — disse Lena.

Cora trouxe o chocolate e um urso de pelúcia para o menino, que abraçou o boneco e ficou olhando para a parede, sem foco.

— O que aconteceu? — perguntou Cora.

— Ele viu violência demais.

— Os tempos são difíceis... principalmente para uma criança.

Lena abaixou o tom de voz para que o menino não a escutasse e cochichou no ouvido da mãe:

— Matei o governador.

— Isso não estava planejado.

— Ele ia bater em Miguel!

— Aquele canalha. Tudo bem. Pode ser uma oportunidade inesperada.

— Como assim?

— Agora que o Império está ocupado com a guerra ao Norte, está na hora de retomarmos o controle de nossa querida cidade.

Lena abriu a boca para falar, mas uma agente do movimento bateu à porta de maneira insistente. Cora e Lena foram atendê-la.

— É melhor que seja urgente, Lívia. Estávamos discutindo temas da maior importância.

— Desculpe, comandante suprema, mas esse assunto não pode esperar. O Ministro da Guerra está em Jumhuryia.

— Ia te contar agora — disse Lena.

Cora não saiu do lugar e olhou Lena com tristeza.

— Aconteceu mais alguma coisa?

— Sim. Nossas agentes foram executadas.

— Mãe, também ia te contar isso. As duas agentes que me acompanharam não sobreviveram.

— Que lástima!

— Lamento informar que as agentes da segunda missão também foram executadas — disse Lívia.

Lena berrou. Lágrimas escorreram de seu rosto e ela esmurrou a parede. Miguel correu para a mãe e abraçou-a com força.

— Todas elas?

— Na verdade, nossos agentes de inteligência dizem que a moça nova foi capturada pelo general Martin.

— Agnes!

— Não vá, mamãe! Não quero que você suma!

— Alguém tem que ir — olhou para Cora.

— Enviaremos nossas melhores agentes — respondeu Cora.

Lena olhou para a parede e pensou. Agnes, sua amiga, tinha arriscado a vida para salvar Miguel. Não seria justo deixá-la morrer nas mãos de Martin. Lena sabia que, ainda que tivesse ficado apenas algumas horas no edifício, conhecia o palácio melhor do que a maioria dos agentes do movimento Mente Forte. *Mas e Miguel? Ele pediu pra eu não ir. Depois de tanto tempo separados, só o que quero é apertar suas bochechas e brincar com ele pelo resto da eternidade. Alguém mais pode resgatar Agnes.*

— Tem certeza de que será suficiente?

— Por que não seria?

— Nenhuma delas esteve no palácio por muito tempo.

— Tem uma pessoa que conhece aquele palácio como a palma da mão, não importa quantas mudanças os imperiais tentaram fazer.

— Quem?

— Eu, ora. Vou liderar pessoalmente a operação.

Lena também não queria perder a mãe, agora que a tinha reencontrado. *Por que existia o Império? Será que ia ser sempre assim? Todos com medo de perderem quem amam? E se o resgate não desse certo? Viriam atrás dela e de seu filho? E se Cora morresse? O* bunker *não seria suficiente. A desorganização do movimento acabaria com tudo. Viveriam para sempre sob o domínio imperial, se escondendo nas matas e rezando para não serem capturados. Isso não era vida. Não deixaria ninguém lutar suas batalhas! Miguel estava seguro por enquanto.*

— Vou junto! — disse Lena.

— Não, mamãe, não!

— Meu filho, mamãe volta logo.

— Lena, tem certeza de que é prudente? — perguntou Cora.

— Não é o que eu queria, mas vai ser necessário. Sinto que preciso colocar um ponto final nisso.

Lena e Miguel permaneceram abraçados, com lágrimas escorrendo. Cora juntou-se ao abraço e disse:

— Não perderemos mais ninguém! Está na hora de retomar nossa cidade! Lívia, avise ao alto comando que atacaremos o palácio do governador hoje. A batalha por Jumhuryia começa agora!

Concert
Ελλαδα

Capítulo 20

Martin entrou no palácio do governador com o lança-chamas. Viu guardas andando de um lado para outro e ouviu muito barulho. Puxou um dos soldados e perguntou:

— Rapaz, relatório da situação!

— Senhor, não dá tempo... — Martin olhou-o impaciente. — A luta está concentrada no setor da cozinha.

Sem esperar mais nada, o Ministro da Guerra correu para a frente de batalha, carregando o lança-chamas armado. Deparou-se com uma barricada de mesas e cadeiras à porta da cozinha. Acionou sua arma e a madeira começou a queimar. Colocou o dispositivo em potência máxima, rindo enquanto imaginava o desespero dos rebeldes do outro lado. Lembrou-se da última vez que tinha usado a arma, visualizando as cinzas de Aske. Enquanto as cadeiras e mesas eram transformadas em pó, Martin perguntou ao guarda mais próximo:

— A saída da cozinha para a rua está bloqueada, soldado?

— Sim, senhor. Temos homens ao redor de todo o edifício.

— Depois precisaremos de água para conter o incêndio. Não faz mal que alguns deles morram, mas precisamos de, pelo menos, um vivo, sem falar que temos que preservar o palácio do governo.

— Sim, senhor!

Continuou pressionando o lança-chamas até não restar mais nada na cozinha. Chegou um extintor e, em pouco tempo, não havia mais labaredas, apenas fumaça. Martin acompanhou um grupo de guardas que avançou primeiro. Os rebeldes estavam desmaiados devido ao efeito da fumaça. Entre vários rostos desconhecidos, Martin reconheceu um em particular: aqueles cabelos castanhos que já o haviam deixado excitado, e agora provocavam asco. O rosto inconsciente de Agnes se destacava no grupo.

O general ordenou ao soldado mais próximo:

— Coloque todos no porão, menos aquela de cabelo castanho. Carregue a mulher para o quarto do governador. Interrogarei essa imunda eu mesmo.

— Afirmativo, senhor!

O soldado chamou uns colegas e começaram a transportar os rebeldes desmaiados. Martin saiu da cozinha. Passou pelo corpo do governador na sala de visitas e dirigiu-se ao escritório no segundo andar. Fechou as portas, sentou-se na luxuosa cadeira do gabinete e ligou o computador. Digitou sua senha na rede imperial, abriu o programa de comunicações e realizou uma videochamada para o Ministério da Guerra em Varhat.

Do outro lado do vídeo, surgiu um general desconhecido. Martin apertou os olhos para ter certeza de que não estava equivocado.

— Cadê o capitão Filius?

— Bom dia para o senhor, Ministro. Sou o General Livius e fui designado por sua majestade imperial para ser Ministro substituto enquanto está em Jumhuryia.

— Me substituir?

— Foram os termos utilizados pelo Imperador. Algum problema, senhor?

— Nenhum...

— Qual o assunto da chamada, senhor?

— O esforço de guerra na República Juliana. Como estamos?

— Os destacamentos enviados ao norte conseguiram capturar uma primeira cidade na fronteira, mas...

O general Livius fez um relato. As tropas de Aurium tinham conseguido atravessar o rio Araf sem dificuldades e não encontraram muita resistência na margem com a República Juliana. Poucos soldados daquele país defendiam a fronteira, de modo que foi muito simples dominar a região fronteiriça. Os imperiais estabeleceram sua base de comando na antiga sede da prefeitura.

— Os julianos fugiram, deixando o lugar deserto, sem comida. Envenenaram os poços. Os soldados que beberam a água estão com diarreia. Uns poucos vieram a óbito.

— Vocês são estúpidos? Ninguém bebe água de fontes de cidades abandonadas. Esqueceram o treinamento na Academia do Ministério da Guerra?

— Não esquecemos.

— Assim espero. Quantos destacamentos defendem a cidade?

— Dois, e é por isso que ligo. Precisamos de mais forças.

— Para quê? Você mesmo disse que eles fugiram.

— Estão se reagrupando na cidade vizinha. Nossos batedores informaram que o número de soldados no acampamento de guerra chega a 30 mil.

— Esses números devem estar exagerados. Ensine seus soldados a contar melhor! Não posso enviar nenhum destacamento. Temos a oportunidade de acabar com os inferiores de uma vez por todas aqui em Jumhuryia!

— O Imperador não ficará satisfeito. Aliás, sua majestade pediu para avisar que, se não voltar a Varhat em dois dias, será forçado a abdicar de seu cargo — o esboço de um sorriso surgiu do outro lado da tela.

— Diga a sua majestade para não se preocupar. Em dois dias darei fim aos malditos rebeldes e desfilarei com o estandarte imperial pelas ruas de nossa querida capital.

— Espero que saiba o que está fazendo, general Martin.

— Digo o mesmo a você, general Livius.

— Vida longa ao Imperador!

— Vida longa ao Imperador!

A tela apagou-se, e Martin guardou o dispositivo. *Não podia acreditar que o Imperador o tinha substituído com tamanha facilidade e colocado outra pessoa para coordenar a campanha militar ao norte sem dizer nada pra ele.* O soberano dava um ultimato a Martin. Os planos do general precisariam ser acelerados.

Apertou a campainha e mandou chamar o chefe da segurança do palácio do governador. O militar, um senhor careca de meia idade e com barriga proeminente, entrou cabisbaixo e sentou-se na cadeira em frente.

— Capitão Serfius, correto?

— Sim, senhor Ministro.

— Antes de mais nada. Onde é que você estava enquanto matavam o governador, seu porra?

— Estava em casa. Tive uma emergência familiar, mas voltei logo que soube das notícias.

— Em casa, né? Vou ligar para sua mulher para saber que emergência foi essa que justificou sua ausência no horário de serviço.

Martin apertou o botão para acionar o dispositivo de comunicações.

— Não, senhor, por favor!

— Ah, então estava comendo sua amante, né? Se não fosse no horário de trabalho, não teria problema, mas, por sua culpa, temos uma crise em nossas mãos.

— Senhor, se eu soubesse...

— Sem mais papo furado. Vai comer sua amante no inferno!

Martin sacou a pistola e disparou. Acertou no olho do capitão da segurança, que tombou sem vida no mesmo momento. Tocou a campainha mais uma vez e chamou o soldado que o havia acompanhado. O corpo de Serfius estava no chão.

— Soldado, qual o seu nome?

— Julius, senhor.

— Excelente. Nome forte. Vejo que está em plena forma física também. Você é o novo capitão chefe da segurança do palácio.

— Estou muito honrado, senhor!

— Trabalhe bem e não terá o mesmo destino do seu antecessor. Peça para jogarem o corpo fétido dele na lixeira.

— Sim, senhor.

— Os inferiores já acordaram?

— Alguns começam a despertar, senhor.

— Ótimo. Sua primeira missão será descobrir a sede desses miseráveis aqui em Jumhuryia. Use todos os métodos necessários. Você tem duas horas. Caso falhe, acho que sabe qual será seu destino.

O jovem capitão engoliu em seco e assentiu com a cabeça. O rapaz fez uma ligação e chamou dois soldados, que carregaram o corpo de Serfius para fora do escritório. Julius já ia acompanhá-los e fez menção de despedir-se, mas Martin pediu que permanecesse.

— E aquela morena? Já acordou?

— Sim, senhor. Já estava xingando todo mundo. Demos uns tapas nela, mas não se acalmou. Está amarrada.

— Excelente, Julius! Sinto que nos daremos muito bem.

— Senhor, sim, senhor!

Julius fechou a porta do escritório, e Martin ficou pensando em como iria abordar Agnes. Desde que a mulher assassinara Rudolf, havia jurado vingar-se da pior forma possível. Não tinha conseguido e, na última vez em que tinham se encontrado, Agnes fora sua torturadora. Ainda sentia a dor das queimaduras. Os métodos tradicionais seriam insuficientes para satisfazê-lo. Além disso, o palácio em Jumhuryia sequer tinha uma cadeira do dragão. Martin pensou em como as pessoas daquele lugar detestavam os métodos de extração de informações de Aurium. O general avaliava que, se tivessem usado o guia oficial do SIA, não teria ocorrido nem a invasão da sede do governo, nem a morte do governador.

Martin olhou para o relógio e percebeu que gastara meia hora com seus pensamentos. Um plano ainda não estava totalmente formado em sua cabeça. Resolveu improvisar. Saiu da sala e dirigiu-se ao quarto do governador. Quando entrou, viu Agnes, pés e mãos atados, além da boca fechada com um esparadrapo. Exultou ao perceber um fio de sangue que descia do corte na bochecha esquerda da moça. Aproximou-se e sentiu-a debater-se. Lambeu o pescoço dela e subiu com a língua até a origem do fio de sangue.

Rasgou a blusa de Agnes e o sutiã da mulher. Os seios fartos olhavam--no e sentiu seu pênis endurecer.

— Caralho, por que tu *tem* que ser tão gostosa? É até uma pena o que eu vou fazer contigo.

Pegou uma tesoura e chegou mais perto de Agnes. Cortou o bico do seio direito da mulher, que berrou por trás do esparadrapo.

— O que foi que disse? Não ouvi.

Lambeu o sangue da ferida e começou a rir. De repente, teve uma ideia.

— Ainda tá bonita, mesmo com esse peito. Não dá certo. É uma imunda e não uma das belas damas de Aurium. Já volto com uma surpresinha.

Martin desceu as escadas, passou pela sala de visitas, onde o corpo do governador já não estava. Andou pela cozinha chamuscada e chegou à área de serviço. Misturou vários produtos de limpeza para criar um ácido muito corrosivo e voltou a subir as escadas.

— Não vai mais enfeitiçar nenhum bom homem de Aurium, Circe! Bruxa, feiticeira, degredada!

Martin pegou a mistura e já estava a ponto de derramá-la no rosto de Agnes quando Julius entrou em disparada no quarto.

— O que é isso, Julius? Não disse que não quero ser incomodado, caralho?

— Perdão, general. É urgente!

— Ah, então descobriu onde é a sede dos miseráveis inferiores! Sabia que conseguiria. Hahaha! Tá vendo, Agnes? Todos os seus amiguinhos vão morrer... hehehe! Pode ter certeza de que a pior morte será a daquela Lena. Já volto para cuidar de você!

Os dois militares saíram do quarto e Martin já se apressou a perguntar:

— Então, onde é?

— General, receio que tenha más notícias.

— É em área de difícil acesso?

— Na verdade, senhor, a informação que trago é a de que nossos espiões identificaram enorme movimentação de rebeldes e da população civil em várias partes da cidade.

— Há tumultos generalizados?

— Não, senhor, todos estão marchando para um mesmo destino: o palácio do governador.

Martin empurrou Julius e desceu para a sala principal. Gritou com todo o seu fôlego:

— Todos os soldados pra sala, agora!

Vários soldados juntaram-se para ouvir o que o Ministro da Guerra tinha a dizer. No rosto de todos pairavam expressões de inquietação e surpresa. Martin subiu em uma poltrona, fazendo um púlpito improvisado. Levantou a mão direita. Todos os murmúrios cessaram. O ambiente ficou em silêncio absoluto.

— Inferiores estão vindo para cá! Querem resgatar seus amigos porcos. Acham que, com números grandes, vão nos impressionar. Não sabem que um imperial vale por cem inferiores! Façamos barricadas! Cerquem o palácio com os sacos de cimento do depósito e coloquem minas nos quarteirões mais próximos! Acho que duas minas por quarteirão devem bastar.

— Mas, senhor, e os civis? — um jovem soldado perguntou. Martin fuzilou-o com o olhar. — Desculpe, senhor.

— Como eu estava dizendo, um par de minas por quarteirão! Os melhores atiradores ficarão nas janelas do segundo andar! Busquem armas de longo alcance na sala de segurança! Quando eu der a ordem, atirem na cabeça dos infelizes! Não precisaremos de muitos prisioneiros. Se ninguém tiver mais nenhum questionamento imbecil, é isso o que tenho a dizer! Cuidado com as minas e ao trabalho!

Militares andavam de um lado ao outro com pressa. Alguns desceram ao subsolo para buscar sacos de cimento, outros saíram do palácio e foram ao setor de segurança de Jumhuryia, localizado a um quarteirão do palácio. Martin sentou-se na poltrona e abriu um mapa eletrônico da cidade. Estudou-o por um tempo, fez algumas anotações no documento com sua caneta holográfica e mandou chamar o capitão Julius.

— Capitão, como estão os preparativos?

— Senhor, as barricadas estão sendo construídas. Estarão prontas em pouco tempo. Temos muito cimento e muitas cadeiras. Tomei a liberdade de empilhá-las atrás dos sacos, como segunda linha de defesa.

— Fez bem. E as minas?

— Ainda esperando resposta da equipe, senhor.

— Esperando resposta?! Eles estão muito perto. Não esqueça o destino do seu antecessor.

O capitão começou a suar frio e sua pupila contraiu.

— Irei lá pessoalmente, senhor.

— Acho bom! Antes de voltar, supervisione a colocação das minas. Quero que coloque duas aqui no meio da rua, à frente da barricada, e pares de minas em cada um dos quarteirões indicados com um X — mostrou o mapa aberto e as marcações que havia feito.

— Entendido, senhor!

Julius saiu, deixando Martin a refletir um pouco mais sobre o plano de batalha. Orgulhou-se de sua engenhosidade em elaborar estratégia tão bem pensada em pouco tempo. Os rebeldes caminhavam em direção a uma armadilha. Muitos seriam mortos pelas minas e os que sobrevivessem não conseguiriam passar a barricada. Seriam fuzilados por atiradores posicionados nas janelas do segundo piso. *Não tinha como perder*.

Embriagava-se com a vitória rápida. Imaginava-se sendo condecorado pelo Imperador pessoalmente e indo para a frente de batalha com os julianos, onde Ares também o favoreceria. Sorria de orelha a orelha. Lembrou-se de que ainda tinha uma tarefa agradável a cumprir e caminhou na direção do segundo andar para terminar sua conversa com Agnes. Foi quando ouviu um estrondo gigantesco.

As janelas de vidro se estilhaçaram e uma nuvem preta invadiu tudo. Martin saiu do palácio e viu o edifício do setor de segurança em escombros. O prédio governamental só havia resistido pelo uso de aço puro em toda a sua construção. Martin havia enviado quase metade de suas forças para aquele local e agora nenhum dos soldados respirava.

Pensou que alguns militares podiam ter ativado minas por engano e xingou a incompetência de seus subordinados. Aos poucos, porém, entendeu que, para atingirem aquele nível de destruição, as minas precisariam ter sido acionadas ao mesmo tempo. Olhou para o lado, perdido, tentando pensar em novo plano. Dentro do palácio, soldados tossiam com a fumaça.

Sentiu a nuca arrepiar ao ver quem virava a esquina. Uma mulher que há muito pensava estar morta. Cora, a antiga prefeita de

Jumhuryia, aparecia com um fuzil na mão. Ao seu lado, uma mulher mais jovem, de cabelos curtos, segurava uma metralhadora. Martin não entendeu bem quem era por alguns segundos, até perceber a mesma expressão de desafio que o impressionara na Wine Cellar de Senfai. Atrás das duas mulheres, um exército se aproximava. Incontáveis pessoas armadas chegando cada vez mais próximo das barricadas. Da outra esquina, uma mulher negra liderava outra tropa que não tinha fim. As fileiras se sucediam em marcha perfeita. Cora ergueu a voz:

— Imperiais, se quiserem viver, saiam do prédio e entreguem as armas!

— Um imperial não se rende nunca! — gritou Martin.

Mal falou, voltou para dentro do palácio. Os soldados estavam dispersos. Um deles perguntou:

— E agora, o que faremos, senhor Ministro?

Martin pensou um pouco antes de responder. O plano das minas tinha falhado, mas ainda tinha a barricada.

— Seguiremos o plano, atiradores! Para o segundo andar!

— E o que faremos com os prisioneiros, senhor?

Martin esboçou um sorriso. Sua sorte não o havia abandonado então. Subiu ao segundo andar e abriu a porta do quarto do governador. Agnes estava um pouco fraca, mas continuava amarrada onde a havia deixado. Desamarrou-a da cadeira, mantendo as mãos dela atadas. Levou-a, sob a mira da arma, para a janela. Um atirador estava posicionado lá. Martin empurrou-o e segurou Agnes, desnuda e com o seio sangrando, na frente de todos. Os rebeldes já tomavam o outro lado da rua e estavam muito próximos da barricada. Martin olhou para Cora e Lena e disse em voz alta:

— Saiam daqui ou mato todos os prisioneiros!

— Acha que somos burros, Martin? Na hora que nos afastarmos, vai matar todos eles. Nós não somos como vocês. Se entreguem e ninguém ficará ferido — disse Cora.

— Diga isso para os mortos no atentado terrorista no prédio do setor de segurança!

— Vítimas colaterais. Não esperávamos que mandasse tantos para lá.

— Se não fizerem o que falei, começo com essa daqui.

O rosto de Lena contraiu-se em uma expressão de pavor. Ela falou em sussurros com Cora. As mulheres não pareciam chegar a um acordo.

— O relógio está correndo. *Tic-tac*.

Martin pegou a pistola e apontou para a cabeça de Agnes.

— Não! — gritou Lena.

O general apertou o gatilho. A bala entrou pelo ouvido direito de Agnes e saiu pelo esquerdo. O corpo da mulher foi segurado por Martin.

— É isso o que se ganha por ir contra o Império!

Martin pegou o corpo e arremessou-o pela janela do segundo andar, rindo. Agnes flutuou uns segundos pelo ar até desabar aos pés de Lena. Com os olhos cheios d'água e o rosto cuspindo fogo, a mulher disparou um tiro que, por pouco, não acertou a cabeça do militar.

Martin desceu para a sala principal, encontrou um soldado e deu ordens:

— Mate todos os prisioneiros!

— Senhor, sim senhor!

Foi para o escritório do governador e apertou o botão que estava abaixo da primeira gaveta da escrivaninha. Como esperava, uma tapeçaria foi afastada e uma sala com um veículo blindado apareceu. Respirou um pouco mais tranquilo. Ouviu gritos e disparos de uma sala próxima e esboçou um sorriso. *Se os inferiores queriam conflito, o Ministro da Guerra atenderia o pedido*.

Capítulo 21

O ar estava carregado nas proximidades do palácio do governador. Lena olhou para seus próprios pés e viu o corpo ensanguentado da amiga. Lembrou o quanto ela a tinha ajudado. De espiã do Novo Império, Agnes se tornara sua companheira na busca pelo filho Miguel. Agora que finalmente estavam todos reunidos, a mulher jazia à sua frente. A morte da amiga pesava como um fardo insuportável sobre suas costas. Já testemunhara a vida esvair-se de muitos companheiros de luta, mas nenhuma morte havia sido tão impactante quanto a de Agnes.

Lágrimas escorriam de seu rosto. Só pensava em capturar Martin e matá-lo. Sem tortura, para que não houvesse nenhuma possibilidade de ele escapar. Aquele homem havia arruinado vidas de mulheres demais.

— Martin, desta vez não escapa! — gritou para o vazio.

Pouco depois, ouviu gritos abafados e vários disparos vindos do segundo andar do palácio.

— Os prisioneiros! — bradou Cora, levando as mãos ao rosto. — Demos todas as oportunidades.

Lavo minhas mãos sobre o que vai acontecer com vocês — disse, olhando para os atiradores posicionados nas janelas.

Uma saraivada de tiros vindo do palácio foi disparada em resposta ao pronunciamento. Um dos rebeldes foi atingido. O grupo recuou alguns centímetros, afastando-se da barricada. Lena continuou onde estava, com os olhos desfocados olhando para a amiga morta. Cora tentou afastá-la do alcance dos atiradores, mas ela continuou imóvel.

— Tá muito perto da linha de tiro! Sai daí agora!

Lena não respondeu e continuou olhando para Agnes. Cora pediu ajuda de alguns companheiros para levá-la dali. Alguns homens se aproximaram para segurá-la, mas Lena se debateu, como que acordando de um transe.

— Não vou deixar minha amiga!

— Ela já se foi. Pense no seu filho!

A menção a Miguel fez Lena recobrar os sentidos. Deixou de impor resistência e seguiu as ordens da mãe. Recuou e agrupou-se junto à liderança do movimento em uma rua paralela, de onde não podiam ser vistos nem ouvidos. Todos falavam ao mesmo tempo. Cora esperou os ruídos cessarem e tomou a palavra:

— Eles mataram todos os prisioneiros! Essa não é mais uma operação de resgate, mas de reconquista!

— Comandante, é muito arriscado tentar tomar o palácio. Eles estão mais perigosos agora que não têm nada a perder. Creio que seja melhor reagruparmos e voltarmos em breve — disse um oficial.

— Carlos, não podemos reagrupar. Aurium mandará mais tropas e seremos expulsos da cidade. Nossa melhor alternativa é apressar um pouco o plano e entrarmos com força total. Não precisamos nos preocupar tanto com danos colaterais do nosso lado, já que os prisioneiros estão mortos. Explodiremos a barricada e tomaremos o palácio. Podem matar os imperiais, menos o general Martin.

O maxilar de Lena caiu e ela avançou em direção à mãe. Alguns rebeldes tentaram contê-la, mas Cora ordenou que deixassem a filha passar.

— Como assim, menos o Martin? Aquele filho da puta é o primeiro que tem que morrer! — gritou Lena.

— Não podemos deixar sentimentos pessoais interferirem! Precisamos de um refém de alto nível para negociar a independência de Jumhuryia.

— Agora quer negociar com o Império? Esses anos debaixo da terra não fizeram bem à senhora!

— Me respeite! Sei o que estou fazendo. Se discorda, volte para casa e cuide de seu filho.

Lena fez menção de responder, mas calou-se. Teve vontade de continuar a discussão, mas se deu conta de que quanto mais discutiam, mais tempo Martin tinha para planejar uma fuga ou uma estratégia contra os rebeldes.

— Bom, já que parou de birra, ficará a cargo da segunda divisão. Vocês começarão a retomada do prédio. Enquanto distrairmos os imperiais pela parte da frente com a explosão da barricada dianteira, vocês explodirão a barricada do lado de trás do palácio e entrarão por ali. Não há muitas janelas desse lado, então não enfrentarão fogo pesado. Depois que entrarem, abram a porta principal. Entendido?

— Só não entendo por que não invadimos pela cozinha. É bem mais fácil entrar por lá.

— Não é. Desde nosso ataque, os imperiais bloquearam totalmente a rua. A barricada lá é mais forte do que a de trás. Eles acham que a entrada lateral é mais vulnerável. Então, você lidera a segunda divisão?

— Sim — respondeu Lena de má vontade.

— Construa uma mente forte! — sua mãe bradou, e os demais ecoaram.

Lena juntou sua tropa. Apareceram jovens mulheres e rapazes, em torno de trinta pessoas, pelo que pôde contar. Subiu na mesa mais próxima e começou a falar:

— Eles não esperam a gente! Vamos criar dois subgrupos para atacar pelas laterais e nos juntamos ao centro. Assim, dividiremos o poder de fogo deles. Vocês quinze atacarão pela direita. O restante segue comigo pela esquerda. Não temos muita cobertura, então vão ter que usar tudo o que a população está trazendo para evitar os tiros.

— Mas, comandante, é pouco — disse um soldado.

— É o que temos. Fiquem juntos e usem os escudos à prova de bala para salvaguardar as laterais. Vamos reconquistar Jumhuryia!

— Por Jumhuryia! — gritaram os outros.

Saiu da tenda liderando seu grupo e orientou o outro grupo a caminhar por ruas à direita do palácio. Caminhou pela avenida em que estava, à esquerda, e seguiu por uma rua perpendicular, saindo do campo de visão dos atiradores. Ao chegar à praça que estava atrás do palácio, fez sinal para que o grupo esperasse. Viu que a barricada traseira era quase tão alta como a da frente. Olhou para o segundo andar e percebeu que apenas três janelas tinham atiradores. Ela calculou que a posição do meio era a mais vulnerável.

Ouviu um barulho vindo da parte da frente do palácio e percebeu o sinal. Abriu uma frequência segura para falar com o outro grupo.

— Grupo B, estão posicionados?

— Sim, comandante.

— Ao meu sinal, joguem granadas ao centro da barricada. Quando atacarem, entraremos em campo. Atraiam a atenção deles o máximo possível. Se tiverem oportunidade, juntem-se a nós depois que tomarmos o térreo. Preparem-se!

— Sim, senhora.

— 1, 2, 3... joguem!

Grande quantidade de granadas veio da direita do edifício, mas não se via com clareza quem estava jogando, o que gerou confusão nos soldados imperiais. Em questão de segundos, estava tudo destruído. Os atiradores disparavam a esmo para a direita, sem atingir nada. Lena fechou a mão, sinalizando para seu grupo avançar. Os atiradores, focados em debelar a ameaça que vinha da direita, demoraram a entender o que estava acontecendo.

Enquanto não atraía muita atenção dos atiradores, o grupo de Lena se abrigou ao lado da porta dos fundos do palácio. Ela percebeu que a porta era de madeira pintada em cor dourada e não de ouro, como normalmente eram as portas das construções governamentais em Aurium.

— A porta não é de ouro. Vamos arrombar! Todo mundo junto faz pressão, que vai ceder.

O grupo se aglomerou e fez pressão na porta, que cedeu um pouco, mas não abriu. Tentaram uma segunda vez e, novamente, não conseguiram. Recuaram um pouco mais na terceira vez. Devido ao ruído incessante, um dos atiradores percebeu a aglomeração na porta e disparou. Os que estavam mais atrás foram baleados, mas a porta se abriu. Os rebeldes correram e ocuparam os quatro cantos da sala de entrada. Havia muita correria e fumaça devido às granadas. Soldados imperiais desceram do segundo andar carregando rifles. Antes que chegassem ao térreo, foram baleados pelos rebeldes. Alguns poucos integrantes do grupo B conseguiram passar pela linha de tiro e juntar-se aos rebeldes no palácio.

Lena correu para a outra extremidade da sala e, com a ajuda de três companheiras do movimento, abriu a porta da frente. Apesar do tiroteio intenso e de ter sofrido muitas perdas, os rebeldes liderados por Cora avançavam em direção ao edifício.

Depois de alguns minutos de luta intensa, Cora chegou, acompanhada por dezenas de agentes do movimento Mente Forte. Olhou para Lena, abraçou-a e perguntou:

— Fico com o térreo, e você com o segundo andar?

— Perfeito, comandante.

O grupo de Cora ocupou-se de tomar o térreo, enquanto o de Lena seguiu para o segundo andar, atingindo muitos imperiais enquanto subia. Quando estava na metade da escadaria, um tiro passou de raspão ao lado de seu ouvido. Olhou para a direção do disparo e reconheceu, de imediato, seu agressor.

Com um sorriso dissimulado no rosto, ninguém menos do que seu pior inimigo a olhava do segundo andar. Martin usava uniforme militar completo, segurava uma pistola de alto calibre e apontava diretamente para sua cabeça. O general disparou um tiro, que passou de raspão pela perna direita de Lena. A rebelde continuou subindo, engatinhando. Foi de degrau em degrau, desviando das balas. Seus colegas dispararam em Martin, que saiu da zona de tiro ao entrar no escritório do governador e fechar a porta.

Lena chegou ao segundo andar ainda abaixada, escoltada por duas companheiras do movimento. Uma delas foi baleada na cabeça assim que pisou no último degrau, morrendo instantaneamente. Os tiros pararam abruptamente. Lena encostou-se na parede e se ergueu devagar. Sinalizou com a mão direita para que seus companheiros fizessem o mesmo. Aos poucos, sua tropa ocupou o corredor de saída do segundo andar e capturou os soldados de Aurium que estavam por ali. Lena ergueu a voz e dirigiu-se aos imperiais que estavam no escritório.

— Estão cercados. Não podem deixar o edifício! Entreguem o Martin e nada acontecerá com vocês. Terão tratamento digno de prisioneiros de guerra, de acordo com o direito internacional. Não somos monstros!

Por alguns segundos, ninguém falou. O silêncio pairou no ar como o fio de uma faca, prestes a ser rompido. Lena segurou a respiração.

— Acha mesmo que vamos dar ouvidos a uma inferior estúpida como você? Sairemos daqui pisando em cada um de seus cadáveres porcos. Depois de mijar na carne fétida, empilharemos todos e os queimaremos como uma oferenda ao divino Imperador.

— Quanto mais próximo fica do maldito Imperador, mais perde a noção da realidade! Não tem como escapar dessa, Martin. Nós o prendemos!

— Hahaha! Vamos ver...

Cora subiu as escadas com sua tropa.

— O primeiro pavimento é nosso! A maioria dos soldados imperiais morreu, mas temos alguns prisioneiros.

— Ouviu isso, Martin? Conquistamos o térreo! Você tá fodido!

Não houve resposta do outro lado. Os imperiais ainda estavam armados atrás da porta. Os rebeldes esperavam do lado de fora as instruções de Cora e Lena. Sua mãe a chamou para perto e sussurrou em seu ouvido:

— Lena, vou falar com ele. Agora que temos a tropa unificada e controlamos o térreo, Martin não tem margem de negociação. Pode ser um canalha, mas pelos códigos de Aurium, tem que salvar a vida de seus subordinados.

— A senhora não entende. Não vamos negociar com ele. Vou falar de novo com os soldados.

— Não desafie as minhas ordens, Lena! — Cora falou em tom bem mais alto.

— Parece que as inferiores estão brigando! Hahaha! É isso mesmo! Briguem mais! — gritou Martin.

Lena disparou um tiro na primeira porta à sua frente, de onde vinha a voz de Martin.

— Esse é só um aviso. Na próxima vez, entraremos com tudo! — bradou Lena.

Cora fez um sinal de silêncio para Lena com o dedo indicador em riste e esperou. Então levantou a voz:

— Martin, sou a comandante Cora, líder do movimento Mente Forte, e estou disposta à negociação. Entregue-se e a vida de seus subordinados será poupada!

Lena revirou os olhos para a mãe, mas afastou-se e deixou a mulher se aproximar da porta.

— Acha mesmo que acredito em promessas vazias de inferiores? Os hereges que duvidam dos deuses e da divindade do Imperador só fazem mentir. São enviados do Hades para testar a determinação dos bons e leais!

— Não terá muita alternativa a não ser confiar em nós. O edifício está cercado!

— Varhat enviará reforços! Eles já foram informados de sua estúpida tentativa de tomar o palácio do governador.

— Tentativa? Não houve tentativa! Nós tomamos o palácio! O governo de Jumhuryia foi recuperado pelo povo!

— Hahaha!

— Pode debochar à vontade, mas sabe que o Império não vai ajudar. As tropas tão na guerra do norte com os julianos. Não vai vir ninguém!

— Como não é possível argumentar com um ignorante, falo agora com os soldados de Aurium. Vocês foram ludibriados pelo Imperador, que se aproveitou da fé de vocês e usou todos como peões em um macabro tabuleiro de xadrez. Pensem em suas famílias! Queremos que vivam muito tempo com seus entes queridos. Queremos um país livre de volta! Podem seguir adorando os deuses e vivendo suas vidas felizes. Basta entregarem o Martin!

Lena se emocionou com o discurso da mãe. Algumas lágrimas fluíram de seu rosto ao lembrar que o que ela mais queria desde que havia se juntado ao movimento Mente Forte era uma vida tranquila com o filho, em que não tivessem medo de sair na rua usando símbolos religiosos e fossem respeitados por serem quem são. Por um momento, esqueceu o caos da guerra, dos corpos e da poeira no palácio do governador. Até que ouviu um tiro.

O disparo veio de trás da porta em que os imperiais estavam concentrados. Lena olhou em volta para ver se algum de seus companheiros estava ferido, mas percebeu que a porta estava intacta, sem buraco de saída de disparo. O tiro tinha sido de um imperial em outro. Ouviu vozes exaltadas do outro lado. Aproximou-se de Cora e sussurrou:

— Acho que não teremos oportunidade melhor. Jogue uma granada.

— Mas estávamos negociando com eles...

— Mãe... — disse, olhando em volta e estendendo os braços. As tropas do movimento Mente Forte olhavam com expectativa. Um comandante já estendia uma granada no braço, à espera da ordem.

— Tudo bem, Lena. Dessa vez, acho que tem razão — olhou para o rebelde com a granada e assentiu com a cabeça. Todos se afastaram da porta e agacharam-se, cobrindo os ouvidos.

A porta explodiu em vários pedaços, lançando madeira e poeira pelo ar. Cora ordenou que dois rebeldes avançassem. Eles entraram rapidamente, mas foram atingidos. Um na barriga e outro na cabeça. Mais rebeldes entraram. Houve uma breve troca de disparos. Em seguida, um agente do movimento voltou e disse:

— Ambiente liberado, comandante Cora.

Lena respirou aliviada. Todos bateram palmas e deram tapinhas nos ombros, congratulando-se pela vitória. Ao chegar ao escritório, avistou três soldados imperiais mortos e sete de joelhos, rendidos. O oficial do movimento que tinha entrado primeiro também estava morto. A satisfação de ter conseguido tomar o palácio desapareceu do rosto de Lena quando não encontrou seu inimigo.

— Cadê o Martin?

— Não havia sinal dele quando chegamos, comandante. Revistamos o ambiente, mas não o encontramos. Questionamos os prisioneiros, mas também não disseram nada.

— Ele não pode ter desaparecido no ar! Procurem mais!

Os agentes do movimento revistaram cada canto do aposento, mas não encontraram sinal de Martin. Lena sentou-se na cadeira do governador, desolada. Olhou em volta para cada parede do local. Três delas tinham apenas pinturas e a quarta, uma tapeçaria antiga. O Império tinha a mania de construir as salas dos líderes da mesma forma.

O ambiente em que estava, embora menor, não era muito diferente do gabinete do Ministro da Guerra. *Como tinha sido estúpida. Nunca se perdoaria se Martin escapasse*. Os imperiais sempre usam a mesma estrutura em salas de autoridades. Começou a vasculhar a mesa buscando um botão. Encontrou-o embaixo da segunda gaveta do lado direito da escrivaninha. Quando o tapete começou a se abrir, ouviu o barulho de um carro partindo em disparada pela rua atrás do palácio, atropelando a patrulha do movimento. Lena saiu da sala e gritou:

— Atirem nos pneus! Parem aquele carro!

Os atiradores dispararam, mas o veículo já tinha saído do campo de visão.

— Palácios de merda!

Lena voltou para o gabinete do governador, onde uma garagem vazia estava atrás do tapete afastado. Cora entrou na sala e perguntou:

— O que aconteceu? De onde veio aquele carro?

— Daqui de dentro, mãe. O Martin escapou!

— Não é possível!

Cora e Lena se abraçaram. A filha começou a chorar e foi amparada pela mãe, que deitou a cabeça da moça em seu ombro. As duas ficaram nessa posição por algum tempo, até um soldado entrar na sala. O rapaz olhou desconcertado para Cora e falou, com a voz baixa:

— Comandante, desculpe a intromissão, mas temos novidades sobre a guerra do norte.

— Pois bem, pode dizer.

Ele olhou em volta e os demais se retiraram. Apenas o soldado, Lena e Cora permaneceram na sala. O rapaz ainda não queria falar.

— Lena tem autorização máxima de segurança, maior do que a sua. Pode falar o que for na frente dela.

— O Novo Império juntou-se aos julianos no esforço bélico contra Aurium.

— Como? Acho que não escutei direito. Novo Império?

— Sim. Achávamos que o movimento tinha sido destruído, mas nossos informantes dizem que ainda há um grupo remanescente depois do ataque à sede deles. São liderados pela comandante Lauza e agora querem a queda do Imperador Rômulo. Desde que Martin virou Ministro da Guerra, mudaram de opinião sobre o Imperador.

Cora colocou a mão no queixo. Lena ainda estava de boca aberta com a informação. Aqueles que haviam sequestrado seu filho para obrigá-la a colaborar com a queda de Martin agora podiam ser aliados.

— Mãe, foram essas pessoas que sequestraram seu neto. Vai se aliar a eles?

— Eles não se aliaram ao movimento, mas aos julianos. Toda ajuda é bem-vinda contra o império.

Lena deixou a sala. Cora fez menção de segui-la, mas decidiu deixá-la ir. Ela desceu as escadas correndo, dirigiu-se à porta principal e saiu do palácio. Viu trombones e tambores nas ruas. As pessoas cantavam, soltavam fogos e bebiam vinho azul. Enquanto caminhava, não se sentia parte das festividades. Só conseguia pensar em como a mãe tinha se tornado tão pragmática a ponto de aliar-se com os sequestradores de Miguel.

Lena entrou com cuidado no prédio ao lado do edifício e desceu pelo túnel. Digitou o código de acesso, pensando que deveriam trocar o lema do movimento para "construa uma mente fria". Andou por mais de meia hora pelos corredores, sendo saudada ocasionalmente. Todos usavam roupas coloridas e cantavam o hino de Jumhuryia e músicas do movimento. Bonecos do Imperador Rômulo eram queimados e bandeiras de Aurium eram pisoteadas. Entreouviu algumas conversas dos rebeldes:

— Jumhuryia é nossa! Viva a comandante Cora!

— Temos nossa liberdade de volta! Agora esse império vai cair!

— Construa uma mente forte!

Lutou para responder com um meio sorriso. Queria apenas dizer como todos eram hipócritas por se juntarem a sequestradores de crianças, mas não tinha tempo para discussões. Caminhou para o apartamento da comandante, passou pelos procedimentos de segurança e entrou. Miguel estava brincando com uma babá. A moça e o menino disputavam corridas de carrinho. Sorriu ao ver a criança, que correu para abraçá-la.

— Mamãe, você voltou!

— Voltei, meu filho, e agora vamos ficar juntinhos.

Olhou para a babá e disse:

— Pode ir. Agora cuido dele. Muito obrigada.

Assim que a mulher saiu, Lena foi à cozinha, pegou alguns mantimentos e colocou-os em uma mochila que encontrou no armário da sala. Voltou ao cômodo e disse a Miguel:

— Meu filho, vamos ter que fazer uma viagem.

— Para onde, mamãe? Eu gosto daqui.

— Vamos ver o vovô.

— Eba. A gente vai quando a vovó chegar?

— Ela vai depois. Vamos ter que ir logo. Para você ficar com a mamãe, tem que ficar quietinho e não dizer nada para ninguém, tá certo?

— Certo, mamãe.

Lena colocou a mochila nas costas, pegou a mão de Miguel e saiu do apartamento de Cora. Deu uma última olhada rápida e fechou a porta. Andou pelos corredores sem pressa, cumprimentando os companheiros de movimento. Quando se aproximou de uma porta com maçaneta giratória, o guarda perguntou:

— Comandante, estão indo a algum lugar?

— Missão da comandante-suprema Cora. Não posso informar os detalhes.

— Com todo respeito, está levando uma criança para a missão?

— Ele é essencial para o plano.

— Muito bem. Podem passar.

A indiferença do guarda com o menino incomodou-a um pouco. O homem digitou o código e girou a maçaneta. Lena e Miguel entraram em uma câmara circular e depois em outra com uma escadaria. Miguel subiu na frente, apoiando as mãos e os pés. Lena caminhou atrás para que ele não caísse. Saíram em uma outra sala. Lena abriu um alçapão e sentiu o vento do ar no exterior. Apesar de fedorento, parecia menos pútrido do que antes.

A fábrica assomava do lado direito e, à sua frente, o carro em que tinha vindo com Agnes. Chegou ao veículo, colocou o menino no banco traseiro, apertou os cintos e ligou o motor. Não iria ver o pai. Jamais levaria seu filho a uma zona de conflito. Não gostava de mentir para Miguel, mas fora necessário. Estavam sem destino definido, fugindo dos horrores da guerra.

APÊNDICE:

FICHA-PAÍS DE AURIUM

CONTINENTE: Liberum
CAPITAL: Varhat
POPULAÇÃO: 80 milhões
GOVERNANTE: Imperador Rômulo Letius

ECONOMIA:

A economia de Aurium é baseada na exportação de minerais estratégicos como ouro, zircônio, diamantes e ligas metálicas. A indústria joalheira é destaque internacional e serve de apoio para o regime em suas relações econômicas com outros países. A empresa "Joias de Aurium" é uma das dez mais lucrativas do mundo. Os minerais e bens correlacionados são responsáveis por 90% da receita de exportação de Aurium. O setor teme ser alvo de sanções no âmbito da UIP (União Internacional de Países) por supostamente colaborar nas violações de direitos humanos perpetradas pelo Império. O apoio frinésio ao governo de Aurium garante que as sanções não serão adotadas a curto prazo.

No âmbito doméstico, é pujante o comércio. A gastronomia e o mercado de calçados também têm destaque no país. Nos últimos anos, Aurium cresceu vigorosamente. O PIB registrou aumento de 5% no ano passado, em comparação a 3% no ano anterior. O índice de desemprego é inferior a 2%, mas os dados do regime não podem ser verificados por analistas internacionais independentes. O investimento externo é baixo devido à insegurança em relação a possíveis nacionalizações.

O governo adota política econômica intervencionista, controlando preços e estimulando nacionalizações. Os indicados para as posições de poder na direção de empresas estatais são fiéis apoiadores do regime, mas em geral não estão qualificados para ocupar as posições que ocupam. A moeda adotada é o áuri.

HISTÓRIA:

Aurium foi criado no ano de 2150, por ocasião da Revolução Azul ou do Golpe Roxo, dependendo da corrente política a que se filie. O movimento consistiu na tomada de poder por meio de tanques que invadiram a capital. Os militares, descontentes com os baixos soldos e com exclusão de participação política, aliaram-se aos ricos joalheiros para a derrubada do governo de Melchen. O Presidente da República adotava políticas trabalhistas e tributárias que prejudicavam interesses dos empresários do ramo joalheiro. À época, os minérios e joias representavam 50% das exportações do país, que também exportava automóveis, computadores e trigo em grandes quantidades.

Depois do golpe/revolução, os líderes do antigo regime foram executados e uma junta militar com os Ministros da Marinha, do Exército e da Aeronáutica assumiu. A junta ficou governando durante cinco anos, quando se decidiu que era necessário destruir os fundamentos da República e instaurar um Império para melhor controle do Legislativo e, principalmente, da população. Foi selecionada a família de joalheiros mais influentes da nação: os Letius.

Carlos Letius, o primeiro Imperador, foi coroado em 2155. Seu governo foi pacífico se comparado aos massacres da junta militar. Não há muitos relatos de tortura, morte de presos políticos e desaparecimento forçado. Ainda assim, os jornais de oposição que ainda existiam foram banidos e os jornalistas expulsos. Foi-se delineando, ademais, um sistema de castas sociais, com base na teoria da evolução perpétua da humanidade. Em 2170, Carlos falece em circunstâncias suspeitas (envenenamento é a causa cogitada).

Saulo Letius, o segundo Imperador, foi coroado em 2170. Seu governo foi longo, brutal e reafirmou o domínio imperial. Déspota ao estilo de Luís XIV, Saulo ficou marcado por extravagâncias fiscais, como a construção do Grande Palácio Imperial. O edifício custou muitos milhões de áuris. Em contexto de fome e crise econômica, a população revoltou-se, mas foi massacrada pelas tropas do governo imperial. Os pedaços dos corpos dos revoltosos ficaram mais de um ano espalhados por Varhat. Para reforçar seu domínio, Saulo criou o SIA (Serviço de Inteligência de Aurium), responsável por fiscalizar os habitantes e detectar células de rebelião. Há incontáveis relatos de tortura e assassinato nos estabelecimentos do SIA. Para disfarçar-se, utilizam subterrâneos de bares. Há relatos de que o Wine Cellar abriga o maior centro de detenção do SIA. Paralelamente a isso, o círculo dos inferiores conseguiu articular oposição clandestina ao regime. Após 30 anos de governo, Saulo faleceu de causas naturais.

Rômulo Letius, terceiro e atual Imperador, foi coroado em 2200. Deve-se esperar uma grande celebração que marca vinte anos de governo no próximo mês de março. O Imperador tem personalidade forte e detesta ser contrariado. Há relatos de que é mais ególatra e megalomaníaco que seu pai. Nas alianças domésticas desperta preocupações com a indústria joalheira, pois quer diversificar as exportações de Aurium. Sua maior obsessão é destruir o círculo dos inferiores. O ataque à usina que fornece energia a Varhat mostrou que o movimento de resistência é mais forte do que ele imaginava.

CULTURA E SOCIEDADE:

A sociedade de Aurium é baseada na teoria da evolução perpétua. Kalvin Kozeller é o principal expoente dessa teoria e defende que seres humanos são classificados em círculos, dependendo de atributos como beleza branca, inteligência (leia-se alienação) e retórica. Os mais aptos pertenceriam aos círculos superiores. Os demais, aos círculos inferiores. Há também o círculo dos iluminados, responsável pela condução do regime. Somente o Imperador, Kozeller e outras 28 pessoas integram tal círculo.

A cultura é baseada na revalorização dos ideais clássicos greco-romanos. A perfeita forma física, a crença inabalável no Império e nos deuses são os fatores para o sucesso em Aurium. As religiões monoteístas estão proibidas. Foram consideradas responsáveis pela guerra e pelo terrorismo, então não poderiam mais ser professadas em público. Igualmente em perigo estão os ateus. Ao não crer no divino, questionam a ordem natural das coisas do Império.

O machismo é comum e cotidiano. Às mulheres, cabem as funções de administração doméstica, de celebração dos cultos no lar e da educação das crianças até os 10 anos de idade, quando os meninos devem ser enviados à Academia Militar e as meninas, à escola religiosa. O discurso oficial diz que as mulheres desempenham as funções mais importantes, por isso não devem preocupar-se com política ou questões técnicas. No entanto, o movimento de resistência ao regime imperial tem fortes lideranças femininas.

RELAÇÕES INTERNACIONAIS:

As relações com outros países são tema sensível em Aurium. O ultranacionalismo do regime guia a política externa. O único aliado do país é a Frinésia, que vem ajudando a bloquear resoluções da UIP que estabelecem sanções ao setor de minérios em Aurium.

A desconfiança da sociedade internacional é tão grande que Aurium fechou suas fronteiras terrestres (com exceção da fronteira com a Frinésia) e proíbe seus nacionais de viajarem a qualquer outro país (exceto à Frinésia). Os fluxos de comércio, entretanto, seguem desimpedidos. Suspeita-se de que um dos líderes do SIA seja agente secreto do governo frinésio, que tem pretensões de anexar Aurium, apoderar-se de suas riquezas minerais e criar um gigantesco Império.

O principal rival de Aurium é a República Juliana. Os julianos impõem sanções a Aurium e não comercializam com o país. A República defende valores como democracia, direitos humanos e cooperação internacional para a resolução dos desafios globais. Tem como objetivo real isolar completamente o regime imperial e buscar a restauração da democracia no país vizinho.

Este livro foi composto por letra em ITC Stone Serif
9,5/15,0 e impresso em papel Pólen Soft 80g/m².